ハイジャック犯をたずねて

スリランカの英雄たち

和田朋之
Tomoyuki Wada

彩流社

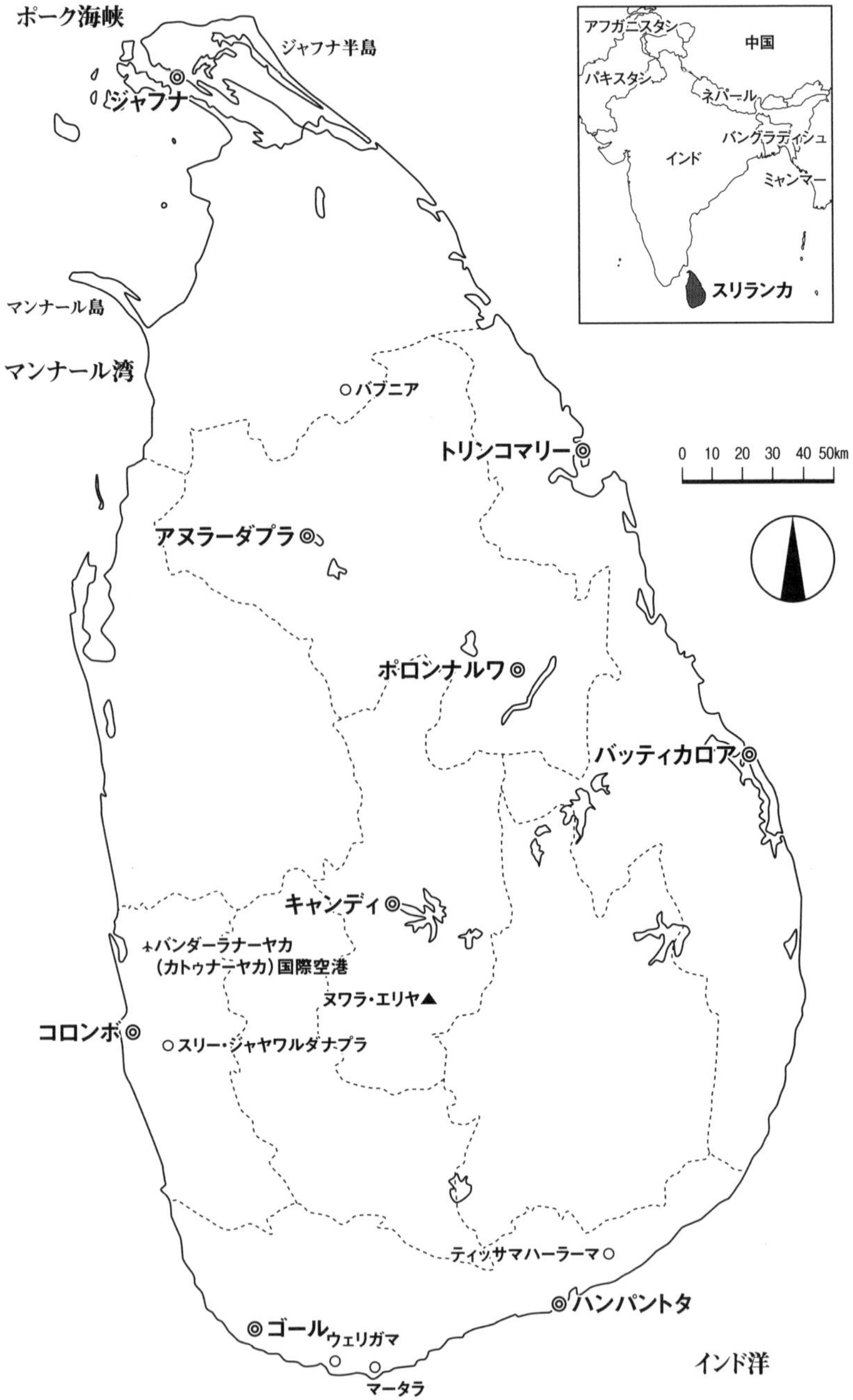
ポーク海峡
ジャフナ半島
ジャフナ
アフガニスタン
中国
パキスタン
ネパール
バングラディシュ
インド
ミャンマー
スリランカ
マンナール島
マンナール湾
バブニア
トリンコマリー
0 10 20 30 40 50km
アヌラーダプラ
ポロンナルワ
バッティカロア
キャンディ
バンダーラナーヤカ
(カトゥナーヤカ)国際空港
ヌワラ・エリヤ
コロンボ
スリー・ジャヤワルダナプラ
ティッサマハーラーマ
ハンバントタ
ゴール
ウェリガマ
マータラ
インド洋

プロローグ

長い間思い出していないだけで忘れたわけではない、そんな経験を誰もが持っている。私が久しぶりにその事件を思い出したのは、二〇一六年三月、病院の待合室でだった。

空調の効いた空間は、いつも通り混み合っていた。数列並んだソファの前方の壁には表示板があって、外来の患者たちは画面の番号が変わるたびにちらっとそちらを見て、自分の番号でないとすぐまた隣のテレビの画面に目を戻す。映っているのは朝の報道番組だった。消音してある代わりに、画面の下に字幕が出る。私は本を開く気力がどうも湧いてこず、画面に流れる字面をただ追っていた。

――カイロに向かう途中ハイジャックされたエジプト航空機[*1]は、犯人の要求通りキプロスに緊急着陸したが、犯人が投降し、乗客乗員は無事解放された。キプロスにいる別れた妻と話し合いたいというのが犯行の動機だった。

まだそんなことをやっているやつがいるのか、と私は鼻で笑う。そして私は、あれはいつのことだったかと思い出そうとして、もう三〇年以上にもなるのだと気付いた。

あの時のあいつは、今頃どうしているだろう……。そういえば最近、こうやって過ぎた昔を思い返すことが増えたように思う。

待ち時間を利用して、私はスマートフォンで検索を始めた。

「アリタリア航空機ハイジャック」というだけでは、あの事件は検出されないようだ。私はほかに入力するべき言葉を思い出そうとする。就職して二年目だったから、一九八二年のことだ。

受付番号を呼ばれて、私は診察室に入る。主治医はモニターの画像を見ながら、特に問題は見当たらないと言った。定期精密検査の結果は良好のようだ。ロビーの窓口で半年先の検査の予約をするよう、彼は私に指示した。

ロビーで精算を待ちながら、私は再びスマホで検索を始めた。事件を報じる英文の記事がいくつかヒットし出し、読み進むうちに、セパラという犯人の名前に行き着く。名前で検索し直すと、さらに情報が現れる。そうだった、あいつは女房と子どもを連れて、身代金のバッグを持って、あのあとタイのバンコクから故郷のスリランカに帰り、逮捕されたのだった。

やがて私は意外な事実に気づいた。あいつはまだ健在みたいだ。そればかりか、どうやら人生をやり直せたようだ……。私はじっくり調べようと思って帰宅を急いだ。

古い記憶を引きずり出す作業をしながら考えた。あいつは初めに見たとき、空港の手荷物検査場にいたときから、気になっていたのだ。機内でも、振り返れば見える場所にいた。あの事件のあと、私は自分の人生を続けてきたが、あいつはあいつで違う人生をしっかり生きて来たようなのがうれしいような羨ましいような気がして、もっと詳しく知りたいという好奇心が湧いてきた。知り合いでも何でもなく、ただ同じ機内で三〇数時間過ごしたというだけ。あいつは犯人、私は大勢の人質のひとり。国籍も違えば、経歴も何もかもたぶん全然違う。会話をしたわけでもないこの男に、どうして興味を引かれるのかよくわからなかったが、何か気になって仕方なくなってしまった。

この日がきっかけになって、私は三〇数年前のハイジャック事件を思い出すだけではない、犯人に会いにスリランカまで行き、それも一度ならず何度も行くことになった。彼の半生を知ろうとしたら、次から次へと解明したい事柄が現れ、彼が生きた時代や社会についても興味が湧き、調べ始めるとやめられなくなった。断片的な知識が少しずつ繋がり合って、ジグソーパズルのように絵が、それも思ってもみなかったような絵が浮かんでくるような楽しみがあった。

古い話であり、今とは違うことがたくさんあると思うが、まずは事件を振り返り、背景を見渡して、現在に至るまでをたどってみたい。

もくじ◉ハイジャック犯をたずねて

第二章　スリランカのたどった道

第四章　再会

第五章　再訪

第一章

ハイジャック事件

航空機内にて

事件の発生

一九八二年六月三〇日水曜日の朝、私は駐機中の航空機内で目が覚めた。左右の丸窓の隙間から、明るい日の光が射し込んでいた。

昨夜遅くインドのニューデリー空港を飛び立ってすぐに私は寝入ってしまったようだが、一度も目覚めなかったかというとそうでもない。機体が着陸する衝撃で半覚醒し、機内放送を聞いたのをおぼろげながら憶えていた。

「当機は予定時刻通りにドンムアン・バンコク国際空港に着陸しました」

機長はそうアナウンスしたあと、気になることを言った。機内で危険物が見つかったというのだ。乗客には座席に留まっているようにと言っていた。

もし危険物の処理が長引くと飛び立つのが遅れ、成田に到着するのも遅くなってしまう。成田空港の夜間飛行制限時間（当時）の前に着けたらいいのだが……。そう思いながら、私はまた眠ったのだった。

はっきりと目覚めた私は、背筋を伸ばしてあたりを見渡した。乗客は皆、静かに着席していた。着陸してからずっとこの状態なのだろうかと思いながら、私は通路前方にあるトイレに向かった。

座席に戻る際に、隣のインド人の子どもと目が合った。一二、三歳くらいだろう、エコノミー・クラスの三人掛けの座席の中央が彼で、その奥に母親がすわっていた。

「随分と手間取ってるようだね。もう三時間くらいとまってるかな」

私は腕時計を見て、声をかけた。

「ダイナマイトなんだって」

男の子は小声で言い、指だけを機内後方に向けた。

「ダイナマイト？　そいつは物騒だな」

どうしてそんなものが見つかったのかといぶかしく思いながら、私は後方を見やった。女性の客室乗務員の後ろ姿と、その向こうに黒髪の男の横顔が見えた。

「ああ、あの男なら憶えている。ニューデリーの空港で、僕の前に並んでいたやつだ。あの赤いポンチョみたいなのを着ていた……」

そう言う私を見て、インド人の母親が硬い表情で小さく首を振りながら、あの男がダイナマイトを持っていると言った。

ようやく事態に気づいた私は、座席にすわって通路の前方を見渡した。日本人女性の客室乗務員がいたはずだから、彼女から説明を聞こうと思ったのだ。

しばらくしてやって来た女性乗務員は、乗客のひとりが最後部に立てこもって、ダイナマイトらしいものを首から二本下げ、手にも一本持っているのだと説明した。

「僕はあいつを憶えています。僕の前で検査機を通っていましたよ」

私は昨夜のニューデリー空港の情景を思い浮かべた。まるで仮設のように粗末な板張りの手荷物検査場だった。白々した蛍光灯の下で、搭乗手続きを済ませた大勢の乗客が順番を待って並んでいた。私の前は小柄でみすぼらしい男だった。ポンチョのような布を上体にかぶっていたから、中米のインディオのような印象だった。

検査場では職員が監視するなか、乗客は順番に手荷物を係官に手渡し、係官はそれをX線探知機に通す。手ぶらになった乗客は、木枠の下をくぐる。木枠には金属探知機が設置されているらしく、天辺の赤いランプが点灯しなければ異常なしと見なされ、ボディチェックもされない。検査はもたもたしたが、私の前の男も私も異常なしで通過した。

だからダイナマイトなんてにせ物だと私は言いたかったのだが、それはニューデリー空港の検査が信頼できればの話だ。検査機は正しく作動していたのか、見落としはなかったか。そう考えると、ダイナマイトがにせ物だと言い切るのは難しかった。

「本物っぽい？」と私が念のため尋ねたところ、外側が銀色の金属らしい円筒であり、真ん中から白い紐が出ているという。しかし、もし本物だったとしても、銃ではないのだから、点火する前に何人かで飛びかかれば、あんな小男ひとりくらい、押さえつけることができるんじゃないか。私は前方にいる男性乗務員の制服の半袖からのぞく毛むくじゃらな太い前腕を見て、こいつと組んで犯人を取り押さえるのはどうかと考えてみた。

客室乗務員によると、犯人はほかにも仲間が何人か乗り合わせていて、爆発物は機内の数カ所にも取り付けられていると言っているらしい。もしそれが正しければ、あいつひとりを取り押さえても解決しないというわけだ。

「犯人は要求が満たされたら危害を加えたりしないと言っています」

要求は何かと尋ねると、イタリアにいる家族を連れてくることと身代金なのだという。可愛い男の子の写真が一杯貼ってあるアルバムを、犯人は何冊も見せてくれたと彼女は言った。

過激な思想犯とか政治犯とかではないようだ。私は奇妙な事件に巻き込まれてしまったと実感したが、解決は航空会社に任せて、自分はじっとしているしかないだろうと腹を決めた。

搭乗機の情報とハイジャックの歴史

のちに新聞を見て知ったことだが、私が乗ったアリタリア航空1790便の機体はボーイング747型であり、搭乗者数は二六一名だった。乗客が二四三名、そのうち日本人が六一名を占め、大半がヨーロッパ旅行帰りの団体客であり、新婚のカップルを含む家族連れだった。私のようにニューデリーから乗った日本人も四人いた。大勢の日本人乗客に応対するため、一八名の乗務員のなかに日本人女性がふたりいた。

この便は六月二九日の午前一一時過ぎにローマを発ち、同日夜遅くニューデリーに、翌三〇日の早朝バンコクに、それぞれワンストップしたあと、午後三時前に成田空港に着くというフライト・スケジュールだった。南回りと呼ばれる、ヨーロッパと日本の間を途中でアジアの都市に立ち寄りながら結ぶ航空路線である。日本とヨーロッパの間の航路は当時、途中でアラスカのアンカレッジ空港に寄って太平洋と大西洋を渡る北回りか、アジアをまわるこの南回りかであった。直行便が主流になるのはもう少しあと、航空機の航続距離が一万キロを超え、ソ連の崩壊と東西冷戦の終結によりシベリア上空を飛ぶ航路が全面開放される一九九〇年代になってからである。

機内で客室乗務員が危険物とか爆発物としか言わず、「ハイジャック」という用語を使用しなかったのは、無用なパニックが起きないように配慮してだったことも、私はあとで知った。

ハイジャックと称される航空機を使った犯罪は、一九八二年当時まだ珍しくなかった。少し過去に遡って見ると、アメリカでは一九六一年から一九七二年までの一一年間に一五九機のハイジャック事件が記録されており、言わばハイジャックの黄金時代だった。犯人の多くはキューバに亡命しようとして、搭乗機をハバナへ向かわせた。同じ頃ヨーロッパでは、パレスチナ問題に関係したケースが多かった。対策として空港の警備が厳しくされ、金属探知器やX線検査機が常備されるに連れて、発生する頻度は減少した。[*2]

日本初のハイジャック事件は一九七〇年三月の「よど号事件」とされる。「よど号」などと、当時は航空機の機体に名前がついていた。加えて、まだ「ハイジャック」ではなく、「乗っ取り事件」と呼ばれた。羽田発福岡行きの日本航空351便を乗っ取った犯人は、日本赤軍のメンバー九人だった。彼らは一〇〇人以上の人質を少しずつ解放しながら、北朝鮮に渡った。[*3]

このあと日本でも検査機器が空港に配置されるようになり、また、ハイジャック防止法が急いで制定された。にもかかわらず、一九九九年までに日本では二〇件のハイジャック事件が記録されている。めっきり数を減らしたのは、二〇〇一年九月一一日のアメリカ同時多発テロ事件のあと、空港の保安検査が格段に厳しくなってからだ。

アリタリア機内で解決をただ待つしかなかった私は、いくつか当時のハイジャック事件を思い出そうとしてみた。特に鮮明に記憶していたのは、わずか五年前の一九七七年に起きた二件だった。ひとつはパリから日本に向かう日航機が日本赤軍にハイジャックされ、バングラデシュのダッカ国際空港に強行着陸した件だ。日本赤軍は「よど号事件」以来、この件を含め、世界各地で様々な事件を起こしていた。人質になった乗客乗員約一五〇人の中には、ヨーロッパ旅行帰りの日本人が多くいた。犯人グループは、日本の刑務所に収監されている仲間の政治犯の釈放と多額の身代金の支払いを要求。当時の福田赳夫首相が「人命は地球より重い」と述べ、超法規的措置として犯人の要求に応じたことは、国際的な批判を浴びもした。大学生だった私は、ハイジャック機がバングラデシュから飛び立ち、アルジェリアに着き、犯人が投降して事件が解決するに至るまで、その展開をずっとテレビや新聞で追ったものだった。この日航機事件が解決したと思ったら、今度はヨーロッパでルフトハンザ航空機がハイジャックされた。犯人はパレスチナ解放人民戦線（PFLP）であり、西ドイツ（当時）の刑務所に収監されているドイツ赤軍のメンバーの釈放と身代金を要求した。西ドイツ政府は犯人と交渉を重ねながらも最後まで要求に応じず、コマンド部隊が機内に強行突入して解決した。事件後、西ドイツのシュミット首相は名を挙げた。

五年前の二件を思い返して、さて今回の事件はどんな顛末を迎えることになるのだろうかと、機内で私は思いを巡らせた。犯人は赤軍なんかではなく、極端な要求をしているわけでもなさそうだから、穏便な解決が図られるのではなかろうか。もし強行手段が取られるようなら、せめて被害が最少で済むよう、上手にやってほしいと願った。

時代背景と私が乗り合わせるまで

ニューデリー空港からアリタリア航空機に搭乗した乗客は、私を含め、ビジネスマンが主だった。その日は午前中に日本航空の便もあったが、ビジネス関係者で満席に近かったはずである。時代背景として、日本経済は輸出主導で上昇気運にあった。

一九六〇年代の高度経済成長によって日本は先進国の仲間入りしたのだったが、七〇年代になると試練に見舞われた。七一年のニクソン・ショック（円の変動相場制移行など）、七三年と七九年の石油ショック（石油価格の高騰）といった苦難にぶつかり、そのたびに緊縮財政、産業構造の転換や技術開発など、辛抱を強いられてきた。それが八〇年代に入ってようやく好転に向かう。レーガノミクスで好景気のアメリカや、石油価格高騰で財政的に潤った中東産油国など、活気づいた海外市場へ向けて、円安のおかげで価格競争力を備えた日本製品の輸出が急伸した。その後、八五年のプラザ合意で円高に転じはするが、製造業は工場を移転して一段と海外展開を図る。その一方、国内経済は金融緩和政策のおかげでバブルに向かう。

時代を感じてではないが、そんなタイミングで私は商社に勤め始めた。配属された先は機械の輸出部署であり、中東向け商談で沸き立っていた。私はアジア市場を所管する課に回されたが、アジア諸国は中東に比べて貧しかったとは言え、世界銀行の借款や日本政府のＯＤＡ（政府開発援助）が供与されて、プロジェクトは豊富だった。

商談のほとんどが国際入札による調達である。当時の輸出企業はどこも同様だったと思うが、分厚い入札図書を読み込んで入札プロポーザルを作成するという、入札準備作業に忙殺された。価格は電卓で計算してタイプし、印刷にタイプミスがないか、抜けや差し替えがないかなど、ふたりでひと組になって読み合わせの作業をする。必要部数をコピーして、幅広のバインダーにファイルし、会議室にプロポーザルの山ができあがる頃にはたいてい夜が明ける。それから箱詰めして、現地に発送あるいは出張者に託送する。そんな作業を毎日毎晩のように続けた。深夜タクシーで帰宅できる日はまだ良かった。休日の出勤も珍しくなかった。入札は次から次へと発表され、複数案件を同時に処理する。懸命に作業したからといって受注できるわけではないが、日本企業が国際競争力を高めてゆく時代だった。うまく受注が決まると、契約交渉、契約書作成、契約履行へと進み、忙しさが倍増した。

初めのうちこそ新鮮な思いがして必死に取り組んだが、いつまでこんな労役に服するのだろうかと私は悩み出した。辞めるなら早い方がいいと言って辞めていく先輩や同僚がまわりに何人もいた。私の場合、大学を留年して国家試験を目指した時期もあり、もう一度やり直そうかとも考えた。

一年ばかりが過ぎた頃、海外出張のチャンスが訪れた。これだけ苦労させられるのだから、海外旅行くらいさせてもらわないと割が合わない。辞めるにしても、会社の金で一回いい思いをしてからだ。そう思って私は勇んでパスポートの申請から始めた。実は海外旅行どころか飛行機に乗ったこともなかったのだ。

出張先はインドだった。入札プロポーザルの入った段ボール箱と共にエア・インディア便に乗ってカルカッタ（現在のコルカタ）に到着。そのあとハイデラバード、ニューデリーを訪れた。出会うインド人すべてに翻弄され、腹痛と下痢にさいなまれてふらふらになりながら、ようやく明日は帰国という日を迎え、その日も終わりに近づいた。ところが、ひとつやり残した仕事があって、それをし残して帰るのが忍びなく、午前中出発する帰国便の予約をキャンセルして、夜行便に変更した。それが運命を変えた。

翌日（帰国の日）、私は駐在員宅で夕食を馳走になり、貴重な輸入物の缶ビールやウイスキーをたらふく頂いて、すっかり出来上がってしまった。そのため、空港に向かって車に乗ったままでは憶えているが、次の記憶はというと、先述した空港の手荷物検査場にまで飛ぶ。搭乗してからの記憶はなく、離陸したのも気づかずに寝入ってしまったのだった。

空港内の対策本部にて

事件発生後のバンコク国際空港

ここからは当時の新聞記事やウェブ情報をもとに事件を再現してみたい。[*4]

アリタリア航空機ハイジャック事件に対応するため、バンコク国際空港は早朝から大騒動であった。空港の管理運営にあたるタイ空港公社は行政組織上、運輸通信省の管轄下だったが、役員の大半を軍人が占め、実質はタイ空軍の監督下にあった。軍が大きな力を持つのは、タイ国の政治の特色である。軍が政治を掌握していた軍政の時代が長く、一九七〇年代に政党内閣が成立した時期もあったが、軍がたびたびクーデタを起こして政治に介入した。ベトナム・ラオス・カンボジアといった周辺国の共産主義政権の脅威にさらされ、国内ではタイ共産党の武装闘争に対抗しなければならないという事情があったのだ。ハイジャック事件が発生した頃はというと、国王に支持されたプレム・ティンスラノーン陸軍総司令官が一九八〇年から首相の座にあり、文民政党を取り込んで挙国一致体制を組み、政治の安定を図ろうとしていた。プレム内閣でハイジャック事件に対応したのは、運輸通信大臣を務めるアモーン・シルカヤ海軍大将と、王室空軍のアルン・プロンテップ空軍大将だった。

タイ政府は事件が発生して早々にイタリア大使館に連絡を取った。ハイジャックされた航空機がイタリアのものであったことに加え、犯人がイタリア政府との交渉にしか応じないと伝えてきたからだ。タイ政府にとって事件は、領土内に持ち込まれた自国に関係のない厄介ごとだったろう。犯人が希望する通り、イタリア政府を代表する大使が前面に立って交渉に臨み、早期に事件を解決してくれることを期待した。イタリア大使館に加えて、犯人がスリランカ人であることから、スリランカ大使館にも連絡が取られた。両国大使はタイ政府の呼び出しに応じて空港に向かった。

午前九時過ぎ、空港のターミナルビルにあるタイ空港公団の総裁室で会議が始まった。駐タイ・イタリア大使フランチェスコ・リパンデリがスーツ姿で入ると、運輸通信省や王室空軍の高官らが揃って待ち構えていた。

タイ航空局から、事件の発生から現在に至るまでの経過報告がなされた。

――深夜一時過ぎに、機長ジョルジョ・アモローサから事件の発生を連絡する第一報を受信した。管制室は非常事態に備え高度を下げて慎重に飛行するよう指示を出し、同機が午前四時過ぎに当空港に着陸すると、空軍の指示に従い機体を空港南の滑走路に導き、その端に駐機させた。従い、他の航空機の発着ならびにターミナルビルの利用に現在のところ支障は出ていない。

このあと、ハイジャック機の機長と連絡を続けているアリタリア航空の空港事務所員から説明があった。

――機長の話を総合すると、犯人は手にダイナマイトのような爆発物を持ち、身体にも巻いているとのこと。他に機内にも爆薬を数カ所仕掛けてあり、また、自分と一緒にリビアで特殊訓練を受けた仲間が数人同乗しているとも言っている。犯人はニューデリー空港を離陸後、機内サービスが終わった頃に、機内中央部の自分の座席から最後尾のスペースに移った模様。その場にある乗務員用の座席に陣取り、客室乗務員に対してハイジャックの意思を伝えた。犯人はインターフォンで機長としか話さないと言い、書面で次に述べる要求を提示し、いずれもイタリア政府としか交渉しないと主張。要求の第一点は息子を連れて来いというもので、イタリアの住所が記載されていた。現在この情報につき、イタリア大使館の協力を得て確認中である。第二点は三〇〇万ドル（当時のレートで約七六五〇万円）の身代金を用意すること。ほかに、ドアは常時閉鎖、交渉には無線でしか応じないこと、解放後に乗客の保安検査をしないことなどが要求されている。

続いて、空軍の担当官から簡略に対策の説明がなされた。

――機体は軍の監視下にあり、約五〇名の兵士が、犯人を刺激しないよう遠巻きではあるが、スタンバイしている。狙撃兵ならびに催涙ガスを使用した奇襲作戦の実行態勢は整っている。命令があり次第、強硬策を取ることができる。

その場にいた人の多くは、既視感にとらわれていた。つい一年ほど前にも、タイにハイジャック機が持ち込まれたことがあったからだ。

八一年三月、インドネシアで過激派がガルーダ・インドネシア航空206便をハイジャックして、バンコク国際空港に乗りつけた。四人の犯人は乗客約五〇人を人質に取り、インドネシア国内の監獄に収監されている政治犯の釈放を要求。政治的な動機によるものだったが、インドネシアの国内問題でありタイとは何の関係もないという点では共通していた。タイ政府はあくまで平和的な解決を希望し、ハイジャック機には手を出さないでいたところ、事態を見かねたインドネシア政府は軍のコマンド部隊を送り込み、機内に突入させて犯人を全員射殺して解決するという強硬手段を取った。

リパンデリ大使とアリタリア航空の代表者は、タイ政府側から強硬策を望むかどうか聞かれたが、乗客乗員の安全を優先したいとて、まずは犯人と交渉を始めることにすると返答した。

リパンデリ大使は一連の説明およびタイ政府の協力に感謝を述べ、とにかく犯人との交渉を試みると言って立ち上がった。大使は大使館員を連れて、航空会社の事務所に移動した。

マネル・アベイセケラ大使

アリタリア航空の空港内事務所の一室に設けられた対策本部で、リパンデリ大使はアモローサ機長と無線で会話し、事態の確認をした。そこに駐タイ・スリランカ大使マネル・アベイセケラが、夫のヘクター・アベイセケラと秘書長のプレマラトナを伴って来着した。[*5]

アベイセケラ大使は当時四九歳。白地の半袖ブラウスに手描き模様のサリー布を腰から上体に広く回して左肩に押し上げる、いつものスタイルだった。彼女はオックスフォード（サマーヴィル・カレッジ）に学んだ才媛であり、スリランカ女性として初めてキャリア外交官に任用された経歴を持つ。高級官僚でのちに上院議員も務めた父を目標に努力した、男勝りな性格だった。タイの勤務は二度目である。七〇年から七四年、駐タイ公使代弁を務めた。公使代弁とは大使を置かない国に置く代理大使のことであり、実質的な職務は大使と同じだった。このとき、タイの国連機関に研究者として勤めるヘクター・アベイセケラと出会い、結婚した。二度目のタイ勤務となる今回は、スリランカ初の正式な駐タイ大使としてであった。

マネル・アベイセケラは外務省に入省後の研修として、ケンブリッジ（ニューホール・カレッジ、現在のマレー・エドワーズ・カレッジ）で国際法、国際関係論、経済史、そしてイタリア語を学んだ。最初の海外勤務地はローマだったが、一年しかいなかった。通常は赴任中の三年以内に省内の資格試験を通り語学も堪能になればいいところ、彼女はたった一〇カ月でクリアして三等書記官に昇格し、本省に戻ったのだ。そういうわけで、アベイセケラ大使はイタリア語が堪能だった。彼女は対策本部内で交わされる会話や機長との会話の一切を聞き取って、いち早く事態を把握した。

夏時間のイタリアとタイの時差は五時間である。本国からの連絡を待っていたイタリア大使館員に、昼前、第一報が届いた。犯人の書面にあったモデナ県の住所に探り当てられた家族は、妻アンナ二九歳、息子フリィ三歳。アンナと連絡が取れたが、彼女は犯人に卑怯なマネはやめて投降するよう伝えてほしいというだけで、それ以上の協力を拒んでいるという。それを聞いたリパンデリ大使は国際電話をし、アンナと直接話して説得を試みた。

ローマをその日の午後三時半（タイ時間は午後八時半）に出発するタイ国際航空のＴＧ９４１便が、最も早くバンコクに着くフライトだった。明朝七時に到着する予定だ。

対策本部にいる全員が祈るような気持ちで見守るなか、リパンデリ大使が説得を繰り返した結果、アンナは息子フリィを連れてバンコクに来ることに同意した。しばらくしてから、アンナがフリィを連れてローマ空港に向けて車で出発したと確認された。

スリランカ大使館では、機長から連絡があった犯人の名前セパラ・エカナーヤカについて調べていた。まず出入国審査のブラック・リストに照合してみたが、該当する名前はなかった。本国に照会していたところ、時差が一時間半と少ないこともあって、早々にテレックスの返信が届いた。それによると、犯人セパラの犯行歴はヨーロッパで麻薬所持のため拘留されたことがあるだけで、反政府運動など政治的な犯罪の記録はないようだった。だが、偽名かも知れないとの疑いは残った。

午後三時前、犯人と交信する方法が改善された。それまで犯人は機内最後尾に居すわったまま、インターコムを通して機長とだけ話し、機長が無線で対策本部のリパンデリ大使と話すという、迂遠で間接的な方法が取られていたのだが、トランシーバーで犯人と直接交渉が可能になった。機内食と飲み物を搬入するカートにトランシーバーをまぎれ込ますことに成功したのだ。

犯人はトランシーバーを通した直接の対話に積極的に応じてきた。リパンデリ大使は卓上のマイクを持って犯人に話しかけた。犯人と機長はこれまでもイタリア語で会話していたというので、大使もそれを踏襲した。

リパンデリ大使がセパラと交渉するのをアベイセケラ大使は隔靴掻痒《かっかそうよう》の思いで聞いていたが、要領を得ないところもあり、自分が代わって交渉しようと申し出た。アベイセケラ大使はマイクを受け取るとシンハラ語でセパラに呼びかけ、セパラの返事に神妙に聞き入った。犯人がシンハラ人の偽名をかたったタミル人の過激派ではないかと、大使はまだ疑っていたのだ。スリランカで大きな民族問題となっていたシンハラとタミルについて、詳しくは後述する。タミル人のなかにもシンハラ語を上手にたぐる人は多いが、語頭の濁音の発音を苦手とすることが多い。大使は夫と秘書長と顔を見合わせ、訛りはないようだと確認した。

アベイセケラ大使はしばらくセパラとシンハラ語で会話を続けて、イタリア大使に代わって自分がこのあと交渉相手を務めることにつき、セパラの了解を取り付けた。大使は会話を英語に切り換えた。まわりのタイ人やイタリア人にもわかるように、特殊な場合を除いて会話は英語にしようと提案し、セパラも了解したのだ。

アベイセケラ大使はこのあとも、犯人セパラとの交渉役を続けた。徐々に信頼関係のようなものが生まれたようだ。大使は後年語っている。犯人が自分の言うことを素直に聞き、本格的な交渉にも応じてくれたのは、奇跡のようだったと。

交渉では人質の解放が何よりも優先された。段階的な解決策として、妻子を呼び寄せる以上はせめて機内の婦女子や老齢者だけでも解放するようにと、大使はセパラに要求した。セパラの妻子が明朝到着する前提での交渉だったが、セパラは本当に妻子が来るかどうかわからないと言って抵抗した。ただ、妻子がローマからバンコクに向かう航空便に搭乗しさえすれば、到着するのは時間だけの問題だという認識では一致していた。対策本部では、アンナとフリィがタイ国際航空便に搭乗したら、コックピットから無線を繋いでセパラにも声を聞かせることができるのではないかと検討を始めた。

スリランカという国

スリランカの由来

事件の展開を追いかける前に、犯人セパラ・エカナーヤカやマネル・アベイセケラ大使の出身地であるスリランカの基本的な事柄に触れておきたい。[*6]

スリランカという名称はスリー（光輝く、聖なる）ランカー（島）という意味である。ただこれは、この国にあるふたつの言語のうち、シンハラ語の国名であり、タミル語ではイランガイという。ランカーとは、島という意味の普通名詞であると同時に、この国土を指す固有名詞としても使われる。インドの叙事詩「ラーマーヤナ」に出て来るランカー島とはこの島のことだとする伝説のゆえである。地理的にはインドの南東に位置し、六万六〇〇〇平方キロメートルの国土は、北海道本島の面積七万八〇〇〇平方キロメートルの八割五分くらいである。形状は、まるでインド亜大陸がインド洋に落とした涙のしずくのようだと言われる。古くはインド本土と陸続きだったらしいが、今でも海峡の幅は最も狭いところで五〇キロメートルくらいしかなく、しかもその間を珊瑚礁や小島が連なっている。近世に至るまで徒歩で横断できたとも言われ、それゆえ、太古からインド本土との人の交流が盛んだった。

大陸に近い島という点では日本も似ており、古代から朝鮮半島や中国大陸と人的交流があった。ただし、最短距離でも二〇〇キロメートルほど離れており、遭難のリスクを負いながら船で往来するしかなかったから、交流の密度は違った。また地政学的にも、日本列島はユーラシア大陸の東のはずれに位置し、その先には大洋が広がるだけだったのに対して、ランカー島は北にインド、東に中国、西にペルシャという三文明に囲まれ、東南アジアにも近接して、東西交易の要衝の地だった。

早くから西欧列強に目をつけられ、一六世紀初めからポルトガル、オランダ、イギリスにそれぞれ約一五〇年ずつ支配された。ポルトガルとオランダの支配は沿岸部に留まっていたが、イギリスは一八一五年に中央高地に残っていたキャンディ王国を滅ぼし、全土を支配した。第二次世界大戦後の一九四八年になって、セイロンの国名で、イギリスの植民地から自治領として独立した。

スリランカの民族・言語・宗教

この国に暮らす人々の構成は複雑であり、宗教、言語、来歴といった要素をもとに分類される。全人口の約七五パーセントを占めて多数派を形成するのは、シンハラ人という、ランカー島に固有の民族である。シンハラ語を使用し、多くが仏教徒だが、植民地時代の影響からキリスト教徒もいる。

シンハラ人に次いで多く、全人口の一五パーセント強を占めるのがタミル人である。インドのタミル・ナドゥ州に主に暮らすタミル人と祖先を同じくする人たちであり、タミル語を使用し、ヒンドゥー教徒が多い。タミル人はさらに二分され、紀元前後に南インドから移住して島の北東部を中心に暮らしてきたタミル人（セイロン・タミル）と、一九世紀から二〇世紀初頭にかけてプランテーション（イギリスが植民地経営のため島の中央高地に開発し経営した大規模農園）の労働者として南インドから連れて来られた移民の子孫（インド・タミル）から成り、二対一くらいの人口比である。

シンハラ人、タミル人の次に分類されるムスリムは、全人口の一〇パーセント弱を占める。名称の通りイスラム教徒であり、古くはムーア人とも呼ばれた。タミル語を使用することが多い。以上のほかに、バーガーと呼ばれる主にヨーロッパ人とシンハラ人との混血の子孫、マレーと呼ばれるマレー起源の人々がいるが、合わせて一パーセントにも及ばない。

政府は定期的に国勢調査[*7]を実施して、民族や宗教の統計データを整えている。独立当時は総人口が七〇〇万人に過ぎなかったが、一九八一年（アリタリア航空機ハイジャック事件の前年）には倍増して一五〇〇万人に近づいていた。二〇一七年の統計では総人口はさらに二一〇〇万人に膨れ上がっている。独立後七〇年間におけるこのように急激な人口増加にもかかわらず、シンハラ人が占める七五パーセントという数字はほぼ変わらない。タミル人は三パーセントほど減り、ムスリムがその分増えた。タミル人の減少は、後に述べる内戦のせいで多くが犠牲になり、また海外に移住したからである。

宗教で見ると、ムスリム＝イスラム教徒であることはさておき、シンハラ人＝仏教、タミル人＝ヒンドゥー教という風に単純に大別できないのは、キリスト教が加わっているためである。キリスト教徒は現在の総人口の約八パーセントを占め、シンハラ人とタミル人の両方にまたがる。歴史的にはポルトガルの占領下でカトリックの伝道が始まり、オランダが占領する間はカルヴァン派のプロテスタントが、その後のイギリスの植民地下でもプロテスタント諸派が、それぞれ布教を行った。現在、キリスト教徒の多くをカトリック信徒が占める。

スリランカの国旗は人口構成を反映している。栗色を背景に剣を持つ金色のライオンが大きく描かれていて目を引く。この図柄はシンハラ王朝のシンボルからとったもので、シンハラ人を示し、ライオンの四隅に描かれた4枚の菩提樹の葉は仏教を意味するらしい。左端に縦に引かれた二色の帯は、オレンジ色がヒンドゥー教徒を、緑色がイスラム教徒を指すのだという。三つの宗教と民族を表現したようだが、ふんぞり返った多数派と隅に追いやられた少数派という印象をこの構図は与えかねない。キリスト教徒を示す図柄は見当たらない。

このように民族と宗教が小さな島で複雑に絡み合っているなか、イギリスの植民地支配やキリスト教の布教に反発して仏教復興運動が一九世紀半ばから始まり、そこに民族主義的な思想が加わって過激派が生まれ、多数派対少数派の衝突という構図ができて、二〇世紀半ばの独立以降、紛争が絶えない悲惨な状態が現出する。

民族のほかにも、この国の紛争を理解するには知っておかなければならない要素がある。それは一般的にタブー視されて、無視されるか過小評価されがちだが、重要な要素である。そこに進む前にハイジャック事件が解決に至るまでを先に見ておきたい。

ハイジャック犯との交渉

機内にて・人質の一部解放へ

機内では客室乗務員たちが定期的に座席をまわって乗客の様子を確認した。問われるたびに、航空会社として一刻も早く解決できるよう努力しているところだと説明した。

午前一一時頃、四人の乗客が特別に解放された。インド人の親子、並びに病気を発症したイタリア人と日本人がひとりずつだった。

午後になって、客室乗務員から新たな進展が伝えられた。イタリアにいる犯人の家族に連絡がついた、ローマからバンコクに向かう一番早い便に乗るよう手配しており、その便に乗れば明朝到着する――。私は解決に向けて期待が持てそうな情報だと思う一方、明朝まで変化はないのかと思うと気が重くなった。

午後三時頃、サンドウィッチとソフト・ドリンクの機内食が提供された。私は昨日の夕食以来、機内で離陸後すぐに出された軽食も含めて何も食べていなかったが、機内にずっと閉じ込められていたからだろう、特に空腹を感じていなかった。とはいえ、長丁場に備えるつもりで無理に食べた。

食後、私は隣のインド人の少年にならって機内音楽を聞くことにした。前の座席の背もたれのポケットから聴診器の形状をした安っぽいイヤフォン取り出し、ビニール管の先端を肘掛けの挿入口に差し込み、耳管を左右の耳の穴に入れる。機内誌の音楽欄を見ると、クラシックとポピュラー音楽の2チャンネルしかない。私は景気のいい方にしようと、肘掛けの下のダイアルを回した。ロッド・スチュワートのしゃがれ声が聞こえてきた。

〈若き心、解き放たれよ、今夜こそ。時はきみに味方している〉

長い歌詞のなかで私が聞き取れたのはこのフレーズだけだった。歌詞の通りに今夜解放されるかも知れないと一縷の希望を抱き、それに備えて少しでも体力を回復させ温存しておこうと考え、私は座席でゆったりとすわり直した。窓の外には黒々とした滑走路と、その先のフェンスが見えた。空調の効いた機内と違い、外は暑そうだ。照明灯が一本あって、そばに足場が設けられてテレビ・カメラらしいものが据え付けられていたが、人の姿は見えなかった。

私はうとうとして、断片的な夢を見た。

――深夜に到着したカルカッタ、空港の蛍光灯に羽虫が舞っている。空気が生臭く、蒸し暑い。私は車が来るのを待ちながら、みすぼらしい格好の子どもたちに取り囲まれている……。車に乗って川沿いの通りを走っている。月明かりの下、道端に延々と寝転がっている人たちは、寝ているのか死んでいるのか。白い布を体に巻いた男が、ふわふわと歩いている。笑うような風の声……。ホテルの暗く黴臭い部屋。洗面台のガラス瓶に飲料水、底に沈殿物が揺れる……。朝、着替えて表通りに出ると、次から次へと現れた物乞いに取り囲まれ、どちらを向いても前に進めない……。車は渋滞に巻き込まれた。窓をコツコツと叩く音がする。見ると空き缶だ。包帯を巻いた両手の間に空き缶をはさんでいる。頭から布をかぶっていて顔が見えない。反対側の窓にも缶を打ちつける音。車の四方八方でコツコツ、コツコツ……。

狭い座席で姿勢を変えた拍子に、尻が痛くて半覚醒した。

――あの注射のせいだ。昼食のチキンは生焼けみたいな感じがした。夕方になって体中が発熱、手や顔がミミズ腫れし、胸も腹も太腿も真っ赤。まぶたの裏がかゆくて目が開けられない。ニューデリーのどこだか、連れて行かれた診療所で、注射していいかと尋ねられていいと言ったら、ベッドにうつ伏せに寝かされ、いきなりパンツを引き下ろされて。痛みで絶叫して失神。意識が戻ると、目を開けることができた。ベッドの鉄柵をしっかり握り締めている両手の甲から、潮が引くようにミミズ腫れが消えて行く。でも尻が痛くて立ち上がれない……。

機内のざわざわした雰囲気のせいで、私は目を覚ました。夜の九時前だった。前方から浮き足だった歓声が聞こえた。客室乗務員がしきりに通路を行き来していた。犯人の家族がローマ空港を出発したというニュースを伝えているのだと、隣のインド人の母親が教えてくれた。日本人の客室乗務員が私のところにもやってきて、女性と子どもならびに五〇歳以上の男性が解放されることになったと伝えた。

前方では何人もの人が立ち上がっていた。新婚旅行や家族連れの場合、多くは夫だけを残して妻子が解放されることになってしまい、別れの儀式が機内のあちこちで演じられているようだった。私の隣では、インド人の母親が荷物を棚から降ろし始めた。左前方にいた男性が中腰で躊躇する様子だったのは、五〇歳未満だからかと推測されたが、イタリア人の客室乗務員はうなずいて何か言い、親指で前方に向かうよう指示した。五〇歳以上かどうかは厳密でないようだった。しかし、二五歳の私は誰に声をかけられることもなく、座ったままでいるしかなかった。

機内前方のドアにタラップ車が取り付けられているらしい。解放される乗客が、手荷物を抱えて通路に並んだ。インド人の母親が私に向かって、外の人に何か伝言はあるかと尋ねた。私は咄嗟にバッグからレポート用紙を取り出し、テレックス原稿をしたためた。無事にいると一報しておきたかったからだ。

「Ｔｅｌｅｘ」と大書した下に、勤務先のテレックス・アドレスと宛名を、改行して発信者である自分の名前を書いて、メッセージを続けた。

TH WA TAMA2 HIJACK NI SOGU SERUMO X BKK APT NO KINAI DE BUJI NI SIORI MASU Z KINAI WA IMANOTKRO HEION Z WAITNG FR RELEASE Z NNNN

（当方はたまたまハイジャックに遭遇せるも、バンコク空港の機内で無事にしおります。機内は今のところ平穏。解放待ち。終了）

母親は黙ってうなずき、私からその紙を受け取った。そして、息子の手を引いて通路の前方へと移動して行った。

日本人女性の客室乗務員がやって来て、私に声をかけた。すまなさそうな表情を見せたのは、彼女も解放されるからだった。

「もう少しのご辛抱だと思いますから」

気休めでもそう言ってくれてありがたかった。次に現れたイタリア人女性の客室乗務員は、「チャオ」と手を振り、笑顔を振りまいた。

窓の外を見ると、バスが何台か用意されているようだった。軍服の兵士も見えたが、機内に乗り込もうとするような緊迫した様子はなかった。

乗客の過半にあたる約一四〇人が解放されたとあとで知った。機内にはまだ一〇〇人余りが閉じ込められていたのだが、人数が減ったおかげで息苦しさが軽減したように私は思った。

機内放送があり、前方のファースト・クラスやビジネス・クラスの座席に空きができたので移動してもよいと伝えた。犯人が最後尾に陣取っていることを思うと、少しでも前方に移った方が安全かも知れなかったが、当時スモーカーだった私は喫煙席にいたいと望み、隣の座席がふたつあいてスペースができたこともあって、そこに留まることにした。斜め前にすわる西洋人の乗客と会話を楽しんでいたことも理由だった。彼は旅慣れていて、真ん中の肘掛けを引き上げて毛布を敷き、ベッドのように横になれると教えてくれた。お互いえらい目にあうな、と苦笑いし合う余裕が出てきたのを感じた。

「映画を上映します」と機内放送があった。こんな状況下で機内で映画を放映するのだろうかと怪しんでいたところ、乗務員がやって来て、客室のパーティションの上部のパネルをひっくり返してスクリーン側を表に向けた。

「ハイジャック機内で映画を見るなんて」

斜め前の西洋人が私の方に顔を向けて言った。

「最近ハイジャックの映画を見たばかりなんだ。きっとそれがいけなかったんだ」

彼が見た映画というのは、ハイジャック犯が身代金の入ったバッグを持って飛行中にパラシュートで飛び降りるという筋書きで、実際に米国で起きた事件を元にしているのだと解説した。身代金だけが目的ならそんなことも可能かも知れないと私は思った。

機内の照明が落とされ、天井の映写機から光がスクリーンに投射され始めた。映画の題名「Escape to Victory」が映し出されると、どこかから笑い声が聞こえたようだった。私は「ロッキー」以来シルベスター・スタローンの大ファンだという女友達と渋谷で見たのを思い出した。邦題は「勝利への脱出」という。第二次世界大戦中、捕虜になっていた連合国側の兵士たちが、ドイツの代表選手団とサッカーの試合をさせられる。それはドイツ軍の高官が考え出した余興だった。捕虜に屈辱を与えて残酷な喜びに酔い痴れようとしたのだ。手も足も出まいと甘く見たところ、捕虜たちは互角に対戦する。そして終盤、混乱に乗じて集団脱走するのだ。ペレなど有名選手が出演していたので話題になった映画だ。

ほかの乗客にならって私もイヤフォンを両耳にはめて映画を見始めたが、字幕がないこともあって楽しめなかった。私は教えてもらった通り、毛布を敷いた座席のベッドに仰向けに寝た。イヤフォンを外すと、機内で聞こえるのは空調の小刻みに震えるかすかな音だけだった。天井を見上げると、映写機が投射する光の束のなかにタバコの煙が漂っていた。私は自分の体が海に沈んでいくのを感じていた。飛び立った飛行機が空中で爆破され、機体がバラバラになってインド洋に墜落したのだ。海のなかは静かだ。海面の光が揺れてきらめいている。魚の笑い声がする。深く沈むにつれて、海面のきらめきが遠く小さくなってゆく……。

対策本部にて・残りの人質解放の交渉

当時の新聞記事によると、その夜解放された日本人乗客乗員は四三人だった。彼らは搭乗機の外で待ち構えていたバスに乗せられて、空港そばのホテルに案内され、部屋をあてがわれた。日本大使館の館員たちが、日本食の夜食を用意して詰めかけた。

解放された乗客の国籍は日本のほか、イタリア、インド、オーストラリア、アメリカ、カナダ、パキスタン、中国、韓国など多岐に渡っていた。各国の大使館や関係者、報道員らでターミナルビルはごった返した。対策本部でも人の出入りが激しかったが、そんななか、スリランカ大使館の職員だけは所在無げにしていた。

「良かったわね、スリランカ国籍の乗客がいなくて」

アベイセケラ大使は部下を元気づけようとして声をかけ、

「犯人のセパラ以外に」と付け加えて皆と笑い合った。

大使は無線機を通して聞いたアンナの言葉を思い返した。ローマ空港でタイ国際航空便に搭乗すると、アンナはコックピットに案内され、無線を通してセパラに向けて呼びかけた。今から息子と

共にバンコクに向けてローマを飛び立つと言ったあと、
「あきらめなさい。子どもを愛しているなら、こんな卑劣なまねをするんじゃないわ」と叫んだ。息子フリィが何か言う声もした。彼らの声がどのようにしてセパラに伝えられたのか、大使はわからなかったが、セパラはそのあとすぐに人質の一部解放を承諾したのだった。

リパンデリ大使が本部に戻って来た。このあとの交渉、つまり残りの人質全員の解放のための交渉を犯人と続けなければならなかったからだ。ずるずると長引くことは避けなければならない。明朝アンナとフリィが到着したタイミングで一気に解決してしまわなければならない事情があった。ハイジャック機は機内空調のため補助エンジンだけ稼働させていたが、タンクの燃料が明日の昼までしかもたないのだ。燃料が尽きるとエンジンが停止し、冷房が切れた機内は蒸し風呂のような状態になる。前年のガルーダ・インドネシア機がこの状態に陥り、乗客乗員は過酷な環境に置かれた。今回も、いくら機内に残されているのが壮年男子だけとは言え、蒸し風呂状態が長く続くと彼らの健康状態が、精神状態を含めて危ぶまれた。

最大の問題は、犯人の処遇と逃亡先にあった。セパラは身代金を手に入れて家族と一緒に暮らしたいと要望していた。これが可能にならない限り、彼は残りの人質の解放には応じないのだ。セパラは当初リビアを逃亡先として示唆していた。ただ、いよいよ家族がバンコクに来るという段になって、彼はできることならオーストラリアかアルゼンチンに、と言い出した。理由はというと、客室乗務員の女性から、家族で住むならリビアなんかよりずっといいと薦められたから、というのだった。

対策本部では協議がなされた。リビアの可能性は否定できなかった。狂犬と呼ばれたカダフィの独裁政権が一九六九年以来続いていたこの国は、ハイジャック機を受け入れることで悪名高かったからだ。一九七三年に日本赤軍とパレスチナ解放人民戦線がハイジャックしたパリ発の日航機の場合も、リビアは受け入れただけでなく犯人の逃亡まで手助けした。そんなリビアを米国は、テロ支援国家だと非難していた。旧宗主国イタリアの航空機をリビアは大歓迎するだろう、とセパラはほのめかしたが、リパンデリ大使は峻拒したい意向だった。

オーストラリアやアルゼンチンはどうかと言うと、世界中のほとんどの国と同様、両国ともにハイジャック防止のための国際条約に加入しており、ハイジャック犯の受け入れ可否を打診できるような筋合いではなかった。ハイジャック関係の国際条約とは、一九六三年に東京で署名された条約（六九年発効）、七〇年にオランダのハーグで締結された条約（七一年発効）、七一年にモントリオールで署名された条約（七三年発効）を指す。特にハーグの条約は、ハイジャックを犯罪として規定し厳罰を科すよう締結国に義務づけると共に、その裁判権も認めた。従い条約の署名国は、オーストラリアとアルゼンチンを含め、ハイジャックを厳しく取り締まる法制を整備していた。タイも、ハイジャック犯には死刑を極刑とする刑事罰で臨む国内法を一九七八年に制定していた。

ハイジャック防止条約に加わっていない国がなかったわけではない。たとえばアルジェリアはまだ（一九九五年まで）入っておらず、七七年に日本赤軍が起こした先述のダッカ日航機事件では、日本政府はアルジェリア政府にハイジャック機の受け入れを要請し、犯人はアルジェリアで投降した。

対策本部で議論に上ったのは、前年に起きたインドネシア・ガルーダ航空事件だった。タイ政府の関係者の多くは、まだ生々しい記憶を持っていた。この空港に乗りつけた犯人グループは、スリランカにハイジャック機の受け入れを要求したのだ。犯人たちはスリランカが、ハイジャック防止条約に署名しながら国内法をまだ制定していないことを知っていた。このときスリランカ政府を代表して犯人と応対したのは、アベイセケラ大使だった。

あの日、大使は公邸で来客をもてなすための準備をしていたところ、インドネシア大使から電話を受けた。

「空港に詰めているところだ、助けてほしい」という。

アベイセケラ大使がバンコクの空港の空軍オフィスに着くと、タイ政府の関係者のほかに、インドネシア国軍の実力者ベニー・ムルダニがコマンド部隊を率いてすでに待機していた。彼はスハルト大統領の承認を得ていると言い、スリランカが犯人の受け入れ要求を断るつもりであると聞いても、異議を唱えなかった。タイ政府は自国内での流血を避けたいから、スリランカがハイジャック機を引き取ってくれるとありがたいと期待しているように、大使には感じられた。

彼らが見つめるなか、アベイセケラ大使は無線機を通してハイジャック犯と向かい合った。自分の返答がもたらす結果を予想して、大使は声が震えた。

「スリランカはＩＡＴＡ（国際航空運送協会）のメンバーだからハイジャック機を受け入れるわけにいかない」

これは本国のＷ・Ｔ・ジャヤシンハ外務次官に相談して確認した上での返答だった。国内法の解釈上では、ハイジャック機の受け入れが可能か否かはっきりしなかったから、ＩＡＴＡを理由に犯人の要求を突っぱねることにしたのだ。ハミード外務大臣経由ジャヤワルダナ大統領の確認まで取られた上で出された政府方針だった。

「了解した、サンキュー」と犯人が素直に返事する声を無線機のスピーカーから聞いて、大使はほっとすると同時に、後戻りできないところへ事態を進めてしまったのを感じた。このあとインドネシア軍のコマンド部隊が機内に強行突入し、犯人全員を殺害し、人質を解放したのだった。

アベイセケラ大使は、わずか一年ののちに再度ハイジャック事件に直面させられる我が身の奇遇に驚嘆するしかなかった。しかも今度は自国民が犯人である。逃げも隠れもできず、かといって強行解決などありえないと思った。大使はすぐさま調べたが、本国ではハイジャック関連法が制定されないままだった。この状況下、もしセパラがスリランカに行くなら、法律がない以上、彼は逮捕されず、裁かれることもないはずだ。好都合なことに、バンコク経由でコロンボへ行くスリランカ航空の便があるから、ハイジャック機を降りて夕方それに搭乗してくれればいい……。キリスト教徒の彼女は神に祈った。

スリランカにすぐ国際電話がかかるような時代ではなかった。空港内にはスリランカ航空の事務所もあったが、コロンボとの直通電話回線は引かれておらず、アリタリア航空の事務所にはローマとの間にしか回線がなかったので、大使はネパール航空や旅行会社の女性マネージャーに頼って国際電話をかけさせてもらった。夜中ではあったが、ジャヤシンハ次官を説得してセパラの本国への帰国を了解させるしかなかった。大使はタイ空軍の高官とも相談して了解を得た上で、セパラと話した。

大使はセパラに正しく状況を伝えようとしたが、それをセパラが冷静に理解できたかどうかは疑わしい。ただ、それでも結論として、セパラはハイジャック機を降りて夕刻のスリランカ航空便でコロンボに行く選択をした。案の定、スリランカに帰ったセパラは、アベイセケラ大使から不逮捕の確約があったと発言している。大使はこれを否定したが、セパラをスリランカに行くよう誘導したことは否定しなかった。スリランカ航空機に乗せることについても、次官経由で外務大臣の了解まで得たと発言している。批判する声がないわけではなかったが、大方の世論はアベイセケラ大使の英断が事件を無事に解決したと評価した。

身代金の手配

身代金は他のハイジャック事件に比べて高額ではなかったものの、三〇万ドルもの米ドル紙幣を当時のバンコク市内で一晩で掻き集めるのは容易ではなかった。タイの市中銀行から外貨を借りようにも、夜間では手続きができず間に合わない。イタリア大使館にもアリタリア航空にも十分な持ち合わせはなく、ついては日本や欧米の大使館に対して協力依頼がなされた。

その夜遅く、バンコク市内ラジャダムリ通りに面した、日本企業の駐在員が多く住む高級マンションでは、最上階に住む東京銀行（当時）支店長がシーロム通りの支店へ急行するのが目撃された。

後日、アリタリア航空のスポークスマンは、同社が身代金の準備に関わっていなかったと声明を出した。身代金はイタリア大使の要請に応じた在タイ大使館と銀行の協力に拠るものだった。

全面解放に向けて

アンナとフリィの到着

引き続き資料をもとに当時の状況を再現していく。

アベイセケラ大使は対策本部で夜を明かした。明け方、床で寝ている報道関係者を起こさないよう気をつけながら洗面所に行き、身体を拭いた。

アンナとフリィを乗せたタイ国際航空便は、予定通り朝七時過ぎにバンコク国際空港に着陸した。機体が停止して扉が開くとふたりは一番に降ろされ、タラップの下から車で空軍のオフィスに案内された。

アベイセケラ大使たちが待ち構えるところに、赤のパンツスーツを着た小柄な女性が男の子を連れて現れた。疲弊した様子なので心配になったが、リパンデリ大使と一緒に会話するうちに、ここまで来たからには何とかして解決しようという覚悟がアンナに生じてくるのがうかがえた。

アンナは息子を空軍オフィスに残してひとりでハイジャック機に乗り込むことを承諾した。犯人は息子が一緒に来ると思っているだろうが、息子を受け取ると心変わりして、人質を解放しないままハイジャック機を飛ばせと要求するかも知れないと懸念されたからだ。息子に会いたいのなら、息子と一緒にスリランカに帰りたければ、先に人質を解放してハイジャック機を明け渡すこと。それをセパラに了解させ、彼を連れて降機する。これがアンナに期待された使命だった。

身代金についても、アンナが持参するのは尚早だと判断された。人質の解放と同時にすぐ機内に運び入れられるように用意された。

アンナが空軍の兵士たちと出て行ったあと、アベイセケラ大使たちは身代金のバッグを乗せたタイ航空のバスに乗って、機体の近くへ向かった。

ハイジャック機の機体後部右側の非常口にタラップ車が取り付けられ、階段を昇ってアンナは機内に入った。空軍の兵士が機体の下で待機した。しばらくして機内から無線連絡があり、機長に付き添われたアンナが犯人と対峙しているところだと伝えたが、そのあと連絡は途絶えた。午前一〇時を過ぎていた。

解放前・機内にて

三人掛けの座席で横になっていた私が目覚めた時、窓のシェードはすべて開けられていて、朝の光がまぶしかった。便意を催した私は、立ち上がって前方のトイレに向かったが、ドアを開けると便器は汚物であふれかえっていて、とても座れる状態になかった。仕方なしに隣のドアを開けたが、そこも同じだった。どうしたものかと悩んでいると、若い男性の客室乗務員が現れ、前方にあるビジネス・クラスのトイレに私を案内した。そこはまだ利用できる状態だった。

「済んだら座席に戻って、じっと待っていてくれ」

乗務員の声は緊張していて、何か事態が進行しているらしく感ぜられた。

席に戻った私は、することもなしにすわっていた。朝食どころか、飲み物もない状態だった。床に落ちているイヤフォンに気付いて拾い上げ、耳に当ててみた。しばらく聞いていると、再びあのフレーズが聞こえた。

〈若き心、解き放たれよ、今夜こそ。時はきみに味方している〉

唐突に、赤いスーツ姿の小柄な白人女性が通路に現れた。場違いな感じがして、私は女から目が離せなかった。女の表情は硬く、動きは鈍くてぎこちなかった。機長らしい大柄な制服姿の男が、うしろに付き従っていた。

女はそろそろと私の横を通過し、最後尾の手前で犯人と向き合った。ようやく事情を察知した私は、頭だけ後ろへ向けて、背もたれの陰から奥の様子を覗き見た。女はよそよそしい感じで犯人と何か会話していた。私はイヤフォンをはずして耳をすませたが、声は聞こえてこなかった。

通路にいた機長が私に低い声で、手荷物を持って機内前方に移動するように指示した。私は足元に置いていたバッグを持って、前方の空席に移った。

しばらくして客室乗務員が小声で乗客のひとりひとりに声をかけながら通路をやって来た。バッグは足元に置いたまま、貴重品だけ身につけるようにとの指示だった。私はパスポートとトラベラーズ・チェックが入った袋を取り出して、膝の上に置いた。機内の「安全のしおり」にあるように、バンザイしながら非常脱出シュートを滑り降りる姿を想像した。

さらにそのまま待たされた。私たち乗客は緊張しながら、無言のまま座席にすわっていた。機内後方で何が起こっているかはまったく感知できなかった。

解放前・機外では

アベイセケラ大使はバスの座席にすわりながら、ハイジャック機をじっと見ていた。自分の出番があるかも知れないという期待と不安で落ち着かなかったが、まずはアンナと機長に任せ、機内からの連絡を待つほかないと自分に言い聞かせた。大使の近くでは、アリタリア航空職員が身代金の入ったバッグを抱え、いつでも持って行ける態勢でいた。近くのターミナルビルでは空港職員や航空会社の関係者が、数台の大型バスと共に、その時に備えてたむろしていた。

昼前、機内から連絡があり、機長を除く乗員乗客全員が解放されることになったと伝えた。アベイセケラ大使を乗せたバスはハイジャック機の下まで進んだ。バッグを抱えた職員が機体後部のタラップの真下で待った。非常口が開いたら階段を駆け上がり、機長にバッグを渡す手筈だった。

待機していたタラップ車が一台、機体の前部に向かった。大型バスが次々とターミナルビルを出発した。

解放のとき

機内放送を私が聞いたのは、七月一日の正午過ぎだった。非常脱出シュートなんかではなく、手荷物を持って解放されるようだった。乗客は指示に従い、通路に並んだ。機内前方のドアが開けられる音がした。乗客は皆、順番を守りながら、少しずつ前方に進んだ。はやる気持ちを抑えながら私は、やっとのことで機外に出た。いきなり顔に熱い外気を感じた。オイルと排気ガスのにおい、離着陸する飛行機のジェット・エンジン音。タラップの階段はゆらゆら揺れて不安定だったが、滑走路に降り立つと、硬くて熱い地面が足の裏を押し返してくるように感じられた。

地上で待ち構えていたテレビ・カメラが次々降りてくる乗客をとらえ、映像は日本でもニュース番組で放映された。私の姿も映っていたと後日教えてもらった。

乗客は名前が確認され、機体のそばで大まかに仕分けられた。日本人だけが集められたスペースでは、日本人の職員が日本語で説明を始めた。前夜解放された家族が宿泊している近くのホテルへ今から移動し、そこで休息してもらうと言った。ただ、一刻も早く帰国したい乗客には、午後二時過ぎの成田行き日航機に空席があるから、搭乗希望者は申し出るように、と付け加えた。

私はどうしようかと迷ったが、職員のひとりから名前を呼ばれ、メモを受け取った。「外で待っています」という走り書きの下には、勤務先のバンコク支店の日本人の名前が記されていた。

私は午後の便に乗るのをやめ、大半の日本人乗客と一緒にバスに乗った。バスは午後の便に乗る数人をその場に残して、ターミナルビルに移動した。ビルに入ると、大勢の報道関係者とテレビ・カメラが待ち受けていた。昨夜解放された妻子たちも待ち構えていたから、夫や父親と抱き合って再会を祝う場面がそこここに見られた。家族がいない乗客は、三人掛けのテーブル席に導かれ、インタビューを受けた。

しばらくして私たち乗客は再びバスに乗せられ、空港からバンコク市内に向かう途中のラマガーデンズ・ホテルへ移動した。

犯人の降機

機内にいた乗客全員がバスで移送されたところで、無線機から機長の声がして、今からセパラとアンナと共に降機すると伝えた。アベイセケラ大使ほか、待機していた人たちは皆バスから外に出て、機体の下で待った。

身代金のバッグを持ったセパラに続いて、アンナと機長がタラップの階段を降りてきた。アベイセケラ大使はそこで初めてセパラに会った。乱れた髪に痩身。髭《ひげ》だらけの顔は頬がこそげ、疲労困憊が見て取れた。ともかくバスに乗るよう、シンハラ語で声をかけた。大使はアンナをじっと抱きしめた。

機長も含め全員が乗ったバスは、空軍のビルに向かった。

空軍のオフィスに着くとセパラはフリィがいるのを見つけ、感極まったように息子を抱いた。そのセパラに対してタイ空軍の士官が、このたびの騒動はきわめて遺憾だが、紳士協定に基づき拘束することはしないと伝えた。タイ政府に対する要求は何もなかったから、暫時空港内に留まって乗り継ぐだけならば不法入国と見なすこともしない、ただし所定のフライトで移動しない場合は保証の限りではないと、不逮捕が時限処分であるとも説明した。

セパラはアベイセケラ大使にこれまでのお礼を言ったあと、アンナとフリィを連れてその晩のフライトでスリランカに行くことにしたが､帰国したらどういう扱いになるのかとあらためて尋ねた。

大使はわからないと正直に返事した。他の乗客の目につかないようスリランカ航空便のファースト・クラスの予約をしているはずだからと言って、秘書のプレマラトナに後を託し、大使は夫と一緒に帰宅した。

後日、この航空券について、スリランカ国会で取り上げられた。ハイジャック犯とその家族のため国費を使ったのかと野党議員が追及したのだ。その前に、アベイセケラ大使は犯人に対して不逮捕の保証をしたのではないかとも追及した。大使自身が国会に呼び出されることはなかったが、代わりにジャヤシンハ次官が矢面に立たされた。彼は答弁のなかで、アベイセケラ大使は不逮捕の保証などしていない、また、プレマラトナ秘書長によれば、航空券代はセパラが自分で払った、と弁明した。

爆発物の確認

タイ当局は事件が解決してすぐに、アリタリア機内を捜索した。犯人が首から下げていたダイナマイトは本物に見えたと機長は語っていたが、紙製の筒だったと確認され、また、機内をくまなく探索したが、特に爆発物らしいものは発見されなかったと公表した。

解放後の乗客

バスがラマガーデンズ・ホテルに着くと、各人に部屋が割り当てられた。私は部屋で顔や手を洗い、タイシルクのシャツに着替えた。それはターミナルビルにいた間に売店で買ったものだ。着替えをしたかった私は、スーツケースがいつリリースされるのかと職員をつかまえて尋ねたが、機内の検査が済み次第としか説明が得られなかった。ニューデリー空港でチェックイン時に預けたスーツケースは結局、一週間ほどしてから東京の住まいに届けられた。

シャツだけ着替えて私はロビーに降り、待っていたバンコク支店の人の車に乗って、市内の事務所へ行った。事務所ではタイ人や日本人の所員から歓迎された。日本に国際電話をかけさせてもらった私は、インドからと違って日本へすぐに国際電話がかかることに驚かされた。ニューデリーにも国際電話しようとしたが、申し込んでからどれだけ待つかわからないと言われた。私は無事解放されたと伝えるメッセージを紙に書いて、事務所のテレックス・オペレーターに手渡した。

ハイジャック機から解放された日本人乗客は、午後のＪＬ４６４便に乗った三四人のほか、客室乗務員だった女性ふたりも含め、ほとんどが七月二日金曜日に帰国した。成田空港に到着してインタビューに応じた人たちのなかに、作家の高斎正氏がいた。氏は当時まだ四〇代半ばであったから、先に奥さんだけが解放され、本人は最後まで機内に残った。解放されるまで緊張を強いられた三時間がいかに長く感じられたかを氏は語った。

このあともタイに残っていたのは私と、ハイジャック発生後間もなく持病の心臓病が案じられて解放され、空港そばのプミポン・アドゥンラヤデート病院に入院した尾上久雄・京都大学経済学部教授（五九歳）だけになったと新聞は報じた。

「ゆっくり休め」と国際電話で上司からねぎらいの言葉をかけられたのを額面通りに受け取って、航空会社が宿泊代を負担するのを幸いに、私はバンコクに三泊して日曜日に帰国した。アリタリア航空が手配した便に乗らなかったから、帰国便は自分で探さなければならなかった。チケットはニューデリー空港でチェックイン時に切り取られてしまって控えしか手元になく、それと六月二九日付けアリタリア便の搭乗券を持って、空港ビル内の航空会社の事務所ばかりが居並ぶフロアを走り回った。週末だからどの便も混んでいたが、何軒目かに訪れたKLMオランダ航空が同情と理解を示し、搭乗させてくれた。

帰国した翌日の月曜日から私は出社し、再び入札作業に忙殺される毎日に戻った。迷いの多い時期を私は乗り越えたようだった。

英雄の凱旋

犯人セパラについて帰国前の報道

アリタリア航空ハイジャック事件発生のニュースは、スリランカでも、六月三〇日、午前中からテレビやラジオで大きく報じられた。翌七月一日の朝刊では、事件の経緯もさることながら、犯人セパラ・エカナーヤカがどんな人物なのかにも紙面の多くが割かれた。当時の現地新聞紙はコロンボの国立図書館で閲覧できる。その記事から拾ってみたい。

警察の麻薬局の情報として、犯人セパラは一九七四年にオーストリアで、また、直近の八一年にはユーゴスラビアとパキスタンで、それぞれ麻薬所持が見つかり拘留されたことがあると記載され、インドPTI通信の情報として、犯人はその年の一月二五日に在ローマのスリランカ大使館が発行したパスポート（番号G００２８６５４）を所持し、六月一五日にラメシュワランからインドに入国したと報じられた。

続いて、犯人セパラがスリランカの南部州マータラ県の出身だと紹介して、彼を知る人たちのインタビューが載っている。さらにセパラの妹インドラニや従姉妹のロヒニ・ウィジェシンハが積極的に情報を提供している。——セパラは一九四九年の生まれで三三歳である。七一年のJVP（七二ページ参照）暴動のあとにヨーロッパへ渡ったが、長く音信不通だった。いつ頃からかイタリア人の妻子を連れて帰国し出した。父ドン・デイビス・エカナーヤカとは不仲で、六九年から会っていないようだ。学生時代の成績はそこそこだった。妻のアンナは五五年の生まれで、今年の四月にスリランカへ来て、息子を連れて帰った。セパラはコロンボのイタリア大使館に観光ビザを申請したが拒否された——等々。

このような断片的な情報が、七月一日木曜日の朝刊に載った。そして夕刻には、セパラが妻子を連れてその夜バンコクからコロンボに戻って来ると報道されたのだった。

事件のニュースが流れ始めたとき、視聴者の最初の反応は、とんでもない国際事件を起こした同国人に対する驚愕と非難だったが、家族を取り戻すために実行したという犯人の動機は、人々の心の琴線に触れるものがあった。イタリア人女性と結婚して子どもを設けた若いシンハラ人。何か事情があって家族と引き離されたためにやむなく事件を起こしたのではないか、と同情や共感が芽生え始めた。どうなるだろうかと事件の展開を気にしていたところ、いち夜明けてしばらくして事件は一気に解決した。犯人はひとりの犠牲者も出さずに要求をすべてかなえ、家族を連れてスリランカに帰還するのだという。劇的で、鮮やかな結末だった。人々はまるで上手なマジックを見たかのように驚き、感心した。外国の鼻を明かして、痛快な思いすらした。

彼こそはヒーローではないかと、セパラの帰国を歓迎するトーンで一部メディアが報じた。どういう事情であれ引き離された家族を、非常手段を使って取り戻した。家族を大切にするそんな男を、我々は誇りに思うべきではないか。よくやった、よくぞ南部シンハラ野郎のガッツを見せた。シンハラ人はシンハ（獅子）の子孫、そのシンハが牙をむいたのだ。セパラは初代国王ヴィジャヤの末裔だ、ランカー島の創造神のご加護があったに違いない、と。

空港到着、ホテルへ

凱旋する「我らが英雄（Apey veeraya）」をひと目見ようとして、その夜、コロンボ北のカトゥナーヤカ国際空港には二〇〇人もの人たちが押しかけた。セパラの実兄サティヤパラ並びにウィジェシンハ姓のふたりの叔父が出迎えに行った。空港は混雑し、興奮が渦巻いた。

セパラと妻子を乗せた航空機は、バンコクからわずか三時間半の飛行ののち、夜の一〇時過ぎに着陸した。三人は他の乗客がまだ席についている中、特別に空港職員により機外へ案内された。

セパラはなぜか外貨申告書に一〇万ドルとしか記載しなかった。税関の係官はバッグの中身を途中までしか数えなかった。セパラの叔父D・A・ウィジェシンハが外の混雑を心配して、警察官を伴って空港内まで入って来たからだった。

スリランカに帰還して逮捕された後のセパラ
（写真提供：セパラ氏）

セパラは黄色の蝶の模様が描かれたバティックを着て、すれたジーンズをはいた姿だった。フリィを抱いたアンナが続いた。警察が出迎えの人々を整理し、三人を二台のジープに乗せると、コロンボ市内までエスコートした。

セパラら一行は市内の海沿いにある高級ホテル、インターコンチネンタル（当時）に投宿した。セパラは何日も寝ていないからと言って、一切の電話を部屋に繋がないようホテルに指示した。

セパラとアンナはその夜それぞれインタビューに応じた。翌朝の現地紙に載った記事では、セパラは尊大だった。

「俺はキャプテンだった。（ハイジャック機を）支配していた。世界最大のジェット機を乗っ取って、誰に危害を加えることもなしに済ませた、偉大なハイジャッカーだ」

「俺は四日間寝ていないだけじゃない。毒か何かを盛られるのを心配して、ずっと飲まず食わずだった」

さらに、共犯や爆発物について記者から問われると、セパラはまだ虚構を演じていた。

「仲間の六人はローマ、ベイルート、デリーで乗った。イタリア人が四人と日本人が二人だ。やつらはほかの人質と一緒に解放された」

「爆弾は本物で、要求が満たされないなら飛行機を爆破するつもりだった。機内には空っぽの筒だけ残し、中身は仲間が持って出た。やつらがどうしているか知らないが、解放後の乗客を身体検査なしに自由にするよう、俺は当初から要求していた」

「本当はイタリアで家族と一緒に暮らしたかった。それをできなくした連中に教訓を学ばせるため、実行した」

アンナはコメントを求められ、二日間寝ていないからと言って初めは拒んでいたが、渋々語っている。

「バンコクには進んで行ったわけじゃなく、説得されて……」

「私のつらい経験はイタリアに戻るまで終わらない。狂った人から離れてしまいたい。彼は危険」

セパラと別れるつもりかと問われ、「話し合って決める。時間が必要」とのみ答えている。

逮捕に至るまで

コロンボに到着してひと晩休むと、翌朝、セパラは約三〇万ドル（当時のレートで約七六五〇万円）の身代金の入ったバッグを持ってホテルのロビーに立った。近くの銀行へ預けることにしたのだ。彼の取り巻きが数人と、ホテルに配備されていた警官も同行した。セパラはまず外資系のインドスエズ・バンク（当時）を訪れたが、事情を知る銀行職員は預金を拒否した。セパラが来ている

コロンボで公判に向かうセパラ（写真提供：セパラ氏）

と聞いて、銀行が入っているセイリンコ・ビルの従業員たちが押し寄せた。セパラは諦めて、次にセイロン銀行を訪れた。セイロン銀行（バンク・オブ・セイロン）は政府所有の大手商業銀行である。この銀行は、五万ドル超の外貨取引には為替当局の承認を要するとする外国為替管理法の規定をたてに、預金を拒否した。セパラはそれでもマータラにある彼の銀行口座に送金するよう指示して、バッグごと預からせた。金額は、正確には二九万七〇〇〇ドルだった。

アンナとフリィがホテルの部屋で休息する一方で、セパラは疲れも見せず、同郷人や支援者と昼食会を開き、ウイスキーを飲んだ。詰めかけた報道関係者のために、ホテルの会議場で記者会見に応じた。「俺は天才だ」と書かれたTシャツを来てセパラは壇上に現れ、興奮気味に対応した。質疑応答が終わりかけたところで、記者のひとりが尋ねた。

「逮捕される心配は本当にないのですか？」

セパラは記者をにらみつけて言った。

「誰にも俺を逮捕なんかできない。やれるものならやってみたらいい」

それを聞いて会場にいたセパラの支援者たちは有頂天になり、バンザイ（jayewewa）を叫び、大声を上げて歌った。

〈このシンハラ、我が祖国。我らが生まれ、死にゆく国〉

〈ランカー島は勝利の地。我らが高貴な母なる地〉[*8]

セパラらは勢いに乗ってホテルのロビーを練り歩き、ショッピングに興じた。セパラをひと目見ようと押し寄せた人たちが合流し、大騒ぎになった。ホテルの支配人は、他の乗客から苦情が来ているからと、どこかほかに移ってくれるよう要請した。

集まった人たちの一部はホテルの裏の浜辺に出て、ビールやヤシ酒などを飲みながら騒ぎ続けた。日頃の不満や鬱憤を晴らそうとするかのようだった。インド洋に沈む夕日がまぶしく、哀しいオレンジ色の光が人々の目に沁みるようだった。

次の日、車を仕立てた兄と共に、セパラはアンナとフリィも乗せて、昼過ぎにホテルを出発した。故郷に向かって、南へと幹線道路を進んだ。

車は夕方、ゴール（シンハラ語ではガッラ）という街の手前まで至ったが、そこに設けられた検問所で停止させられた。警察はコロンボ地方裁判所が逮捕状を発行したと告げてセパラら一行を逮捕し、身柄をコロンボに移送した。スリランカに凱旋を遂げたセパラは、結局、四〇数時間しか自由でいることができなかった。

第二章

ハイジャック犯セパラ

セパラとの交信

セパラを探して

二〇一五年春、私は人間ドックを受け、がんが見つかった。仕事に追われて一年半ぶりの受診だった。経鼻内視鏡がとらえた画像を見せながら、検査医はすぐに紹介状を用意すると言った。私はそれを持って総合病院に行き、精密検査を受け、抗がん剤治療と大きな外科手術を受けた。半年ばかり入退院を繰り返す間に、体重は二割も減った。

生活習慣を見直すようにと、医師はアドバイスした。知人は私に、ものの見方や考え方まで変えないことには、再び苦労することになりかねないと、経験に基づき忠告した。

手術後一年目の精密検査結果を聞こうと病院を訪れた際に、待合室のテレビでエジプト航空機のニュースを見て、私はアリタリア事件を思い出したのだった。

犯人セパラに関する記事をネットで検索して読み進めるうちに、彼に対する興味が増してきた。彼が今どうしているかが最初の関心事だったのだが、彼が生まれ育った環境や時代背景にまで興味が向いてきた。彼について知ろうとすると、スリランカの歴史や地理についても知らねばならないのだった。

私は会社勤めを始めてから三〇数年間、いくつかの新興国のインフラ開発の仕事に携わってきたが、あいにくスリランカには縁がなかった。内戦中の報道を読んで物騒な国だと思ったり、観光案内を見ていつか行ってみたいと漠然と思ったりしたくらいだった。そのため、スリランカについては一から情報収集を始めなければならなかったが、病後、仕事に熱意を感じられないでいた私にとって、この作業は楽しみになった。

情報収集と並行して私はセパラを知る人がいないか、思い当たるところに当たり始めた。たまたま通勤途中の駅の近くにスリランカ料理店があり、経営者が旅行会社も経営するスリランカ人だと知って、彼が店にいる時間を確認して会いに行った。彼はセパラの名前を知っていた。ただ、事件はまだ彼が一〇歳くらいの頃で、大人たちが騒いでいたという記憶しかないと言った。

他にもいろいろなところに問い合わせたが、返事が来たのはわずかだった。そのひとつ、在スリランカ日本大使館の文化担当書記官から返信を頂いた。彼が大使館内で尋ねてみたところ、年配のスタッフの中に事件を知っている人がいるにはいたが、古い話なのでよく憶えていないとのことだった。

「当地を訪問して調査会社を起用されることをお勧めする」と彼はアドバイスした。いつの日か訪問してみないといけないだろうと私は思い始めたが、行くからには調査依頼するだけで済ますわけにいかないとも考えていた。

私の勤務先はその昔コロンボに事務所を構えていたが、閉鎖して久しかった。そのコロンボ事務所に九〇年代に駐在していた人がまだ職場にいると聞き及び、彼にも相談してみた。

期待薄だろうと思っていたところ、数日後、彼から連絡があった。アジームという名前のスリランカ人ムスリムの知り合いが、ＳＮＳを利用してセパラを知る人物を探り当て、その人物からセパラの携帯電話番号とメール・アドレスを入手できたそうだ。それだけではない、アジームはわざわざその番号に電話して、誰かのなりすましではなくセパラ本人であると確認した上で連絡して来てくれたのだという。

意外なほど簡単に見つかって驚いたが、いかにも情報化社会らしく思われ、自分の時代遅れを覚《さと》らされた。

「ハイジャック機に乗っていた日本人が連絡を取りたいというなら、喜んで応対するから、この連絡先を教えてあげてくれ」

セパラはアジームにそう言ったという。連絡先が判明しただけでなく、私が彼を探していることまで伝わったのだ。そうなったからには、ぐずぐずしてこの機会を見逃すわけにはいかない。とは言え、先方の考えやコミュニケーション能力などがわかっていない以上、電話して意思を通じ合えるかどうか自信がなかった。そこで、私はセパラ宛てにメールを発信してみた。

――私はあのアリタリア機に乗っていて、しかも最後尾に近い座席でしたから、あなたの顔も姿もよく見えていました。もう三〇年以上前の件ですし、たいした被害もなく短時日で済んだのですから、いまさらどうこう言おうというのではありません。ネットであなたの記事を読んでいるうちに興味を持ち、あなたと連絡を取ってみたいと思っただけです。大病を患ったのですが、回復したらスリランカに旅行したいと思っていて、そのときにでもお会いできたらいいな、と考えています。

翌日、セパラから返信が届いた。

――あなたのメールは興味深く読んだ。早期に健康回復されることを望む。事件は若かったあなたに衝撃だったろうが、わたしはイタリア政府との間で問題解決しようとしただけで、乗客に危害を加える意思はなかったことを改めて申し上げる。あのあとわたしがスリランカに戻ったのは、スリランカには取締法がないから受け入れられると大使から聞いたからだ。わたしはそれを信じて行き先を変更した。スリランカに帰ったら英雄のように歓迎されるなんて、思ってもみなかった。わたしの希望は息子と暮らすことだけだった。息子と一緒に先妻も来て、ホテルに宿泊した。そのあと故郷の村へ向かう途中、警察がわたしを拘束した。政府はハイジャックを取り締まる新法を急いで作り、過去に遡って適用した。先妻はイタリアに帰り、わたしと離婚した。わたしは無期懲役の判決を受けたが、控訴して懲役五年に減刑された。服役の後、わたしはわたしが失ったものを取り戻し始め、（出所後に）再婚し、娘と息子を授かった。あなたとスリランカで会える日が来るのを期待している。コロンボで歓迎する。

私は何度も読み返した。論旨は一貫していて、英語もしっかりしていた。このメールを読む限り、会って会話をすることは可能だろうと思った。

しかし、英文の文章よりも私が驚かされたのは、メールに添付されていた写真だった。一枚はセパラがひとり、どこかの庭園を背景に立っているもので、ヨーロッパに旅行したときの写真らしい。オーバーコートを着ているから恰幅よく見える。総白髪であご髭も白いが、きりっとした顔付きである。

もう一枚は結婚式の写真だ。再婚して娘と息子を授かったとメールの本文にあったが、両人とも成人してヨーロッパへ留学しており、去年、娘が結婚したというのだ。ウェディング・ドレスを着た聡明そうな娘が花束を持って中央で微笑み、向かって右側にタキシード姿のセパラ、左側に新郎、母親、息子が正装して並んでいる。いつまで見ていても見飽きない写真だった。娘の美しさもさることながら、娘の母親でセパラの現在の妻である女性が、いかにもしっかり者といった感じの面持ちをしている。

私は不思議なものを見た感じにとらわれた。試しに私は、ネットで見つけて「お気に入り」に収蔵していた古い記事を画面に映し出してみた。その記事に添えられた二枚の写真を初めて見たときにも、私は不思議な思いにとらわれたのだった。セパラ夫妻に並んで写っている大柄な若い男。ハイジャック事件時に三歳だった息子のフリィが、成人後、父親に会いにスリランカへ来たと報じる一九九八年の記事だった。こんなこともあるのかと、記事を見た私はびっくりしたが、何度も読み直すうちに、こんなことが起きるセパラという人物はただ者ではないと思うようになり、ますますセパラに興味を持ったのだった。もうひとつの写真には、セパラ夫妻とフリィの横に、緊張した表情の幼い姉弟が並んで写っていた。セパラが再婚後に生まれた娘と息子だった。その姉弟が成長し留学し、娘が結婚したというのだ。

不思議なものを見たという感じが落ち着いてくると、今度はぜひともセパラに会いに行こうという気持ちが膨らんできた。いよいよ彼のことが私には他人と思えなくなっていた。

再会に備えて

かつてのハイジャック犯に会いに行くつもりだと私が言うと、家族を始め皆が驚き、一様に心配した。心配いらないと言い切るのは難しいが、長年仕事を通じていろいろな国のいろいろな人たちとお付き合いしてきた経験から、大丈夫だと思う、と説明した。

九月に入って、医師に相談した上で、私は肩慣らしのため一週間ほど中東に出張してみた。職場に復帰して初めての海外だったが、特に問題はなかった。これで自信を得た私は、一〇月か一一月にコロンボへ行こうと思うがどうか、とセパラに打診した。定期精密検査を終えてからがいいと思ったのだ。

セパラからは、娘と息子に会いにヨーロッパへ行っていて不在にするから、一二月がいいと返事が来た。それではと、私は一二月半ばに旅行を予定した。そしてそれまで一カ月以上も時間があるのを幸いに、スリランカに関連した情報を書店やネットで漁り、さらに図書館で参考図書を片端から読んでみた。

カースト社会

民族と宗教とカースト

前章でスリランカの民族・言語・宗教を人口構成と共に概観した際に、もうひとつの要素、すなわち、この国の対立や紛争を理解するには重要だと思われるにもかかわらず、一般的にはタブー視されて無視されるか過少評価されている要素を後回しにした。その要素、カースト制度について概観しておきたい。[*9]

カースト制度はインドのヒンドゥー教に固有の身分制度であると一般に解説される。バラモン（神職）、クシャトリエ（武士）、ヴァイシャ（市民）、スードラ（労働者）という四つに大別されたヴァルナと、このヴァルナに属さない不可触民から成り、さらにジャーティという、数千に上ると言われるほど細分化された職業・地縁・血縁的社会集団や階層の単位に分けられる。実際にはこのジャーティが社会構成や人々の生活に深く関係すると言われる。

スリランカのタミル人を先に見てみると、祖先が南インドから移住してきて、今もその八割以上がヒンドゥー教徒だから、その社会にカースト制度があるのは不思議ではないが、変容が指摘されている。北部のタミル人社会では、ヴェッラーラ（タミル語で農民の意味）と呼ばれる、農業を中心に政治や経済など社会全般を支配する指導者階級が人口の半数を占める。ヴェッラーラは南インドでも有力な農民カーストである。南インドではまた、カーストの最上位にいて祭祀を司る聖職者のバラモン階級が北インドに比べて少ないのが特徴だが、スリランカではさらに数が少なく、力も弱かった。そこで、スリランカ・タミル人社会のカースト制度は、上位の支配層ヴェッラーラと様々な下位カーストから構成される。この基本構造のほかに、沿岸部にはカライヤールと呼ばれる交易などに従事する漁民カーストが居住している。これらカーストに属さない不可触民層は多く、正確なデータはないが人口の一五から二〇パーセントだとする説がある。

タミル人社会のカーストについてはのちにまた述べるとして、次にシンハラ人社会を見てみたい。

シンハラ人の八割は仏教徒である。仏教はクシャトリエ階級に生まれたゴータマ・シッダールタが悟りを開いたのが始まりであり、ヒンドゥー教の前身であるバラモン教を否定し、カースト制度を否定するとされる。だから、シンハラ仏教徒の社会にカースト制度があるのは、本来なら理屈に合わない。なお、キリスト教はカーストを認めないから（ただし、かつてカトリックの布教は上位身分と下位身分に信者を分けてなされた記録が残っているそうだが）、シンハラ仏教徒社会に固有の身分制度としてのカーストということになる。

私のような外国人旅行者が尋ねると、カーストなんて今ではもう残っていないと決まって言われる。そこで、かつての話を聞かせてほしい、かつて存在した事実とそれが与えた歴史的影響について知りたいから、と説明することになる。それでもまだ、スリランカのカーストはインドのように複雑で厳格な制度ではないと比較論にすり替えられたり、議論するのは無意味だと拒否されたりする。ところがそんな反応とは裏腹に、こと身内の結婚に際しては相手の家のカーストを気にするというから、世代にもよるとされるものの、今でも人々の意識の中に残っているようだ。下位カーストほどカースト意識が強く、農村地域では特に根強いと指摘する学者もいる。都市にあっても、ガラスの天井が存在して出世するには限界があるという話も聞く。ハラスメント問題のように、カーストもまた、差別を受ける側から本音を聞かなければわからない難しさがあるように思える。

学者によるとシンハラ人社会のカーストの階層は一三くらいしかないそうだ。たしかに、数千あると言われるインドに比べるとはるかに少ない。しかし、インドでは一九五〇年の憲法でカーストによる差別を禁止し、度重なる憲法改正や法制定により、不可触民など後進階層と呼ばれる指定カースト・指定部族に対して議会の議席枠や就学・就職の優遇制度を設け、差別と貧富の解消をはかろうとしてきた。様々な問題が派生しているようではあるが、国家としてカースト差別を認めて対策を講じようとしている。

スリランカではインドと違って英国植民地時代にカーストは人口統計調査の対象になっていないから、データは限られている。

一番上の階級はゴイガマと呼ばれる土地持ちの農耕民であり、シンハラ人の半分（過半とも半数近くともいう）を占める。ゴイガマの中にも上下にいくつかサブ・カーストがある。

スリランカの近代文学を代表するマーティン・ウィクラマシンハの小説『変わりゆく村』は、二〇世紀初めの設定だが、南部の村コッガラにおけるゴイガマ・カーストの一家を舞台にしている。村で代々領主職にある一家は、マハ・ゲダラと呼ばれる大きな屋敷に住む。出入りする英語の家庭教師は同じカーストでありながら、祖父が天秤棒を肩に担ぎ野菜を売り歩いて生計を立てていたからということで、一家から見下される。同じカースト内ですら、差別感情や驕りが根強くはびこっていたから、違うカーストの間では言うまでもないのだ。

ゴイガマに次ぐカーストは、中央高地と沿岸低地では様相が違っている。高地シンハラと低地シンハラという呼び分けが、一九八〇年まであったくらいである。中央高地に一五世紀から一九世紀初め（一八一五年）まで存在したキャンディ王国では、駕籠《かご》かき、鍛冶職、金銀細工職など、王に対するサービス（王役）が分業化され、職業別のカースト制度が根付いていた。比べて低地地方・沿岸部の農漁村では職業の分化が少なく、ゴイガマ・カーストひとつだけで村落を形成している例もある一方、カラーワ、サラーガマ、ドゥラーワと呼ばれる低位カーストが数パーセントずつだが存在した。かれらの祖先は、ここ数百年内くらいの比較的新しい時代に南インドから渡来してシンハラ化した集団だと考えられている。主に沿岸部に居住し、高地の王国から離れていたため自由度が高かった。漁業、シナモンの採取と流通、ヤシの樹液採取とヤシ酒作りなどが主な職業とされていたが、実際には多様な職業に従事していた。この階層から、海上交易など商売に成功した富裕層が一九世紀には現れる。

余談ながら、姓名からカーストが推定されてしまうため、低位カーストの人は姓名を変えたり移住したりする傾向が強かったと聞く。名字の変更は新聞広告を出すだけで可能であり、高いカーストに属する名字に変える例がここ何十年も続いたそうだ。

シンハラ人社会のカースト制度は、階層の数が少ないほかにも、インドと比べていくつか特徴がある。まず、最下層の不可触民がほとんどいない、また、最上位に聖職者のバラモン階級がいない、と言われる。バラモンが不在ならば、代わって仏教僧が最上位にすえられるのかというと、そうではない。仏教僧という地位は尊敬されるとは言え、生得ではなく出生後に就く地位だから、カースト外だとされるのだ。従い、出家して僧侶になった人たちの出身カーストはまちまちである。仏教僧の宗派とカーストには密接な関係が見られ、最古で最大の宗派であるシャム派はゴイガマ出身の僧で独占されていた。ゴイガマより下位のカースト出身で僧侶になった者は、他の少数宗派に属することが多かった。在家信者にも同様の分化が見られた。

最上位の特定カースト層が社会の約半分を占めるという点も、特徴と言えるだろう。インドではどのカースト層もせいぜい人口の数パーセントを占める少数派ばかりであり、支配的な多数派カーストはない。比べてシンハラ人社会では、普通に集団を形成するといつもゴイガマが最大多数を占め、低位カースト層は少数派になってしまう。一般的に、上位の多数派が意識していなくても、下位の少数派が差別を感じて鬱屈するという現象が、どこの世界でもいつの時代でも見られる。上位多数派が下位少数派に対して共感し寛容であるならよいが、時には容赦ない厳しさで接することがある。下位少数派はともすると社会的弱者として抑圧を受け、抑圧された気持ちは何かの拍子に引火しかねない。学生や若者など、純真さを失っていない人たちにはその傾向が顕著だ。異民族に対して、あるいは同民族同士であっても、様々な衝突が起きる要因になる。

カーストと政治

多数派の意見が優先されるのが、近代以降の民主主義政治のメカニズムである。この国の政治を見ると、多数派が誰であるかが明白だった。シンハラ人であり、ゴイガマ・カーストに属して、仏教徒であることだ。

男女普通選挙が、独立前の一九三一年に植民地政府から下賜される形で始まった。イギリス本国からわずかに遅れただけである。普通選挙が導入されるまでは、民族、宗教、地域に分けて各代表者が選ばれていたが、国民統合を進める目的から制度が改められたのだ。ところが、実際には逆効果だった。一挙に増大した有権者に対する選挙運動で、候補者は民族、宗教、さらにカーストを強調した。総選挙の結果、国会議員の大半をシンハラ人のゴイガマ出身者が占めることとなった。これが分断をもたらしたのだ。

政党の所属議員や党員の中には、中下層のゴイガマや、富裕でしかも高い教育を受けた下位のカラーワ層も含まれていたが、党のリーダーには、ゴイガマの中でも上位に位置する貴族亜種とも呼ぶべき名家の血筋がふさわしいと見なされた。

この国の政党政治を概観すると、最初に登場するのが、与党のUNP（統一国民党）を率いるセナーナーヤカ一族である。ゴイガマ出身であることはもちろん、先祖が植民地政府の高官だった名家の家系である。UNPからSLFP（自由党）が分離して、一九五〇年代からは二大政党が競う形になるが、このSLFPを創設したソロモン・ウェスト・リッジウェイ・ディアス・バンダラナーヤカ（以下、SWRDバンダラナーヤカ）は、やはり都市の名家の家系であり、ゴイガマのエリート層を代表する存在だった。そんな彼に嫁いだシリマウォ・ラトゥワッタは中央高地の旧キャンディ王国のラダラ（貴族階級）の家系で、格下婚だと揶揄されたという。

SWRDバンダラナーヤカは、政権を取った翌年の一九五七年に社会的障害防止法を制定し、カースト差別を違法とした。しかし、このあと見ていくように、効果は薄かったと思われる。

時代が降《くだ》るにつれて変化は見られる。のちにUNP（統一国民党）が政権を担当したとき、ゴイガマ優先だと批判されたことがあったが、改善の努力がなされ、一九八九年に大統領に就いた同党のラナシンハ・プレマダーサはゴイガマ出身ではなかった。彼は選挙活動中に自分が低位カースト出身だと強調したから、タブー視されていたカースト制度の存在を国の内外に広言することにもなった。彼が大統領に当選すると、上位カースト出身の国会議員たちも渋々彼をサー（Sir）付けで呼ぶようになったのだという。

このように国政の場で低位カースト出身者がトップに昇り詰めたくらいだから、この頃にはカースト差別はかなり軽減していたと見るべきであろうか。

セパラの旅立ち

生い立ち

後年セパラ本人に直接確認した事柄を先走って記述する。

セパラはゴイガマ・カーストの出身だった。南部州マータラ県にあるカラトタ村では、彼の一家を含め九割近くがゴイガマ・カーストであった。ほかには洗濯職や太鼓叩き職に分類される低位カーストの村人が住んでいた。彼は子どもの頃、村に住む女性の何人かを愛称ではなく実名で呼び捨てにするよう祖母に教えられ、初めて身分格差があることを意識した。祖母は同州内ハンバントータ市のラジャパクサ家という裕福なゴイガマ・カーストの家の出身だった。なお、このラジャパクサ家は、のちにマヒンダ・ラジャパクサ大統領ほか政治家を多く輩出する一家である。マヒンダの祖父とセパラの祖母の父親（セパラの曽祖父）は兄弟だった。

この祖母がエカナーヤカ家に嫁いで生んだ息子ドン・デイビス・エカナーヤカが、セパラの父である。セパラには兄と妹がいるが、母親は三人の子をもうけたあと早世した。父は再婚してカラトタ村を出てしまい、子どもたちは祖母の手で育てられた。

スリランカでは幼稚園から大学まで、私学を除き、教育費を無償とする制度が独立前の一九四五年から敷かれていた。ただ、教育費無償と言っても、衣食住など生活費は自己負担しなければならない。家計のゆえに進学を諦め、小学校を出るか出ないかで農作業を手伝わされる子どもも少なくなかったという。

セパラはカラトタ村の小学校を卒業すると、同じ南部州内の町ティッサマハーラーマに住む父と継母の家に同居して、同地の中学校に通うことになった。ところがそこで彼は荒れてしまう。厳格な父と相性が悪かったようだ。

GCEという、英連邦諸国で見られる一般教育修了資格の制度が、この国でも広く適用されてきた。学生はグレード（等級）に分けられ、グレード一から五が小学校、六から一一が中学校、一二から一三が高等学校に相当する。中学課程終了時（一六歳くらい）に全国統一OL（普通レベル）資格試験があり、高校進学の資格を得る。高校終了時（一八歳くらい）に全国統一AL（上級レベル）試験があり、大学入学の資格が与えられる。

セパラの場合、中学課程までは終了したようだが、高校進学はあきらめ、マータラ市の職業訓練学校に進んで英語を学んだ。英語はイギリスの植民地支配のもとで公用語とされた時代が長かったから、国内で働くにも英語の習得が望ましかったのだ。しばらくはカラトタ村の祖母の家から通学したが、のちにマータラ市内に住む叔父ウィジェシンハの家に居候した。

セパラはマータラの英語学校に二年通い、その後もマータラで暮らした。少しでも給与のいい仕事に就こうとしたが、不景気のため、職を転々とした。彼は海外に雄飛する夢を抱いた。いつまでも地元でくすぶっているのはいやだった。時間があると、本や映画から海外の情報を得て、いつかすべての場所を訪れたいと憧れた。

JVPの暴動

一九七〇年前後というのは、世界中で大小の学生運動が発生していた時代である。フランスの五月危機、アメリカのコロンビア大学闘争や黒豹党、イタリアやドイツでも学生運動や社会運動が高揚し、日本でも全共闘運動、ベトナム反戦運動や学園紛争が全国に拡大して、学校の内外でデモ隊が警察や機動隊と衝突し、死者が出ることもあった。

欧米や日本の事例とは規模も激しさも比較にならないほど大きな暴動が、この国で発生する。主導した組織をJVP（人民解放戦線 Janatha Vimukthi Peramuna）という。[*10] 指導者ローハナ・ウィジェウィーラは、一九四三年に南部の海沿いの街タンガッラに生まれた。

彼は共産党員だった父親の影響で、早くから党の青年同盟に加わった。ソヴィエト連邦（ソ連）が成立して共産主義が世界に広まり、この国では一九三五年に第四インターナショナル（トロツキー主義）の影響下でLSSP（社会党）が生まれ、一九四三年にはそこからスターリン主義のCP（共産党）が分派。ローハナ・ウィジェウィーラは父と共に、CPに所属していた。

彼はソ連のパトリス・ルムンバ民族友好大学に留学中、ソ連と中国との論争に接するうちに、文化大革命を進める毛沢東の革命思想に共鳴し、また、キューバ革命とそのゲリラ指導者チェ・ゲバラに心酔する。ＣＰ（共産党）をソ連寄りの修正主義だと批判して飛び出し、仲間と共に独自の活動を始め、一九六六年にＪＶＰ（人民解放戦線）を結成した。プロレタリアートのための真の革命政党、真のマルクス・レーニン主義を標榜。髭をはやしてチェ・ゲバラに似た風格を漂わせたローハナ・ウィジェウィーラは、カリスマ・リーダーとして組織をまとめ上げ、暴力革命を起こすため武装化を進めた。農園を経営して資金を作り、武器は自ら製造するだけでなく、警察や軍の施設を襲って奪い取った。政権与党に組する既存の左翼政党ＬＳＳＰ・ＣＰに不満を抱いた学生、労働者、農民が、ＪＶＰを支持した。指導者をはじめ幹部の多くがカラーワ・カーストの出身だった。低位カーストの者が多く参加したと指摘されている。

物価高、米や麦など生活必需品の窮乏、高い失業率など、社会不安が渦巻いていた。コロンボに住む富裕層・エリート層に対する不満が地方で高まっていた。教育費無償化政策のおかげで高等教育を受ける機会は与えられたものの、高等教育を習得した者にふさわしい職業が数少ないという社会のアンバランスが生じ、教育はあっても職がない若者の不満が高まっていた。

深刻な経済危機に瀕している情勢のもと、政権与党のＵＮＰ（統一国民党）は一九七〇年の第七回総選挙で大敗し、ＬＳＳＰ・ＣＰと組んだＳＬＦＰ（自由党）が政権に復帰した。新政権はＪＶＰをいつ武装蜂起するか知れない危険な国家の敵と見なし、活動を抑圧しようと努める。これに抵抗して大がかりなデモ行進がコロンボ始め各地で催された。七一年三月には大量の爆弾をＪＶＰが貯蔵しているのが発見され、ローハナ・ウィジェウィーラが逮捕される。政府は非常事態を宣言し、軍と警察は非常事態宣言とその後の特別法に基づき、ＪＶＰに属する数百人を暴動を起こす可能性ありとして逮捕し拘束した。

ＪＶＰ幹部は危機を予感したそうだ。その背景にはインドネシアにおける弾圧がある。一九六五年九月三〇日夜、インドネシアで軍事クーデター未遂が発生し、そのあと同国の共産党（ＰＫＩ）幹部や党員、関係者に至るまで、五〇万人とも言われる人数の虐殺が行われ、インドネシア共産党は壊滅した。

やられる前にやれとばかり、ＪＶＰ幹部は武装蜂起を計画し、実行した。四月五日の早朝、中部ウェラワヤの警察署がまず攻撃された。暴徒は学生、大学職員、労働者、僧侶などから成り、一〇万人規模に及んだ。自前で製造した武器や爆弾を手にして参加した人たちもいれば、武器使用の訓練を受けたことも戦闘の仕方を学んだこともない素人も多くいたと言われる。のちに述べる内戦と違って、シンハラ人同士、仏教徒同士の衝突だった。襲撃により、全国二七三の警察署のうち九三がＪＶＰの手に落ち、セイロン島の南部と西部の全域を制圧しかねない状態に陥った。政府は自国の軍と警察では抑え切れず、外国軍の支援を仰いで鎮圧した。

死者数について正確な数字は不明なままだが、数千人の行方不明者を含め、約一万五〇〇〇人が殺害されたと言われる。二万人が逮捕されて、事態は一カ月ほどで収まったが、非常事態は維持された。死者の多くは現場ではなく逮捕後の拷問で殺され、死体は川に流されたり道路上で焼かれたりしたとＪＶＰは伝える。また、大量の逮捕者を裁くため政府は特別法を制定。裁定機関として刑事司法委員会を新設し、事件時に遡って同法を適用した。これは罪刑法定主義に反しているばかりか、被疑者はろくに弁護されることもなく裁かれたと言われる。ローハナ・ウィジェウィーラには、首謀者として終身刑が言い渡された（のちに懲役二〇年に減刑）。

セパラが国を出るまで

セパラ・エカナーヤカはＪＶＰの活動を冷ややかに見ていた。マータラで低賃金の仕事をしながら二一歳になっていた彼は、ＪＶＰの活動を身近に感じ、チェ・ゲバラ運動と呼ばれた反政府運動の集会に参加したりもしたが、大学生や労働者に混じってデモに参加することには躊躇した。マルクス・レーニン主義だ、プロレタリアート革命だと叫ぶ声に何か違和感を感じていた。それゆえ四月の暴動には参加せずにいたのだが、多くの友人が参加して、逮捕されたり行方不明になった。親友のティッサ（仮名）が暴動の前後に行方不明になったと聞いて、セパラは心配した。逮捕され拷問された挙げ句に殺され、死体はどこかで処分される、という例が多かったからだ。

セパラはティッサの家を訪れた。幾度か食事に呼ばれたことがあったから、ティッサの母親とも懇意だった。母親は密かに息子が西ドイツ（当時）のベルリンにツテを頼って逃亡したと明かしてくれた。連絡先は教えてもらえなかったが、ティッサに手紙を書くなら送って上げてもいいと母親から言われて、セパラは手紙を書いた。

一カ月ばかりして、知らない送り主からの手紙をセパラは受け取った。偽名を使ったティッサからだった。ティッサはセパラの頼みを聞いて上げられると書いていた。セパラはスリランカを抜け出したいと書いたのだった。

セパラは父親に手紙を書いて資金を工面してくれないかと相談したが、返事すらもらえなかった。

パスポートを取得するには身元保証人が必要だったところ、仕事を通じて知り合ったタミル人の鉄道技師が引き受けてくれた。航空券はティッサが送って来てくれた。

セパラはついに念願かなって出国した。一九七一年当時、海外渡航したのは医者や学者、金持ちの家庭の子女など、限られた人たちだけだった。人々が中東へ出稼ぎに行き出すのはまだまだ先の話だ。

セパラはベルリンにいるティッサと違って、ミュンヘンに暮らした。ミュンヘンは翌一九七二年にオリンピックを控えて様々な公共事業に沸き立っており、容易に仕事を見つけることができた。工事現場の肉体労働、小売店の売り子など、いろいろな仕事をこなして、少し金が溜まると旅行に出た。本や映画で見た世界中の国々を訪れるという夢を実現しようとしたのだ。ヒッチハイクによる無銭旅行がはやっていた時代だった。ヒッピー・スタイルの若者に交じって、彼は頻繁に旅行した。

アンナとの結婚とフリィの誕生

ミュンヘンで働き、お金が貯まれば旅行に出るという生活を送っていたセパラは、一九七六年頃、イタリアに移り住んだ。モデナでアンナと結婚し、息子フリィが誕生したことについて、フリィがスリランカを訪問した頃のインタビュー記事[*11]でセパラが語っている。

一九七七年にセパラは友人宅のパーティでアンナと出会ったそうだ。アンナは一九五五年一月生まれだから、セパラより五歳若い。ふたりは恋に落ち、七八年初めに結婚した。アンナの姓アルドロヴァンディは古くからある家名だ。父親は職人だったらしい。家族はアンナの結婚に反対していたとか。イタリアのいなかの保守的そうな家庭の娘が、風来坊みたいなスリランカ人とよく結婚したものだと私も不思議に思う。アンナはヒッピーみたいなセパラに惹かれるところがあったのだろうと推測するしかない。

七八年一二月、息子のフリィが誕生する。フリィという珍しい名前は英語の free から取ったということを、セパラはインタビュー記事で語っている。

アンナの出産を待つ間、セパラは病院の図書室で、ある事件について読んでいた。それは一九七二年にウルグアイのラグビー・チームとその家族を乗せた空軍機がアンデス山脈に墜落して遭難した事件だ。一〇月一三日の事故発生から七二日後の一二月二二日に発見されたとき、搭乗していた四五人のうち一六人がまだ生存していたことから、アンデスの奇跡とも呼ばれたが、生存者が死体を食べていたと判明すると、人肉食事件としても有名になった。物語を読んでいる間にアンナは男の子を出産し、セパラは病院から書類の空欄を埋めるよう言われた。物語のなかでしきりに free とか freedom とか記述されていたから、アンナと相談の上でセパラはフリィと名付けた。

フリィは生誕のときから飛行機の乗客の救援に縁があったというわけだ。

第二章

スリランカのたどった道

政治家ジャヤワルダナ

セパラの半生と国の歴史

セパラ・エカナーヤカは一九七一年に西ドイツに向けて国を離れたとき、無名の存在だった。一〇年ばかりして、彼は英雄として凱旋した。逮捕され収監されたとは言え、このあと見るように、獄中でも出所後も彼の存在は何かと世間の注目を引くことになる。

スリランカが独立した翌年の一九四九年に彼は生まれた。彼の半生は独立後の国の歴史と重なる。彼がどのような人生を送ってきたかを知ろうとして、この国の社会を人種、言語、宗教、カーストといった視点から概観したが、さらに政治や経済についても目を向けなくては、理解が中途半端になってしまいそうだ。

大勢の政治家や経済人がこの国の歴史を形作ってきたなかでは、J・R・ジャヤワルダナが際立っている。日本との関係が深いだけでなく、セパラがハイジャック事件を起こした当時の大統領であった。

「俺の逮捕を命じた男だ」

彼はこの名前を聞くと反応する。そして、毀誉褒貶《きよほうへん》の両方が混じり合った複雑な政治家だと言いたそうにした。評伝[*12]をもとにそのあたりを検証してみたい。

サンフランシスコ講和会議

ジュニウス・リチャード・ジャヤワルダナ（愛称は名前の頭文字を取ってJR）は一九〇五年、コロンボの裕福な家庭に生まれた。古くから植民地政府に仕える家系であり、祖父も父も司法官を務めた。彼はミッション・スクールで学び、キリスト教の洗礼を受けたが、母親が仏教徒だった影響と、仏教復興という時代の潮流もあって、学生時代に改宗している。スポーツ万能であり、学業以外でも名を馳せた。

ジャヤワルダナは法律家としてキャリアを始め、三〇代で政治家の道を歩み出す。まだ国が独立する前、国家評議会という一院制の立法議会のため男女普通選挙が行われ始めた頃だ。彼は平和的な独立を目指す政党に加わり、三八歳の時にコロンボの北に位置するキャラニヤ選挙区の補欠選挙に勝ち、国家評議会議員になる。彼が所属する政党はUNP（統一国民党）と名称を改め、第一回総選挙で第一党の地位をつかむ。彼自身もキャラニヤ選挙区から国会議員に選出された。

一九四八年二月、英連邦の自治領としてセイロンが独立。初代の政権には、UNP（統一国民党）の党首ドン・S・セナーナーヤカが首相に就き、ジャヤワルダナは財務大臣に就任した。

独立したばかりの小国の財務大臣の名前は、その後、ある演説により世界的に有名になる。一九五一年九月四日から八日までアメリカのサンフランシスコ市内のオペラ・ハウスで開催された、第二次世界大戦の連合国が日本と戦争状態を終結させるために開いた講和会議*13が、演説の舞台だった。ジャヤワルダナはドン・S・セナーナーヤカ首相に代わって、セイロンの代表として参加したのだった。

セイロンは連合国のメンバーではなかったが、イギリス自治領として講和会議へ参加が認められた。セイロンは日本軍の攻撃を受けた被害国の立場にあった。日本海軍は一九四二年四月五日、コロンボにあったイギリスの軍港と飛行場を空襲し、四月九日には島の北東部トリンコマリーにあるイギリス空軍の飛行場と造船所、軍港、燃料基地を空襲した。現地労働者が多く死傷した。ほかにも、駐留した多くの連合国軍に関連してセイロンは負担を負い、連合国のためにゴムの樹液を大量に供出するなどの被害も受けた。

一九四五年に日本が降伏してから、すでに六年もの月日が経過していた。アメリカと日本が意図的に講和会議を遅らせたとも言われている。敵愾心が冷めやらぬ間に講和を急ごうとして、第一次世界大戦後のドイツのように過大な賠償金や報復措置が課せられることは避けたかったからだ。アメリカの支援を得て、日本はこの六年の間に民主化と非軍事化を果たし、経済復興の下地を作って、諸国との講和に堪えうる体制ができつつあった。

のちにアメリカの国務長官を務めるJ・F・ダレスが、講和会議開催の一年前から主要国を回り、講話条約案の取りまとめを交渉していた。イギリスがこれに協力していたから、英連邦の一員であるセイロンは講和条約案の内容を逐一把握していた。米英両国は日本と戦争したすべての国が講話条約の交渉に加わるべきだと考えていたが、ソ連はこれに反対し、ソ連・中国・英国・米国の四カ国だけで交渉するべきだと主張していた。ソ連の狙いは交渉の主導権を取る、少なくとも拒否権は確保する、というところと想像された。西側同盟諸国を率いる米英はそんなソ連の反対を押し切り、敗戦国の日本を含め五二カ国が参加する形で講和会議を開催したのだった。

初日の歓迎式では、日本に対する占領政策がいかに成果を挙げているかをトルーマン大統領が自画自賛をこめて演説し、日本の主権が回復されるべきであり、無謀な賠償の重荷を負わせるべきではない、と強調した。

歓迎式場にいたジャヤワルダナは、アジアからの参加国が少ないことに気がついた。インドとビルマと中国が不参加だった。インドネシアとフィリピンの代表者は参加してはいたが、戦争で受けた被害が甚大であったため、講和条約にサインするかどうか態度を明らかにしなかった。

翌九月五日午前の総会は、講話条約案の作成手続きの規則に関する協議で始まった。ソ連代表のアンドレイ・グロムイコは講和会議に中国が招かれるべきだと提案したが、議長を務めるディーン・アチソン米国務長官は、手続き規則に対する提案ではないとしてこれを却下。このあとグロムイコ・ソ連代表は二時間に渡って壇上で演説を行った。中国ほかが不参加のままでは参加国が偏向していると言わねばならず、条約案に反対する権利がどの国の代表団にも認められるべきだと主張した。多勢に無勢で押し切られることを避けたかったのだ。

激しい議論が巻き起こる中、ジャヤワルダナが意見を述べた。彼はこの会議に自国含め五一もの国が招かれていることを強調、条約案は戦争に巻き込まれたすべての国を対象に何度も協議されてきたのだから、ソ連の言い分は不当だと反対した。

このあと作成手続きの規則は可決された。反対票はソ連とソ連に同調するポーランドとチェコスロヴァキアの三票だった。

同日午後の総会から条約案に対する議論が始まった。最初に米国代表のダレスは、彼がここまで作成してきた条約案が復讐のためではなく和解のためのものだと述べ、それに英国代表が賛同を唱えた。

　ソ連はこれに対し、条約案に反対だとして再び長々と演説し、修正を要求した。要求内容は、日本の主権が及ぶ範囲を明確に限定して、北方領土をソ連領として除外し、アメリカ軍が日本から撤退して軍事基地を置かないこと、北方沿岸を非武装化することなど、多岐に渡った。

　ソ連は一九四五年二月にヤルタ会談でルーズベルト米国大統領と密約した通り、ドイツの降伏後に対日戦争に参戦し、領土の拡大と北海道の占領を企図したのだが、急死したルーズベルトを継いだトルーマン大統領に牽制され、日本上陸を諦めた経緯がある。あれから六年が経過し、東西冷戦が始まってしまい、今さら日本の国土の分割統治を要求するわけにはいかないまでも、いつでも侵食できるよう下地を作ろうとしたのではなかろうか。

　ソ連の修正案に対する反対意見の表明がなされたのは、翌日午前の総会に至って、ようやくジャヤワルダナの演説によってだった。それまでアジア諸国の代表からは何も意見が出されていなかったことから、勢いジャヤワルダナは自国だけに留まらずアジアを代表してスピーチする気概に燃えていた。

　壇上まず彼は、日本を被占領国の地位に留めおかず、自由な独立国にするべきだと唱えた。そのあと、アジア唯一の強国にして独立国であった日本への敬意を述べ、さらに、戦時中に日本が唱えた大東亜共栄構想は、植民地にされ隷従を強いられていたアジアの人々にとって、自由解放に向けて希望を抱かせるものだったとの意見を述べた。そして次の仏陀の言葉を引用して、セイロンは日本に対する賠償請求権を放棄すると宣言する。

〈憎しみは憎しみによって消え去るものではなく、ただ愛によってのみ消え去るものである〉*14

ジャヤワルダナは演説の最後を、アジアに浸透した仏教文化は日本にも残っていることを、講和会議の前に日本を訪問して自ら感じ取ったと述べて締めくくった。

彼の演説は午前一一時からわずか一五分間だったが、万雷の拍手と歓声に迎えられた。大勢の聴衆に取り囲まれて握手攻めにあい、自分の席に容易に戻れないくらいだったという。翌日、世界中の主な新聞がこの演説を報じ、小国の若き政治家を称賛した。

ジャヤワルダナは夫妻でサンフランシスコに向かう途中、日本に五日間滞在している。マッカーサーのあとを継いだばかりのリッジウェイ連合国軍最高司令官や駐日米国大使を表敬。吉田茂首相ほか日本政府関係者に面談した際には、講和会議に臨むにあたっての自国の方針を、賠償請求についても含めて、話し合ったであろう。

「戦争で負けても外交で勝った歴史はある」と吉田首相は普段からよく口にしていたと記録されている。セイロンが賠償請求権を放棄してくれるのはありがたいが、戦争被害がさほど大きくなかった小国の意向でしかなく、どの程度の意味を持つか疑問だったに違いない。それでもサンフランシスコの会議場にいた吉田は、ジャヤワルダナの演説を聞いて感涙にむせんだという。

講和条約は各国との単独講和という形を取った。講和会議が終わった九月八日、吉田首相を首席とする日本の全権団は、四九か国と調印することができた。ソ連・ポーランド・チェコスロバキアの三か国は棄権した。戦争の被害が甚大だったフィリピン、インドネシア、南ベトナムの三か国とは賠償協定を結ぶことができた。

その他の国々について概観しておくと、会議に欠席していたインドとは翌年に賠償請求権放棄を含めた日印平和条約を、ビルマとは五五年に賠償協定を締結。講和会議に招かれなかった中華民国とは翌年賠償放棄含め平和条約が、韓国とは五六年に経済協力を含め日韓基本条約が、それぞれ合意された。ソ連など棄権した三カ国とは、五六から五七年にかけて、戦争状態終結を合意した。賠償請求権を放棄した国に対して、日本政府は無償（準賠償）援助を開始した。中華人民共和国とはようやく七二年に共同宣言がなされた。

サンフランシスコで締結された講和条約は翌年四月二八日に発効し、占領が終了する。連合国最高司令官総司令部（ＧＨＱ）が解散し、日本は独立した。同日に日米安全保障条約も発効した。分離された小笠原諸島は六八年に、沖縄・琉球諸島は七二年に返還された。安保条約は六〇年に改訂され、米国の軍事基地が存続して、現在に至っている。

鈴木大拙との面談

戦後の日本の外交史、なかでもサンフランシスコ講和会議について語られるとき、ＪＲジャヤワルダナの名前は外せない。意外にも、この名前を若い世代が知っていることに私は気づいた。彼らは学生時代に地理の授業で、スリランカの首都がスリ・ジャヤワルダナプラ・コッテだと習ったのだ。遷都は一九八五年だったから、私などの世代はコロンボを首都と習ったが、彼らはこの長ったらしい名前を覚えたそうだ。

いくら大統領とはいえ遷都先の地名に自分の名前をつけるとは不遜な、と思ったがそうではない。一五世紀にコーッテ王国の都がそこに置かれ、勝利をもたらすという意味のジャヤワルダナと呼ばれていたから、スリ（聖なる）とプラ（都）と王国名をつけてこう名付けたのだそうだ。

首都名でジャヤワルダナの名前は知られていても、日本との関係まで知る人は多くない。かくいう私も、何かで読んだか聞いたかしたことがあるという程度だったが、スリランカ・フェスティバルという催し物で、駐日大使の流暢な日本語によるスピーチを聞いたとき、記憶を呼び起こされた。両国の外交関係を語るときに必ず触れられる定番の話題なのだ。仮設テントの下でスリランカ料理やセイロン・ティーを楽しめるこのフェスティバルは、毎年夏に代々木公園（東京都渋谷区）で開かれるのだが、二〇一六年はデング熱騒ぎのため場所を江東区のお台場に移して九月末に開かれていた。スリランカの情報収集を始めていた私は、自宅から近かったこともあり、朝の開会式から見学に行き、大使のスピーチを拝聴したのだった。

ＪＲジャヤワルダナの恩義に感謝しその功績を顕彰して、日本には鎌倉高徳院の大仏殿のほか数か所に、記念碑や銅像などが建てられた。ジャヤワルダナは国賓として、また、仏教関係の招待などにより、合計七回来日している。

最初の来日が、一九五一年にサンフランシスコに向かう途中で立ち寄ったときだった。滞日中、彼は政府関係者のほかに鈴木大拙《だいせつ》ら仏教関係者とも会った。のちの一九七九年に彼はスリランカ大統領として来日した際、宮中晩餐会におけるスピーチで、このときのことを語っている。鈴木大拙に面談した彼は、日本人が信仰する大乗仏教と自分たちが信仰する上座部仏教はどう違うか尋ねた。

対して鈴木は、違いを気にする必要はない、共通するところを探してはどうかと助言したのだという。

仏教者であるジャヤワルダナは、鈴木大拙が米国滞在中に英文で書いた禅や大乗仏教に関する書物を読んでいた。のちに私はコロンボ市内にあるJRジャヤワルダナ文化センターを訪れた際、蔵書が納められたライブラリーを調べ、一九三二年ロンドン発刊の『大乗仏教概論』[*15]らしい図書があるのを確認した（書籍は修繕中のため実見できなかった）。その『大乗仏教概論』の中で鈴木は、大乗仏教とは仏陀の教えと矛盾しない限りにおいて視野を拡大した仏教であると広く定義し、パーリ語で書かれた上座部仏教と区別するためであり、優越を含むものではないとした。ただ、その前提で、上座部仏教に対する辛辣な批判も述べている。上座部仏教の総本山ともいうべきセイロンから来たジャヤワルダナは、鈴木に直接教えを請うたのだ。

鈴木大拙は文化勲章を受けた一九四九年からアメリカに滞在して、プリンストン、コロンビア、ハーバード、イエール、ハワイなどの諸大学で禅や華厳や霊性観などについて講義し、この夏、二年ぶりに帰国していた。日記によれば、六月初めから九月半ばまで三カ月余りの日本滞在中、彼は来訪客への応対や日本各地の講演で忙しく過ごしている。八月三一日、北鎌倉の東慶寺の裏山にある松ヶ岡文庫にて、彼はジャヤワルダナ一行を迎えた。日本の命運がかかる大事な講和会議に向かう直前の、四〇代半ばで少壮気鋭のジャヤワルダナに対して、八〇歳を超えた鈴木はどう接しただろうか。

ジャヤワルダナの日記を元に書かれた評伝によると、このとき彼は鈴木から、日本の僧侶がセイロンで上座部仏教を学んだことがあると聞いた。鈴木は若い頃に鎌倉で師事した円覚寺派管長の釈宗演について話したのだろう。釈宗演は一八八七年、セイロンに渡航し、三年間パーリ語の経典を学び上座部仏教を修行した。この釈宗演に導かれて鈴木は渡米し、世界的に有名な仏教学者になるのだから、縁を感じたのではなかろうか。釈宗演師が自らの禅室房を楞迦《りょうが》窟と号したのを思い出し、鈴木は楞迦経についても語ったかも知れない。楞迦経は大乗仏教経典の一つで、特に禅宗では重視される。楞迦とはランカーの義訳であり、仏陀がランカー島のマラヤ山の頂上でマハーマティ・ボサツ大士と会話して大乗の教えを説くという設定である。鈴木大拙は一九二五年の著書『百醜千拙』中の「楞迦経を読みて」に書く。

〈大乗教の小乗教に異なる諸々の重要点中特に注意すべきは大乗教が「衆生無辺誓願度《しゅじょうむへんせいがんど》」を説く所に在ると予は信ずる。玄妙深遠なる教理はともあれ、大乗教に此の一句の誓願あるがため、これをして宗教中の宗教とならしむるのである。如何なる宗教でも此の一句子がなくては其の真面目を発揮することが不可能である。小乗には、「煩悩無尽誓願断《ぼんのうむじんせいがんだん》」はある。併し「衆生無辺誓願度」はない。業報や輪廻や有余無余の涅槃などを説くだけでは宗教は未だ到らぬと云うてよい。〈中略〉這般《しゃはん》の愛がなくては、大乗教は成り立たぬ〉

鈴木はこのように、因果応報だけでは足らず、衆生済度をやらねばならぬ。四弘誓願にある、煩悩無尽誓願断つまりすべての迷いを断とうとか、すべての法門を学ぼうとかの誓願は、衆生無辺誓願度つまりすべての者を悟らせようとの本願から出るのだと説く。

そんな話までしたかどうかわからないが、ともかくＪＲジャヤワルダナはサンフランシスコに向かう前に、日本の仏教者から啓発を受けたのだ。出発前に彼がドン・S・セナーナーヤカ首相から託されたのは、日本が主権を回復するべきこととセイロンが賠償請求しないことの二点だったろうから、演説の中で仏陀の言葉を引用したのは、ジャヤワルダナ独自の発案だったのではなかろうか。

サンフランシスコから帰国して

講和会議の演説で際立ったジャヤワルダナの仏教信仰は、しかしながら、帰国して政治家として長く苦労するうちに、変容を余儀なくされたように見受けられる。このあと彼が直面する国の問題があまりに苛烈であり、また、過度に政治的な仏教僧や仏教徒の手練手管にも対抗しなければならなかったからである。

ジャヤワルダナはサンフランシスコのあとヨーロッパを回って帰国する。到着便を出迎えるため、支持者たちはバスを何台も仕立てて、コロンボの南にあるラトゥマラーナ空港に集まった。

支持者たちは世界的に有名になったジャヤワルダナを我らが英雄として出迎えた。彼は将来を嘱望される政治家だと持ち上げられる一方で、批判もあれば嫉妬も買った。結党以来英米寄りと批判されたUNP（統一国民党）だが、その中でも極めつきの英米寄りというレッテルを張られた。

加えて共産主義者からの反発が強くなった。サンフランシスコ講和会議の演説で、彼は二度に渡りソ連代表のグロムイコに冷や水を浴びせただけではない。ソ連がセイロンの国連加盟を妨害していることに反感を抱いていた彼は、一矢報いようとした。グロムイコ代表が演説の中で、日本国民が表現の自由や集会の自由など基本的人権を回復できるよう望むと発言したことに対して、笑止千万とばかり、ソ連の国民こそがそれを必要としていると批判したのだ。聴衆は拍手喝采した。

一方、ジャヤワルダナがサンフランシスコに滞在している間に、UNP（統一国民党）のナンバー2と目されていたSWRDバンダラナーヤカが新党を結成した。一八九九年生まれの彼は、独立前の一九二〇年代から政治家として活動を開始し、シンハラ人エリートを集めた政党を打ち立てていた。ドン・S・セナーナーヤカに誘われてUNPに合流し、独立後の政権では大臣職や下院議長を務めたものの、リーダーとしてのプライドが高く、セナーナーヤカの下で使われることには不満だった。首相の後継候補のひとりと目されながら与党UNPを離党し、SLFP（自由党）を結成した。

翌一九五二年にはドン・S・セナーナーヤカ首相が死去し、息子のダッドレイ・セナーナーヤカが後を継ぐ。同年に実施された（第二回）総選挙ではダッドレイが同情票を集め、過半数の議席を獲得した。新生間もないSLFP（自由党）は得票を伸ばすことができなかった。しかし数年後、SWRDバンダラナーヤカは国を揺るがすような大きな一手を打ち、（第三回）総選挙ではジャヤワルダナもUNPもたいへんな危機に瀕することになる。

宗教と民族主義[*16]

仏教復興運動

西ヨーロッパの国々がこの島に進出してくるまで、人種と宗教と言語の三つの関係はシンプルだった。シンハラ人＝シンハラ語＝仏教、タミル人＝タミル語＝ヒンドゥー教に分かれ、加えてムスリム（ムーア人）＝タミル語（が多い）＝イスラム教という図式だった。そしてこれら三つの民族が諍いなく暮らしていたそうだ。

一五〇五年に進出してきたポルトガルの主な狙いは、領土よりも香料にあった。交易と同時にカトリックの布教が始まる。ポルトガルの支配下に入った沿岸部の低地地方では、キリスト教に改宗した領民が政治的・経済的に優遇されたから、改宗者が多かった。

ポルトガルが自国内の混乱のために勢力を失うと、オランダが香料貿易を掌握する。一六五八年からオランダの支配に代わると、カルヴァン派のプロテスタント教会が布教したが、その影響はあまり残っていない。フランス革命が起きてオランダ本国が革命軍に占領されると、隙を突いたイギリスが一七九六年からオランダに代わり支配を始める。各国の支配はそれまで低地地方だけであったが、中央高地にあったキャンディ王国が一八一五年に攻略され、イギリスの支配は全島に及んだ。

一九世紀のイギリスは世界の最先進国であり、近代化・文明化のリーダーだったから、その影響は政治・経済に留まらず、様々な分野に及んだ。英国国教会やプロテスタント教会が進出してきたが、彼らの伝道活動はそれ以前のイエズス会（カトリック）などの布教と異なり、教育や福祉など社会活動が中心だった。

コロンボを中心とした都市部には、早くから植民地政府に取り入って社会的地位を得たエリート層と、これにあとから加わろうとして地方から集まる人々がいた。イギリス統治下になって、この動きに拍車がかかる。積極的に宗教・言語・文化を取り入れて西洋化を目指す人たちが、優秀な人材として政府に取り立てられ、利権にありついた。英国植民地政府は高位カースト者や少数派タミル人を優遇したと言われる。統治の手法として、分断を利用したのである。

都市の上流階級の子弟は早くにキリスト教の洗礼を受け、ミッション・スクールで英語で学んだ。ミッション・スクールは沿岸部だけでなく内陸部でも主要な町に設立されていったから、地方でも経済的に余裕が出た家庭は、よりよい教育を受けさせようとして子弟をミッション・スクールに通わせた。

英国系ミッション・スクールは、この国の近代化・文明開化に大きく寄与した。のちに現れるこの国のリーダーたちは、仏教徒として活躍する人たちも含め、多くがミッション・スクールで学生時代を送ったからだ。ただ、キリスト教の布教伝道という面だけから見ると、ミッションの活動は失敗だったようだ。後年の統計数字だが、一九二一年の段階でキリスト教徒は人口の一〇パーセント程度しか占めず、そのうちカトリックが八割以上を占めたから、プロテスタントは人口のわずか二パーセントにも達していない。

イギリスの植民地下でキリスト教の布教伝道が失敗した理由として、宣教師たちが仏教を野蛮な宗教だと厳しく排撃し、キリスト教の優越性を強調する教え方をしたからだと言われる。仏教はコーッテ王国が滅ぼされてから衰退しただけでなく、屈辱的な扱いすら受けることになったのだ。シンハラ人はこの事態に反発を感じ、反キリスト教のムードを生んだ。

両親共にキリスト教徒という都市部のエリート層の子弟であれば、ミッション・スクールの教育に疑問を感じなかったかも知れない。ところが地方の富裕層や、都会に出て来たばかりの新興エリート層という家庭では、往々にして、両親共に仏教徒だが子弟は学校で宣教師からキリスト教を、仏教に対する侮蔑を含めて学ぶことになる。複雑な人格形成過程を経たことだろう。こういった教育過程を経た上で、仏門に入り、英文で書かれたキリスト教批判を研究し、英語で反キリスト教思想を唱え出す僧侶が出てくる。そのような僧のひとり、グナーナンダはサラーガマ・カーストの出身だった。他にもカラーワなど、ゴイガマ以外のカースト出身の僧侶が多く現れ、ゴイガマが独占する既存勢力の仏教宗派とは別の宗派を打ち立てる。結果、仏教僧・仏教徒の層の厚みが増し、仏教の復興活動と反キリスト教の運動に力を与えることになった。

反キリスト教という場合の具体的な反抗の対象は、都市エリート層を構成するゴイガマ・カーストのシンハラ人のキリスト教徒である。動きは早くも一八三〇年代に現れ、組織的に発展していた。仏教僧とキリスト教宣教師との公開討論会が盛んに開かれたのは、本来は宣教師が仏教の矛盾を突いてキリスト教の布教に活かそうとしてであったが、反対に反キリスト教運動を勢いづかせる場になる。神智協会という、アメリカで始まった神秘主義的な思想団体が、反キリスト教運動を支援した。この神智協会はインドではヒンドゥー教と結びつき、独立運動を指揮したマハトマ・ガンディーやジャワハルラル・ネルーに影響を与えたが、当地では仏教と結びついた。仏教徒学校が各地に設立され、教育でも対抗した。

そのような中、アナガリーカ・ダルマパーラという宗教家が一九世紀末から、仏教復興を主導し、仏教改革を進めた。彼は農村からコロンボに出てきて商人として成功した新興の都市エリートのゴイガマの家庭に生まれた。両親揃って仏教徒の家庭だったが、バプティスト、カトリック、メソジスト、英国国教会系の学校でそれぞれ教育を受けたという。彼はキリスト教批判が激しいだけでなく、仏教に対しても厳しかった。旧来の仏教が、カトリックにおける神父のように出家僧だけで担われていたのを改め、出家僧と在家信者を統合し、儀礼や呪術を排して禁欲的な行動規範を在家信者にも求めるなど、仏教の浄化を図ったことから、ピューリタン的であるとかプロテスタント仏教とも称された。仏教の社会的ステイタスを向上させようとするあまり、非シンハラ・非仏教的なものを排撃する過激な傾向を示した。

このころシンハラ民族はアーリヤ人種だと盛んに言われ出すが、これにはインドのドラヴィダ語に関する議論が先行していたと言われる。タミル語やテルグ語など、南インドの言語は北インドの言語と異なる系統に属するという議論が、一九世紀初めに起こった。アーリヤに対抗するドラヴィダという概念が提唱され、南インドの言語を使用する人々を総称してドラヴィダ語族と呼んだ。ドラヴィダ語族は、サンスクリット系つまりインド・ヨーロッパ語族とは異なる独自の文化を築き、その言語はサンスクリット語と並ぶ古い伝統を持つだけでなく、サンスクリット語に影響さえ与えていたのではないか、と議論された。言語に基づいて語族を分ける民族主義が生まれた。シンハラ民族はアーリヤ人種だという議論が、このドラヴィダ系タミル語に対抗する形で巻き起こり、活発化した。言語学者が次々と、シンハラ語はドラヴィダ系タミル語と違ってインド・ヨーロッパ語系だと主張し、シンハラ人はそれゆえにアーリヤ人種だと唱え出した。先述の神智協会もこのアーリヤ人説を後押しした。背景には、人種的起源の優越性を誇示しようとの意図があった。アーリヤ人種論という、当時の比較言語学から出た学説は、言語だけにとどまらず、アーリヤ人が優越人種だという人種論にまで発展した。今でこそアーリヤ人種論は信憑性無しとして否定され、アーリヤ人についても、中央アジアからインドやイランに紀元前一三〇〇年頃進出して来た人種という程度にしかとらえられなくなっているが、仏教復興の活動の中では盛んに利用された。アナガリーカ・ダルマパーラはシンハラ民族が優秀なアーリヤ人種だと説き、それを受けて、高潔なアーリヤ人の血を劣悪な他民族の血で汚してはならないという狂信的な言説も現れた。

一九世紀から二〇世紀初めにかけて、世界の随所で民族主義が興隆するなか、民族の起源神話が喧伝されることも多く見られた。この国でも、シンハラ人の歴史や伝統や文化が見直され再評価される気運が高まった。

インドと違ってシンハラ人には古くから歴史を書き残す伝統があり、日本の古事記・日本書紀よりも古い時期にまで史料を遡ることができる。紀元四～五世紀に書かれたとされる『島王統史』（編者不明）は編年史的な叙事詩であり、やや遅れて五世紀に現れた『大王統史』と、その後一九世紀まで書き続けられた続編の『小王統史』は、王家に繋がる仏僧たちが仏教とこの国の歴史を脈々と綴ってきたものだ。これら正史以外に神話とされるものがいくつもある。

王統史によれば、島の歴史は仏陀の来島から始まる。釈迦が三度この島を訪れたとされる。建国王ウィジャヤはライオンの血を引くとされ、釈迦入滅の年に、インドのシンハプラから家来を連れて来島し、シンハラ人の始祖になった。仏教はその後、インドのアショカ王が息子マヒンダを派遣して伝道した。

この島の仏教は、釈迦が使用したマガダ語に近いとされるパーリ語で書かれた経典を使用し、釈迦入滅後ほどなく伝道されたから、釈迦や仏弟子が樹下石上で説いた原初の仏教を多分に残していると言われる。のちにタイやビルマにも伝道されたことや、本国インドでは衰滅してしまったこともあり、この国は仏教の総本山だと自認する。そこから、シンハラ人は仏法の守護者としての使命を仏陀から託されているとの神話が生まれた。

しかしながら仏教はこの地に伝来して以来、衰退、混乱、復興を繰り返してきた。一八世紀には王権の分裂に伴い僧団（僧迦）が途絶し、タイの僧侶の来援により再建された歴史もある。また、在俗の僧侶という、上座部仏教らしからぬ僧侶も存在した。そんなこの国の仏教は、一九世紀になってダルマパーラほかの仏教復興運動により、大きく変貌する。ナショナリズムの定義は難しいが、シンハラ人の民族主義と仏教復興運動が混じり合って、シンハラ仏教ナショナリズムと称される大きな動きが形成された。シンハラ仏教ナショナリズムは昂じて人種的優越意識や選民思想を生み、ランカー島はシンハラ人のものだという排他性を帯び、過激化した。

初め平和主義を掲げていた仏教復興運動は、暴力的な傾向を帯びてゆく。本来、上座部仏教では出家者も在家も戒律の厳守が求められ、五戒では不殺生戒《ふせっしょうかい》が最初に来る（不偸盗戒《ふちゅうとうかい》・不邪淫戒《ふじゃいんかい》・不妄語戒《ふもうごかい》・不飲酒戒《ふおんじゅかい》が続く）。不殺生戒はヒンドゥー教のアヒンサー（非暴力）に由来する古くからの思想とされる。その一方で、正法を守るためには殺生も厭わないという考え方が仏教伝来時からあったそうだ。暴力を正当化する根拠は先述の大王統史にも求められた。仏教王ドゥッタガーマニーはタミル人のエラーラ王を駆逐し、奪われた王権を奪回し、仏法支配を樹立したという故事が用いられたのだ。

こうして、シンハラ仏教ナショナリズムは暴力性を強めていく。

宗教対立の発生

一八九〇年代、仏教徒の集団がキリスト教教会の前で太鼓を叩いて騒ぎたて、騒動を起こす事例が何件も現れる。また、仏教徒の禁酒運動が昂じて、キリスト教徒が攻撃された。酒の製造販売が南西沿岸部のカラーワ・カーストのカトリック教徒にほぼ独占されていたからだと言われる。

一九一五年はキャンディ王国が滅亡して一〇〇年目にあたり、キャンディ協約の一〇〇周年を祝う行事が全国各地で行われた。キャンディ協約とは、イギリスがキャンディ王国を征服した際に王国の首長たちと結んだ合意書だ。仏教並びにその僧侶や施設を保護するという王権の役割を、植民地政府であるセイロン政庁が引き続き担うと規定していたが、実際には履行されなかったため、仏教徒たちの不満が高まっていた。暴動はキリスト教徒に向けてではなく、ムスリムに対して起こった。インドから仏教を追いやったイスラム教徒は懲罰されるべきだ、という歴史観からだった。西海岸部に住むムスリムが襲撃され、暴動の指導者や参加者が逮捕された。連座してアナガリーカ・ダルマパーラはインドに追放され、彼の率いた急進派は勢いを失うが、仏教僧侶の活動は勢いを失うことはなく、このあと政治的な様相をますます強めてゆく。

一九二一年の段階でキリスト教徒は人口の一割に過ぎないと先に紹介したが、その数字に反して、一九二〇年の立法評議会選挙では候補者の九割がキリスト教徒だったと言われ、当選者で見ても過半数をキリスト教徒が占めていた。キリスト教徒のエリート層がまだ政治において優勢だったわけである。反キリスト教運動が高まってゆくのだが、一九三一年の普通選挙で選ばれた国家評議会議員のうち、約三分の一がまだキリスト教徒だった。しかし、キリスト教徒エリート層が支配的だというこの状態がいつまでも放置されるはずはなかった。仏教僧侶や仏教徒はますます活発に活動し、政治的な圧力を高めていった。

インド人移民排斥運動

セイロンの初代首相に就任したＵＮＰ（統一国民党）党首ドン・Ｓ・セナーナーヤカは、仏教徒の名家の生まれである。早くから反植民地運動に参加し、ＵＮＰの前身の政党に加わって一九三一年に国家評議会議員に選出され、植民地政府の農業大臣など要職に従事しながら、独立を目指して政治活動を続けてきた。

そんな彼が首相に就任（一九四七年）してすぐに取った政策のなかでは、インド人移民に対するものが目を引く。インド人移民とは、イギリスがプランテーションを経営するためインドから連れて来た大勢のタミル人などとその子孫である。イギリスは一八三〇年代に中央高地の斜面でコーヒーの栽培を始め、コーヒーの病害が蔓延してからは代わって紅茶を栽培。ココヤシ、香辛料（シナモンなど）、ゴムとともに、大英帝国に原料を供給するための大規模農園事業を進め、そこで働く安価な労働者として彼らを連れて来たのだった。一九四〇年代の時点で、すでに子孫を含めて一〇〇万人を超えていた。彼らは中央高地だけに留まっておらず、コロンボなど都市にも現れて低賃金労働に従事し始めたため、シンハラ人労働者と衝突した。

インド人移民排斥運動は一九三〇年代から発生していたが、独立後のセナーナーヤカ政権がこれを推進したのは、もし彼らが選挙権を行使すると中央高地の票のバランスが崩れるのではという懸念からだった。また、北部・東部に住むタミル人（セイロン・タミル人）がこれらインド移民（インド・タミル人）の票を得ようと画策する心配もあったと言われる。

政権は一九四八年、彼らインド移民の市民権を制限し、翌年には選挙権を与えないための法制化を進めた。この政策はドン・S・セナーナーヤカ首相が一九五二年に死去したあとも継続された。

シンハラ人が多数を占める政府は、このように早々と、都市のインド移民に対して排他的な様相を示し始めた。

シンハラ・オンリー政策

公用語をめぐる選挙戦

一九五五年は、このさき半世紀にわたるシンハラ人とタミル人の衝突が始まった年であろう。

植民地時代に公用語だった英語を変更しようという議論は、独立前からあった。シンハラ語とタミル語に変更しようという意見が大勢を占めたそうだが、法制化されないままだった。この虚を衝いて、英語に代わる公用語をシンハラ語だけにしようと、野党SLFP（自由党）党首のSWRDバンダラナーヤカが九月の党大会でぶち上げたのである。

SWRDバンダラナーヤカは先述の通りサンフランシスコ講和条約の年に、UNP（統一国民党）からたもとを分かってSLFPを結成したが、翌年の第二回総選挙ではわずかな議席しか取れなかった。その後、雌伏《しふく》の時期を続けていたのだったが、起死回生の手を打った。シンハラ語だけを優遇するという一方的な政策がタミル人の反発を招くことは明らかだったが、多数派であるシンハラ人の、特に過激な仏教僧に代表される民族主義者の強い支持を獲得することができる。多数派民主主義の選挙で勝つための戦略として魅力的だった。混乱を招くかも知れないが、政権さえ取ってしまえば何とかできるだろう、との安直な見通しだったのではないか。

シンハラ語だけを公用語とするシンハラ・オンリー政策を声高に要求する民族主義者たちは、特異な論法を駆使した。もしタミル語を公用語に加えるならば、シンハラ語のみならずシンハラ民族が消滅するというのだ。タミル人はインド大陸側に五〇〇〇万を超える人口を擁し、そこに住むこともできれば、この島に押し寄せて占領することもできる。一方でシンハラ人はこの島にしかいない、この島にしか住めない、と危機感を煽った。

翌一九五六年は仏陀入滅後二五〇〇周年とされて、数々の祝典や行事が準備され、シンハラ人社会は沸き立っていた。政治比丘《びく》と呼ばれる、過度に政治化した仏教僧たちは、この機会を利用して仏教の地位向上を叫んだ。シンハラ人とはシンハラ語を話す仏教徒なのだと、民族と言語と宗教を一体化させたアイデンティティを強調し、ランカー島はシンハラ人の国家たるべし、という強硬なナショナリズムを高揚させる。総選挙を前にして、彼らはUNP（統一国民党）への投票はキリスト教徒への投票だが、SLFP（自由党）への投票は仏教徒への投票だ、とまで喧伝した。

四月の（第三回）総選挙の直前には、政権与党のUNPも方針転換して「シンハラ・オンリー政策」を採用したが、劣勢を巻き返すことはできなかった。選挙ではSLFPが、共産主義政党と連立を組んで圧勝。SWRDバンダラナーヤカが首相に就任した。

この総選挙では、独立後一〇年近くにわたって政権与党の立場にいたUNP（統一国民党）が壊滅的打撃を受けた。加えて、初代財務大臣を務め農業大臣を歴任していたJRジャヤワルダナも敗れてしまい、下野することとなった。

UNP及びジャヤワルダナが選挙に敗れた原因はいくつかある。

ひとつは財務大臣だったジャヤワルダナが国家予算の作成に失敗したことだ。この国の主要産業は、稲作とプランテーションを柱とする農業であった。まずプランテーションを見ると、栽培される作物の種類が限られ、景気の影響を受けやすいところ、朝鮮戦争が落ち着いて輸出市場の相場が低迷してしまった。米作はというと、国産だけでは足りないため輸入に頼って配給制を取っていたが、景気低迷に伴う緊縮財政のためには、配給や補助金を削減せざるを得なかった。ジャヤワルダナは批判の集中砲火を浴びる。左翼政党が計画したゼネラル・ストライキが発生し、騒乱に発展した。ダッドレイ・セナーナーヤカ首相は、病気で倒れてしまう。代わって首相に就いたジョン・コテラワラの下で農業大臣に任命されたジャヤワルダナは、農産品種の偏りを改め、灌漑による農地の増大や収穫増を計画するなど、農業改革を図ろうとした。しかし、UNPの人気は下降するばかりだった。

首相のコテラワラは凡庸な人物で、その言動はUNPの人気を大きく下げることになった。仏教祭典に便乗しようと彼が音頭を取ったのだが、かえって逆効果になったと言われる。また、人事の失策が目立った。彼はタミル政党党首G・G・ポンナンバラムを工業大臣から外してタミル人選挙民を失望させた。ほかに彼が辞めさせたなかには、L・A・ラジャパクサ司法大臣がいた。同氏は政権当初からの功労者だったが、サラーガマ・カーストの出身だった。中央銀行総裁を辞めさせられたN・U・ジャヤワルダナは、ドゥラーワ・カーストの出身だった。UNP議員の中にはカラーワ・カースト出身の、教育者として実績豊かな議員がいたのだが、取り立てられることはなかった。ついては、UNPはゴイガマ・カーストを優先する、ゴイガマを代表する政党だとの悪評が広まった。ちなみにUNP政権下一九五四年のデータによると、国会議員数は九五人、そのうち七三人がシンハラ人であり（残る一三人がタミル人、七人がムスリム、その他二人）、この七三人のシンハラ人のうち、七割を超す五四人がゴイガマ、一七人が非ゴイガマだった（二人が不明[*17]）。

UNPの失策はもうひとつ、言語という問題を軽視したことだと言われる。英語に代わる自国語・公用語としてシンハラ語とタミル語の両方を定めようと、早くから検討されていたにもかかわらず、UNPは急ごうとしなかった。そうこうするうちに、政治比丘などシンハラ仏教民族主義者はシンハラ・オンリーの主張を強め、SLFPを取り込むことに成功したのだ。

ジャヤワルダナ落選の背景

ジャヤワルダナが選挙に敗れた原因のひとつとして特記しなければならないのは、政治比丘の活動だ。彼の選挙区であるコロンボ北郊のキャラニヤは、仏陀がこの島に三度訪れたうちの第三回目に訪れたと伝承される聖地であり、有名な大寺院（ラジャ・マハ・ヴィハーラ）のほかに、仏僧の教育施設（ピリウェナ）があった。一八七五年に設立されたこの施設は、現在キャラニヤ大学のキャンパスになっているが、当時ここに政治比丘が参集して政治的圧力を醸成していた。中心人物は、マーピティガマ・ブッダラッキタ尊師と呼ばれるキャラニヤの大寺院の主僧であった。

マーピティガマ・ブッダラッキタ尊師はSLFP（自由党）の創設メンバーかつパトロンであり、「シンハラ・オンリー政策」をSWRDバンダラナーヤカに迫った政治比丘を束ねるリーダーだったとされる。彼は仏教僧や在家の仏教徒を中心に、UNP（統一国民党）に反対する政治勢力を築き上げた。

選挙戦に臨むにあたってこのグループは、キャラニヤ選挙区でジャヤワルダナに対抗するに打ってつけの、血筋が良くて若くて美男子な候補を立てた。R・G・セナーナーヤカというこの対抗馬は、初代首相ドン・S・セナーナーヤカの甥（兄の息子）にあたる。UNPに属して第一回総選挙から議員を務め、従兄弟のダッドレイ・セナーナーヤカが首相を継いでからは貿易商業大臣の要職に就いたこともあった。皮肉なことに、彼は外務政務官としてジャヤワルダナに同行してサンフランシスコ講和会議に行き、その後もジャヤワルダナとは親密な関係にあったのだが、一九五四年に大臣を辞め、その後、UNPからも離党していた。このR・G・セナーナーヤカが、政治比丘と仏教徒の集団や反UNP勢力の後押しを得て、キャラニヤ選挙区で立候補し当選した。ジャヤワルダナは屈辱的な大敗を喫する。サンフランシスコでは平和主義者・仏教者として世界的に有名になり、帰国後は政界のリーダーとして将来を嘱望されたジャヤワルダナだったが、わずか五年で地に墜ちてしまった。五〇歳だった。

ここで整理しておくと、UNP（統一国民党）の党首で首相を務めたセナーナーヤカ親子、それを継いだジョン・コテラワラ、そしてJRジャヤワルダナは皆、血縁関係にあった。彼らは、D・C・G・アティガラという裕福な黒鉛鉱山主の三人の娘に繋がる。三姉妹のうち、長姉はジョン・コテラワラの母となり、二番目がJRジャヤワルダナの叔父と結婚し、末の娘がドン・S・セナーナーヤカの兄F・G・セナーナーヤカと結婚して、その息子が当選したR・G・セナーナーヤカである。

窮地に陥ったジャヤワルダナは、政治家として変身を余儀なくされる。彼は自身が政治家として復帰を目指すだけでなく、壊滅状態に陥ったUNPを立て直すことも期待された。というのも、U

NPから当選した議員はわずか八人に過ぎず、その中にこれと言った人物がいなかったからだ。党を代表するはずのコテラワラ前首相はイギリスで一年の半分を暮らす、ほぼ引退した状態になってしまい、ダッドレイ・セナーナーヤカはというと、あいかわらず病弱だった。党の再建はジャヤワルダナの双肩にかかったのだ。もはや理想主義者、平和主義者では通用しない。権謀術数をわきまえた政治家でなければ選挙に勝てず、選挙に勝たなければ民主主義多数決の社会では通用しない。多数派支配の民主主義政党政治には、ポピュリズムも必要である。シンハラ仏教徒の民族主義者からも支持を得ないことには復活できないと、身に沁みて知ることになった。

シンハラ人政権の混乱

SLFP（自由党）のバンダラナーヤカ政権

「シンハラ・オンリー政策」を掲げたSLFP（自由党）は前述の通り、一九五六年四月の第三回総選挙に圧勝し、党首SWRDバンダラナーヤカは第四代首相に就任した。

彼は直ちにシンハラ語を公用語とする法案に取りかかるが、タミル語をどう扱うかで国会は紛糾する。六月、法案が国会に上程されると、タミル人たちが非暴力の抗議活動を行った。活動を率いたのはチェルヴァナーヤカムという国会議員だった。彼やタミル人についてはのちにくわしく述べることにする。

コロンボの海岸沿いのゴール・フェイス・グリーンと呼ばれる芝生の広場で、二五〇人ほどのタミル人による抗議運動が、非暴力で行われていた。これをシンハラ人の暴徒が襲撃し、蹴散らした。このほかにもコロンボ市内や東部州で衝突が発生し、一〇〇人以上の死者が出る。一九五六年のこの一連の出来事を機に、シンハラ人とタミル人との長年にわたる平和的共存が断たれ、本格的な衝突が始まったとされる。

公用語法は簡単なものが国会を通るが、施行細則が定まらず、実効性を伴わないでいた。非暴力の抵抗運動が壊滅させられたため、タミル人のチェルヴァナーヤカム議員は政権にすり寄る方策を取り、妥協点を交渉する。SWRDバンダラナーヤカ首相も選挙運動中は盛んにシンハラ・オンリーを唱えたとは言え、強硬な姿勢を貫き通すには躊躇があったようだ。交渉の結果、五七年七月、北部・東部州ではタミル語の地位とタミル人の自治権を認める内容の協定に合意する。バンダラナーヤカ首相とチェルヴァナーヤカム議員が結んだから、BC協定と呼ばれた。

これに対し、シンハラ・オンリーの主張者たちが猛烈に反対を唱える。政治比丘を中心とした過激な集団がバンダラナーヤカ首相の家に押し寄せ、BC協定の破棄を迫った。彼らにとって公用語法は目標に向けての第一歩に過ぎなかった。彼らは首相に対して、この国がシンハラ仏教国だと宣言するよう迫った。それが選挙協力の密約だったと主張した。

この状況を、在野のジャヤワルダナはUNP（統一国民党）復活のチャンスととらえた。彼の起草により、BC協定はシンハラ人に対する裏切りだと非難する公式声明をUNPは発した。ジャヤワルダナは攻撃の手を緩めなかった。BC協定は北部・東部地域がタミル人に属するとして一国を分割するに等しい暴挙だ、シンハラ人の入植を制限しかねず、また、インド・タミル人への市民権付与に繋がりかねないと、矢継ぎ早に論理的欠陥を突く。UNPは和平の交渉に反対するわけではない、しかしタミル人に過剰に譲歩する与党SLFPを黙認するわけにはいかない、と世論に訴えた。

一〇月、ジャヤワルダナは抗議行動を起こす。古都キャンディへ向けての行進を企てた。コロンボから古都キャンディの仏歯寺に向けて約一二〇キロを四日間かけて歩き、BC協定の破棄を仏陀に祈願するという、宗教的色彩を施した示威運動だった。仏歯寺は仏陀の歯が納められているとされるこの国の聖地のひとつであり、決起集会が開かれるなど、政治的に利用されることが多い。

UNPの幹部ダッドレイ・セナーナーヤカやジョン・コテラワラは協力的ではなかったが、ジャヤワルダナは敢行した。行進には数千人が参加したが、反対派の投石にも遭い、警察が介入して、途中で中止になった。結局、この抗議行動は直接的には何も効果を現すことなく、単なるデモンストレーションで終わった。ただ、政治家ジャヤワルダナの変貌を印象付けるイベントだった。シンハラ人の利益保護を前面に打ち出し、仏教を利用して政治的な巻き返しを図ったという点で、転換点だったのではないだろうか。

明くる一九五八年四月、SWRDバンダラナーヤカ首相はついにBC協定を破棄した。反対勢力に屈してではなく、きっかけは北部・東部州に導入された国営バスのナンバープレートだった。ナンバーの最初にスリ（Sri）を示すシンハラ文字が導入されたところ、その文字を黒く塗り潰すタミル人の反スリ抵抗運動と、それに対抗するシンハラ人の親スリ運動が激化した。この直後、東部州でタミル人議員を乗せた鉄道がシンハラ人暴徒に襲撃され、暴動が全土に拡大する。非常事態宣言が発令された。五〇〇人を超える死者が出た。

対立緩和を図って、北部・東部ではタミル語で行政の事務ができるよう特別法が制定されたが、施行規則がなく、実効性がなかった。

ＳＷＲＤバンダラナーヤカ首相は指導力を問われ、彼の政権は瓦解が近いと予想されるほどまとまりのないものになった。そんななか、面会に訪れた狂信的な仏教僧が首相を撃ち殺す事件が発生する。

実行犯はすぐ逮捕され、背後で実行犯を操ったとして、例のブッダラッキタ尊師も逮捕された。尊師はこの頃、酒色に乱れた素行不良を露呈していたにもかかわらず、最も権力のある政治比丘にのし上がっていた。死刑停止法がこの年すでに成立していたのだが、事件後の国会で同法の撤回が審議され承認されて、事件時に遡って適用されることになった。公判審理の結果、実行犯は死刑。尊師は共同正犯として終身刑に処せられた（一九六一年獄死）。

ＳＷＲＤバンダラナーヤカの暗殺はＳＬＦＰ（自由党）にとって大きな打撃であり、翌年の総選挙に向けて党内は混乱した。適当な後継者が不在だった。副党首のＣ・Ｐ・デシルヴァは病身であり、サラーガマ・カーストの出身でもあり、リーダーにふさわしくないと見なされた。首相の地位を継いだＷ・ダハナーヤカは力不足だった。ところが、事態は一変する。殺されたＳＷＲＤの妻シリマウォ・バンダラナーヤカが、夫の弔い合戦に乗り出すことを決意したのだ。容色衰えない四四歳の彼女が感情的に訴えると、選挙民は味方しないではおれなかった。キャンディ王国の貴族の家柄、高貴な出自だったことも強みだった。

一九六〇年三月に行われた第四回総選挙ではまだSLFPは混乱を立て直せておらず、UNP（統一国民党）が僅差で勝ったが、三日天下に終わる。七月に行われた第五回総選挙ではシリマウォ・バンダラナーヤカが精力的に選挙活動を行った結果、SLFPが圧勝した。

二度の選挙の間、タミル人政党は二大政党が拮抗すると予想し、どちらか優勢な方の多数派工作に応じて連立に加わり、その引き換えに要求を通そうと画策したのだが、SLFPが単独で十分な議席を獲得し、タミル人政党が連立に呼ばれることはなかった。

ジャヤワルダナは両選挙ともに勝ち、復権した。

シリマウォ・バンダラナーヤカが首相に就任すると、世界で初めて女性首相が誕生したと評判になった。隣国インドではまだ初代首相のジャワハルラール・ネルーがその地位にあり、娘のインディラ・ガンディーが首相に就くのはもう少し後の一九六六年である。

貴族階級出身のシリマウォ・バンダラナーヤカは、若い時分から社会福祉事業に従事し、結婚してからは夫に政治的な助言もしていたというから、政治家としての資質が涵養されていたようだ。首相になった彼女は、亡夫と違って少数派に譲歩するような弱気を示すことはなかった。老獪さを兼ね備え、身内や気に入った官僚を重用する弊害は指摘されたものの、党の内外の勢力を巧みに御した。彼女は政界に長く君臨し、娘や息子を政治家にしただけでなく、合計三度も首相を務めることになる。

経済の低迷と暴動の発生

シリマウォ・バンダラナーヤカ政権は、私立学校を国有化し、主な産業については企業の国営化や新たな国営企業の設立など、社会主義政策を進めたが、経済は停滞し、深刻化した。新聞社を接収しようとした政策には党内外から批判がなされ、これが引き金になってSLFPを離党する議員が続出。野党UNPのジャヤワルダナがうまく糸を引いた結果、政権に対する不信任案が可決されるに至った。

一九六五年に実施された第六回総選挙では、UNPが第一党となり、タミル人政党と組んで連立政権を樹立して、ダッドレイ・セナーナーヤカが首相に返り咲いた。政権は外国の援助に頼って経済を立て直そうとするのだが、容易ではない。失業率は上昇し、インフレは昂進。市場に商品は不足する。世界的な米不足の影響で翌年には米の輸入が止まってしまい、食糧補助制度の見直しを迫られる。おざなりな経済政策は奏功せず、ルピーの切り下げを余儀なくされた。

ジャヤワルダナは国の経済政策を抜本的に改革しなければならないと主張したが、首相に受け入れられず、首相との間が不和に陥る。党内がアンチJRに傾き、JRジャヤワルダナは政治生命が尽きるかも知れない危機を感じるに至った。

UNPは連立を組んでいたタミル人政党と分裂する。先述のBC協定に失敗したチェルヴァナーヤカム議員が、タミル語の使用やタミル人の権利保護を目指して、このたびはセナーナーヤカ首相と協定を結ぶのだが（セナーナーヤカとチェルヴァナーヤカム間ゆえにSC協定）、野党に回ったSLFPや仏教勢力から反対されて頓挫してしまう。

このように混乱するなか、一九七〇年に第七回総選挙が実施された。セナーナーヤカ党首を始めUNPは見通しの甘さを露呈し、大いに反省させられる結果になった。SLFP（自由党）がLSSP（社会党）・CP（共産党）と再度同盟を組み、大勝利を収めたのだ。彼らが掲げる社会主義政策は、シンハラ仏教徒勢力の既得権益に適合し、支持されていた。首相に再任されたシリマウォ・バンダラナーヤカの新政権では、財務大臣、運輸大臣、プランテーション産業大臣がLSSPから、憲法問題を扱う大臣はCPから、それぞれ任命された。

LSSP（社会党）・CP（共産党）が政権与党に取り込まれると、これを不満に思う学生や労働者がJVP（人民解放戦線）の革命運動に流れて行った。特に、高等教育を受けたが職がない地方のシンハラ人学生が運動に加わり、一九七一年四月、先述のように大暴動を起こした。政権は自国の軍や警察だけでは事態を収束できず、諸外国に協力を仰いだ。セパラが西ドイツに渡ったのはこの年である。

JVPの騒動のせいもあるだろうが、国内経済の低迷と悪化は政権が代わっても変わらなかった。産業国有化を進めた社会主義政策はうまくいかず、物価は上昇し、米・小麦・小麦粉・砂糖といった生活必需品は欠乏した。特に米は、必要量の三分の一を輸入せねばならなかった。配給のたびに長蛇の列に並ばねばならないという状況を呈した。外貨準備高は低減した。七三年の石油ショックがこれに追い打ちをかけた。

経済成長の低迷を示す数字がある。一人あたりのGNPが、セイロンは一九六〇年に一五二ドルでアジアでは最高だったが、一九七七年にはこれが二〇〇ドル台にしか伸びず、タイの四二〇ドル、韓国の八二〇ドルに大きく差をつけられてしまう。
連立政権からＬＳＳＰ（社会党）が、続いてＣＰ（共産党）も離脱する。政権の自壊が明白になった。

非同盟諸国首脳会議

シリマウォ・バンダラナーヤカ首相は、国内の経済政策とは違って、外交では高い評価を得た。彼女は一九七六年、非同盟国首脳会議をコロンボで開催し、議長を務めた。非同盟国とは、第二次世界大戦後の東西冷戦下、東西どちらの陣営にも属さない国を意味する。非同盟諸国が集まって外交政策を話し合う首脳会議が一九六一年から定期的に開かれ、その第五回がコロンボで開催されたのだ。

首脳会議開催の前、シリマウォ・バンダラナーヤカ首相は精力的に外遊をこなしたが、その傍らにいつも同行していたのが、マネル・アベイセケラだった。タイの公使代弁を務めて帰国した彼女は、七四年から外務省の儀典長に取り立てられていた。ふたりの関係は長い。そもそもマネル・アベイセケラをタイの公使代弁に抜擢したのもシリマウォ・バンダラナーヤカ首相だった。亡夫ＳＷＲＤが独立後最初の内閣で厚生・地方政府大臣を務めていた一九五〇年頃、マネルの父Ｅ・Ｗ・カンナンガーラが事務次官として夫に仕え、親密な関係だった。少女時代から、マネルにとって国家のために刻苦勉励する父は英雄だった。男子に生まれて父のような仕事がしたかったと悔やむマネルに、女性でも国の役に立てるからと父は励まし、英国留学を薦めた。そんな父娘をシリマウォ・バンダラナーヤカは目にかけていたのだ。

マネル・アベイセケラは儀典長として、第五回非同盟首脳会議を見事に差配した。そのあとも儀典長を六年間勤め、マネル・アベイセケラは八〇年に初代タイ大使に任命される。前回は大使と同格の公使代弁だったが、このたびは正式な駐タイ大使だった。そして、二件のハイジャック事件をさばく運命にあった。

UNP（統一国民党）党首ジャヤワルダナ

総選挙で大敗を喫したUNP（統一国民党）では、党首のダッドレイ・セナーナーヤカがショックのあまり、また責任を感じて、引退するかと思われたが、しぶとく生き残りを図り、息を吹き返した。それどころか彼は、ジャヤワルダナが自分を追い落とそうとしていると懐疑心を抱き、牽制し出す。党内では、ダッドレイ・セナーナーヤカより五歳も年長のJRジャヤワルダナは後継者にふさわしくないと、露骨な意見を述べる者も現れ、JR外しとも呼ぶべき術策が講じられた。JRのシンパは党の将来を案じたが、その心配は長く続かなかった。七三年にダッドレイ・セナーナーヤカが心臓病で死去したのだ。後継党首を選定しようとした党内で、ジャヤワルダナに対抗できる者は誰もいなかった。彼を嫌って対立し牽制していたグループも、党の命運を託せる人物は彼しかいないと観念した。ジャヤワルダナは苦節すること約二〇年、ついにUNPを党首として率いることになる。六七歳だった。

タミル人政党と過激派

チェルヴァナーヤカムと非暴力運動

コロンボを中心としたシンハラ人たちの近現代史を辿ってきたが、ここでタミル人に目を向けてみたい。

ＬＴＴＥ（タミール・イーラム解放のトラ）[*18]という、タミル人の過激派のなかで最も凄まじい戦いを続けたグループのリーダー、ヴェルピライ・プラバカランの生まれは一九五四年。セパラより五歳若い。

タミル・イーラムとは、タミル人たちが打ち建てようとする、自分たちの国を呼びならわした名称である。

なぜトラなのか。リーダーのヴェルピライ・プラバカランは、南インドで栄えたチョーラ王朝のシンボルがトラだったから、と説明していた。チョーラという名称は紀元前三世紀の史料にまで遡ることができるが、王朝としては九世紀から一三世紀頃に栄え、勢力はランカー島にもたびたび及んだ。プラバカランのみならず、タミル人はチョーラ王朝の末裔だとの意識と誇りを持ち、シンハラ人の獅子＝ライオンに対抗してトラをシンボルに打ち立てたのである。

彼の生地ヴァルヴェティットライは、スリランカ北部のジャフナ半島の北東端に位置する海辺の町である。代々その地にヒンドゥー寺院をいくつも建立した家系だという。とはいえ、彼の一家のカーストは祭祀を司るバラモンでもなければ、タミル人社会の支配層ヴェッラーラでもなく、カライヤールという、南インドから移住してきた漁民階級だった。祖先がインドからの移住者だっただけに、余計にチョーラ朝の末裔という意識が強かったかも知れない。

タミル人の名前の特徴は、最初に父親の名前が来て、次に自分の名前が来る。従い、ヴェルピライは父の名前であり、プラバカランが本人の名前である。父ヴェルピライは地方政府の役人であり、タミル人政治家S・J・V・チェルヴァナーヤカムの信奉者であった。

チェルヴァナーヤカムはタミル人の地位向上のため非暴力抵抗運動を先導し、先述のBC協定やSC協定を実現させようとした政治家である。彼は一八九八年に裕福なタミル商人の家に生まれ、エリート校である聖トーマス・カレッジではSWRDバンダラナーヤカと同窓だった。SWRDバンダラナーヤカが三〇歳を過ぎてから仏教に改宗し、シンハラ・オンリー政策により熱狂的なシンハラ仏教徒の支持を獲得したことと対照的に、チェルヴァナーヤカムは終生キリスト教徒で通した。タミル人のリーダーはヒンドゥー教徒である必要はなかったのだ。

チェルヴァナーヤカムは早くから政治活動を始め、独立後の一九四九年には連邦党という名称の政党を立ち上げ、連邦制国家のもとでタミル語を使う人々のための自治州を創設するという目標を掲げた。非暴力抵抗運動・不服従運動を意味するサティヤーグラハや、市民全員が参加する労働ストライキの一種であるハルタールなど、インドの独立運動でマハトマ・ガンディーが創始した活動をチェルヴァナーヤカムもたびたび主導したため、タミル・イーラムのガンディーと呼称され、また、親しみをこめてタンタイ（父）チェルバとも呼ばれた。プラバカランの父親の世代は、非暴力抵抗運動こそがタミル人の取るべき手段と信じていた。プラバカランは連邦党の党員がしょっちゅう家に集まって父と議論するのを聞いて育った。

連邦党党首チェルヴァナーヤカムが主導して実行した最初のサティヤグラーハ（非暴力不服従運動）は、一九五六年にSWRDバンダラナーヤカ政権がスタートし、シンハラ・オンリーの公用語法案が国会に上程されたときであろう。二五〇人ものタミル人がコロンボの海岸広場ゴール・フェイス・グリーンに集合した。ところがこれに対し、数千人のシンハラ人暴徒が襲撃した。パーキンソン病で動作が緩慢だったチェルヴァナーヤカムは、暴徒によって近くのベイラ湖に投げ込まれた。暴動は止まらず、コロンボ市内や東部州にまで広がり、一〇〇人を超える死者が出たという。

次に大きな暴動は一九五八年に起きた。SWRDバンダラナーヤカ首相とチェルヴァナーヤカムが結んだBC協定が破棄された直後の5月、暴動が発生し、五〇〇人以上が死亡、数千人が家を失い国内避難民になった。この暴動が、まだ四歳だったプラバカランの心に革命家としての火をつけたと後年彼は語っている。幼いプラバカランは、シンハラ人暴徒により灯油をかけられて生きながらに焼き殺されたヒンドゥー僧の死体を見た。ヒンドゥー僧は何の抵抗もせず、ただ焼き殺されたのだった。また、近所に逃避してきた子連れの女性から、コロンボの家を焼かれ夫を殺害された話を聞き、火傷の痕を見せられた。プラバカランはこのとき、やり返さなければやられるばかりだとの信念を強く抱いた。父親の世代までは非暴力の抵抗運動しかなかったかも知れないが、自分は違うと自覚したのだ。

SWRDバンダラナーヤカが成立させた公用語法は、彼の死後、シリマウォ・バンダラナーヤカ政権下の一九六一年から施行された。抵抗して、チェルヴァナーヤカムが主導するサティヤーグラハ（非暴力不服従運動）がジャフナから始まり、北部・東部州全体に広がった。政権は軍を送り込み、運動に参加しているタミル人を蹴散らし、全島に夜間外出禁止令を発令してチェルヴァナーヤカムを含む連邦党議員を拘束した。

このときシンハラ兵は、プラバカランが住むヴァルヴェティットライにも襲来した。若者三人が傷を負い、ひとりが死んだ。プラバカランは傷ついた若者から軍のやり口を聞いた。彼はそのあとも、父と外出した際に、警察や軍が無闇に人々を殴るのを見て、生涯消えない心の傷を負った。

後年、プラバカランと面談した新聞記者は、特長のない外貌と小柄な体形から、彼がとてもカリスマ指導者には見えなかったと記している。しかしながら、外からはうかがい知れない強靭な執念と無慈悲な復讐心が、まだ七歳くらいだったこの頃に芽生えていたのだ。

カーストと抵抗運動

タミル人の反政府抵抗運動は北部のジャフナ半島で最も盛んだった。北部州はタミル人が九割以上を占める。比べて東部州では、長年にわたる入植によりタミル人よりもシンハラ人やムスリムの人口の方が多く、総選挙においてもタミル人政党が必ずしも一番多く議席を獲得するわけではなかった。

研究者によると、[*19] 同じタミル人とは言っても北部と東部では違いがあり、それは方言や生活習慣など表面的な差異だけではないらしい。カーストやヒンドゥー教に由来する違いであるという。

北部のカースト制度は、先述のように司祭階級バラモンの数が少なく力も弱く、代わってヴェッラーラという農業を中心に政治や経済など社会全般を支配する指導者階級が人口の半数を占め、その下に様々な低位カーストが位置する構造であった。加えて沿岸部にはカライヤールと呼ばれる、交易にも従事する漁民カーストが居住していた。また、シンハラ人社会と違って不可触民層が多かったから、反カースト運動が、具体的には寺院や井戸や洗濯場など公共の場所に立ち入りを拒まれた不可触民が反乱を起こすといった形で、起きていた。

東部ではヴェッラーラのほかにも支配カーストがあり、北部と異なる構造であったのに加え、ヒンドゥー教の宗派の違いもある。北部のタミル人がシヴァ神信仰であるのに対して、こちらはヴィシュヌ神を信仰していた。破壊の神シヴァと守護の神ヴィシュヌは、優劣をつけられるようなものではないが、片方の信仰者は自分の神を誇示し、もう一方の信仰者を軽視する傾向があるらしい。総じてジャフナに住むタミル人は、東部のタミル人に対して優越意識を持っていると指摘される。裏返すと、東部のタミル人は屈折した思いを持っていたということだろう。

このように、北部と東部に住むタミル人は、地域とカーストと宗派により様々であり、そのため、まとまりも悪い。シンハラ人の政府に対し抵抗活動を行なう武装グループは、一時期、三七を数えた。それらが合従連衡というよりも衝突と粛清を繰り返し、最後まですさまじい活動を続けたのがＬＴＴＥ（タミル・イーラム解放の虎）だった。ＬＴＴＥの主導者プラバカランや幹部の多くが、高位カーストのヴェッラーラではなく、先述のカライヤールという、沿岸地域に住む漁民カーストの出身であり、戦闘員の大半もまた低位カーストの出身者だったとはよく指摘される。

過激派の発祥

ＢＣ協定に代わるＳＣ協定をチェルヴァナーヤカムはダッドレイ・セナーナーヤカ首相と結んだが、再び反故にされてしまう。連邦制を実現する可能性の芽を、二度にわたって摘まれてしまったのだ。連邦党の党員のなかには、もはや連邦制のような生ぬるい妥協案を諦めて分離独立を目指すべきではないか、という強硬な意見を持つ者が現れる。

勉強嫌いなプラバカランのために父親が雇った家庭教師が、まさに分離独立構想を持つ党内グループに属し、武装闘争を唱える若者だった。プラバカランは強く影響を受ける。インド独立運動について学んだプラバカランは、非暴力抵抗運動を主唱したマハトマ・ガンディーよりも、武力で独立を勝ち取るべきだとしたスバス・チャンドラ・ボースやバガット・シンの「最後の血の一滴まで祖国の自由のため戦う」という革命思想に共鳴してゆく。

分離独立構想を唱えるタミル人一派は、一九七〇年の第七回総選挙に出馬したが落選した。この選挙ではＵＮＰ（統一国民党）が大敗を喫し、ＳＬＦＰ（自由党）が勝ってシリマウォ・バンダラナーヤカが再度首相に就いた。政権がすぐに取った政策が、大学入試制度の改革だった。タミル人が医学部や工学部に合格する率が高いのは不公平だとして、タミル人はシンハラ人より多く得点しなければ合格できないように改定し、これを標準化制度と呼んだ。不満が高じたタミル人の若者のなかには、もはや既存の政党を通じた民主主義的な方法では解決が期待できないと見限り、過激な活動へと向かう者が現れる。

一九七一年四月、ＪＶＰ（人民解放戦線）の大暴動でシンハラ人社会は大揺れに揺れた。ここからタミル人の若者は多くを学んだ。まず反政府の武装闘争が可能であること。次に、統率の取れた組織で戦わなければならないことだ。ＪＶＰは学生や労働者など若者が集合しただけの、戦略も戦術も定まっていない弱体な組織という実態を露呈して失敗したからだ。加えて、数で優越する相手に対しては、広大な面積で戦闘を展開するのではなく、都市におけるゲリラ戦のように局地戦で闘うべきだとも学んだ。

この年の一二月、東パキスタンがバングラデシュとして独立した。ウルドゥ語・パンジャブ語の西パキスタンとベンガリ語の東パキスタンは一九四七年の独立以来、インドをはさんで地理的に二分されながら単一国であろうとしてきたが、ついに分裂した。東西パキスタン間の戦争に対し、インドのインディラ・ガンディー政権が介入し、バングラデシュの独立を後押しした。セイロン政府は西パキスタンをサポートしたが、北部・東部のタミル人たちはバングラデシュの独立運動に同情してインドを支持した。チェルヴァナーヤカムを始めタミル人たちは、バングラデシュのように、インドが介入して自分たちをシンハラ人の抑圧から解放してくれることを期待した。彼らはインドの戦勝とバングラデシュの独立を祝って祝賀会を催し、次は自分たちの番だと気勢を上げた。

スリランカ共和国憲法の制定と抵抗運動

第七回総選挙（一九七〇年五月）の結果、ＳＬＦＰ（自由党）は単独でも六割の議席を獲得し、連立政権としては憲法改正に必要な三分の二の議席を確保した。首相に返り咲いたシリマウォ・バンダラナーヤカは、憲法改正ではなく新しい憲法を制定しようと、準備を開始させた。

この動きに対し連邦党のチェルヴァナーヤカムらタミル人は、長年の要求である連邦制が今度こそ取り入れられるように要請し、独自の憲法案を提案するのだが、政権からは拒否されてしまう。タミル人政党は抵抗のため、統一同盟を組んだ。北部・東部を地盤とするセイロン・タミル人の政党二党が中央高地を地盤とするインド・タミル人政党と組み、七二年にTUF(タミル統一戦線、七六年にTULFに改名)を結成。チェルヴァナーヤカムが代表に就いた。

一九七二年五月、スリランカ共和国憲法が成立した。国名がセイロンからスリランカ共和国に変わっただけではなく、連邦制どころか地方分権も否定され、中央集権的な単一国家制度が採用された。それまでは法律で定められていただけだったシンハラ語の公用語化が憲法に明記され、シンハラ語が行政のみならず司法においても徹底されることになった。また、仏教に至高の地位が与えられた。その一方で、少数者の保護、差別の禁止などといった規定が失われた。

新憲法に失望したTUF(タミル統一戦線)は、新憲法の拒否と新憲法祝賀会のボイコットを全会一致で決めた。ところが、五人のタミル人国会議員が、国会で開かれた祝賀会に出席した。さらには数人の議員が新憲法に誓約し、国会にも出席し始めた。シンハラ人が予想した通り、タミル人はまとまりが悪かった。

それでもTUFは諦めず、憲法に盛り込まれるべき修正要求を六項目にわたり提示した。タミル語の公用語化、北部・東部州の自治権、基本的人権の保障などに並んで、カーストと不可触民の廃止が入っていた。わざわざ一項目を設けたところに、タミル人社会におけるカースト問題の根深さがうかがえる。

六項目の要求に沿って九月までに憲法修正をするよう、TUFは迫ったが、政権は無視した。チェルヴァナーヤカム代表は、選挙民の負託に応えられなかったとして国会議員を辞職した。補欠選挙に立候補して再選されることによって、自分の主張が選挙民の意思であると訴え直そうと企図したのだったが、政府は補欠選挙を長く実施しないままにした。

チェルヴァナーヤカム代表はスピーチのなかで、もはや連邦制の希望を捨て、分離独立を目指さざるを得ないところまで自分たちは追い詰められた、と慨嘆した。このあともチェルヴァナーヤカムらは非暴力の抵抗運動を続けたが効果はなく、逆に暴力を伴う衝突事件が続発した。TULF（タミル統一解放戦線）は七六年になって、北部・東部は分離独立を目指すと、党の方針転換を明確に打ち出した。シンハラ人政権にすり寄らず、真っ向から対立する姿勢を示したのだ。しかしこの方針転換には、中央高地が地盤のインド・タミル人政党がついて行けなくなる。七七年に入ると、それまでタミル人政党を引っ張ってきた二人のリーダー、G・G・ポンナンバラムとチェルヴァナーヤカムが相次ぎ死去し、組織は代替わりを余儀なくされてしまう。

プラバカランの活動開始・LTTEの誕生

プラバカランがLTTEの前身TNT（Tamil New Tigers）を結成し反政府活動を開始したのは、まさに新憲法が制定された七二年半ばからであった。二〇歳前の彼は、仲間内で最年少だったが、すでにグループのリーダーだった。

　無名だったプラバカランは、一九七五年七月にジャフナ市長を暗殺したときから、反政府活動家として政府からはっきり認知される。このとき逮捕された共犯者が、拷問により首謀者の名前を自白させられたからだ。プラバカランという名前は知れ渡ったが、写真がなかったため、どんな風貌か、長い間謎だった。

　ジャフナ市長を暗殺してから、彼は組織の活動を本格化する。北部州の中央、ジャフナ半島の根元に広がるヴァヴニヤ地域の森にキャンプを設営し、射撃などの戦闘活動を訓練した。キャンプを運営する資金を調達するため、銀行強盗を働いた。

　彼は組織の名前を改めた。有象無象の抵抗グループとは違うことを示すため、タミル国の設立という明確な目標を掲げて、七六年五月からＬＴＴＥ（Liberation Tigers of Tamil Eelam：タミル・イーラム解放のトラ）と名乗った。

　彼を中心にした五人の執行部は、厳しい組織ルールを敷いた。七一年にＪＶＰが失敗した原因は内部の規律が緩かったためと分析していたからだ。禁酒禁煙に加えて性交を禁じ、家族との縁を切らせ、他の組織に重複して所属することや他の組織への転向を禁じた。この厳しい掟は、多くの過激派グループから一線を画するものだった。プラバカラン自身、非常に自制心の強い男だった。柔和でありながらも厳格だった父親の影響だと本人が語っている。[*20]

ジャヤワルダナ大統領

UNPの圧勝とTULF

シリマウォ・バンダラナーヤカ政権は社会主義的経済政策で失敗し、自壊の状態に陥った。一九七七年七月に行なわれた第八回総選挙は、UNP（統一国民党）の圧勝だった。投票率八六パーセントは過去最高であり、総議席数一六八のうち八割を超える一四〇議席を単独で勝ち取った。UNP党首のJRジャヤワルダナが首相に就任した。

選挙で敗退したSLFP（自由党）はわずか八議席、LSSP（社会党）・CP（共産党）に至っては一議席も取れなかった。代わって浮上したのがTULF（タミル統一解放戦線）である。TULFは選挙運動中に分離独立を訴えて一八議席を獲得し、初めて野党第一党のステイタスを獲得した。選挙運動中の公約通り、TULFは分離独立の要求を貫徹しなければならないはずだった。ところが、野党第一党という想定外の事態に戸惑ったのか、要求を緩めてしまう。タミル・イーラムの実現は機が熟するまで待とうと変心したのだ。日和見だとしてタミル人の若者たちは失望した。

選挙が終わった翌月、ジャフナで祝祭が開かれ、インドの独立記念日を祝っていた。そこに平服姿のシンハラ人警官が多数現れ、お祭りを掻き乱した。怒ったタミル人たちがシンハラ人たちを追い出したところ、翌日シンハラ人たちは仕返しに現れ、衝突が拡大した。これを聞いたTULF代表のアミルタリンガムがジャフナの警察署へ抗議に行ったところ、反対に罵られ殴打されてしまう。彼はコロンボに戻ってこの事態を国会で糾弾した。彼の意に反してジャヤワルダナ首相は、独立を唱えてやたら好戦的になっているタミル人に対してシンハラ人はいら立っている、だからこんな事態に陥ったのだろうと言って、シンハラ人を抑えるどころか擁護し、タミル人側の自制を求めた。

このあと事態は悪化する。暴動はジャフナに留まらず、コロンボ含め、シンハラ人が多く住む地域でタミル人が襲われ、家が焼かれた。公式には一一二人のタミル人が死亡し二万五〇〇〇人以上が家を失ったとされるが、実際の数はもっと多いと言われている。

政府は外出禁止令を発令したが、非常事態宣言は出さなかった。その理由は、前政権のもとで軍や警察に過激なシンハラ人仏教徒が増え、彼らが非常事態に乗じてクーデタを起こすのではないかと懸念されたからだ、と言われる。政府は非常事態宣言こそ出さなかったが、タミル人過激派組織を非合法化する法律を翌年に制定し、取り締りを強化した。

一方、この暴動のあと、タミル人の多くの若者がタミル人政治家への信頼を失い、過激派グループに加わってゆく。

宥和政策

首相に就いたJRジャヤワルダナは、政権交代の例に洩れず、前政権が積み残したしがらみや山積する問題に直面させられたが、タミル人に対する宥和政策も打ち出した。手始めに、標準化制度というタミル人に不利な大学入試制度を廃止した。さらに、タミル人・タミル語の地位を高めようと、憲法の改正案の検討を開始させた。

ジャヤワルダナ首相は、一九七一年の暴動のあと服役していたＪＶＰ（人民解放戦線）の幹部に恩赦を与え、釈放した。二〇年の懲役刑に服していた主導者ローハナ・ウィジェウィーラも釈放された。数千人の学生や労働者が逮捕拘束され刑事司法委員会で裁かれてきたが、その特別法も廃止した。これらはすべてＵＮＰ（統一国民党）の選挙公約だった。逮捕された若者の家族を支持者として取り込むための選挙戦術だったのだ。しかし、結果的に狼どもを野に放つことになる。

ＪＶＰはこの恩赦のおかげで息を吹き返し、活動を再開する。各地でローハナ・ウィジェウィーラが先頭に立ってデモを率い、壇上でスピーチした。ＪＶＰは労働者、失職中の若者、学生、女性らを彼らの社会主義運動に取り込もうと努めた。農民、僧侶、芸術家なども巻き込み、労働組合を積極的に創設した。

スリランカ民主社会主義共和国憲法

大統領に強い権限を集中させる大統領内閣制の導入もまた、ＵＮＰ（統一国民党）が選挙運動中に掲げていた主張だった。選挙に大勝したことから、国民の承認が得られたと判断したジャヤワルダナ政権は、憲法改正の審議を開始した。

一九七八年九月、スリランカ民主社会主義共和国憲法が公布され、ジャヤワルダナは大統領に就任した。国名が変更され、言語については譲歩が盛り込まれた、すなわち、シンハラ語が公用語であることに変わりはないが、タミル語に国民語という扱いを認め、北部・東部州ではタミル語の使用が公式に認められた。ただし、仏教を準国教として尊重することは七二年憲法のままであり、多数派であるシンハラ仏教徒にはほとんど痛痒を感じさせない譲歩だったと思われる。

ＴＵＬＦ（タミル統一解放戦線）は憲法改正の審議に加わらなかった。彼らが要求する分離独立について、議論の可能性がないとされたからだ。

新憲法公布を祝う日に、ジャフナからコロンボに飛んだエア・セイロン機が爆破され、ＬＴＴＥ（タミル・イーラム解放のトラ）が犯行声明を出した。その前の四月にＬＴＴＥは、ジャフナ市長とそれに続いて殺害したシンハラ人の人名を連ねて、組織名を公表していた。パレスチナ解放人民戦線（ＰＦＬＰ）やアイルランド共和軍（ＩＲＡ）のように、武装革命組織として内外に認知されることを欲してであった。その後も破壊活動や銀行強盗を行い、そのたびに犯行声明を出した。この結果、ＬＴＴＥに加わりたいと希望するタミル人の若者が増えたという。

七九年七月にジャフナで激しい暴力活動が発生し、ついに政府は非常事態宣言を発令した。加えて「テロリズム防止（臨時措置）法（ＰＴＡ）」を施行した。これはイギリスがアイルランド共和軍（ＩＲＡ）のテロ行為を取り締まるため制定した法律にならって立法されたとされる。「（臨時措置）」と名打たれたこの法律は、三年間の時限立法という建前のもと、これまで非常事態宣言下においてのみ認められていた強力な権限を、広く警察や軍に長期にわたり付与した。その結果、被疑者の逮捕・拘禁が安易になされ、それだけでなく、拷問により多くの死者や行方不明者を出すことになった。警察や軍は、怪しいと思った相手を直ちに撃ち殺すこともあった。何百人ものタミル人がその場で有無を言わさずに、あるいは逮捕後の拷問の挙句に、殺害されたという。

なお、警察は軍と同じ国防省の下に（二〇一三年に分離されるまで）あったため、このあとまとめて政府軍と呼ぶことにする。

逮捕されたプラバカラン

政府軍の攻勢により身辺に危険を感じたプラバカランは、ＬＴＴＥの他の幹部と共にインド（タミル・ナドゥ州）にしばしば退避した。

八一年五月、タミル人にとって象徴的で忘れられない事件が起きた。ジャフナでＵＮＰ（統一国民党）の支部長が射殺された報復に、政府軍が同市を制圧し、公営図書館に放火したのだ。稀覯本《きこう》や古い収蔵物、手書きの写本などを含む九万七〇〇〇巻もの貴重な文化遺産が炎に包まれた。民族の誇りを破壊する行為だった。消火もままならず、茫然と見守るしかなかった数百人の中に、インドから一時的に戻っていたプラバカランもいた。

プラバカランはスリランカを離れてインドにいる限り安全なはずだったが、八二年五月一九日、彼はタミル・ナドゥ州警察に逮捕されてしまう。仲間割れした男を市内で射殺しようとして失敗し、逃げるところを捕まったのだ。月並みな殺人未遂事件として処理しようとした州警察は、撃たれた相手を尋問して、逮捕した男がＬＴＴＥのプラバカランだと知る。これを聞いたスリランカ政府は、タミル・ナドゥ州警察に一〇〇万ルピーの賞金を渡す見返りに犯人――一八件の殺人と二件の銀行強盗を犯したお尋ね者――を引き渡すよう要請した。コロンボから早速、政府関係者が乗り込んで来た。時を同じくして、プラバカランの父ヴェルピライは、故チェルヴァナーヤカムの息子で法律家であったチャンドラハサンに相談し、彼に息子の命運を託した。チャンドラハサンは直ちにインドに渡り、タミル人政治家を回って支持を訴えた。州首相のM・G・ラマチャンドランは同情を示した。彼はスリランカのキャンディで生まれたが幼時に父を亡くし、インドに引き上げた母のもと、貧困に耐え苦労しながら映画俳優になり、スーパースターに上り詰めて政治家に転じた人物だった。話はインディラ・ガンディー首相にまで上がった。彼女は以前から、ソ連寄りの社会主義路線を取るインドに何かと対抗する米国寄りのジャヤワルダナに反感を抱いていた。

プラバカランはインドでインド法により裁かれるべきであり、スリランカに引き渡すことはしないという方針が、中央政府も州政府も巻き込んで驚くべき速さで採択され、六月六日、彼は保釈された。

県開発議会制度

TULF（タミル統一解放戦線）は複数に分かれていたタミル政党がひとつに結集したものだから、タミル人を代表しているはずだったが、反政府武装グループまで代表しているわけではない。それどころか、武装勢力から信頼されておらず、統制することもできなかった（TULFの代表アミルタリンガムはタミル人社会をまとめようと活動を続けたが、のちに他の幹部と共にLTTEによって暗殺されてしまう）。

とはいえ、深刻の度を増すタミル問題に対処するため、ジャヤワルダナ大統領は、国会でTULFを相手に解決を図ろうと努力した。

大統領は対策のひとつとして、県開発議会制度の導入を進めた。TULFの要求を考慮して、それまでの中央集権体制を改め、乱立していた町議会や村議会などを整理して、全国一律の地方分権・自治制度を実施しようとした。八一年六月、議会議員の選挙に対してジャフナでは激しい抵抗運動が起きた。暴動は全土に広がり、外出禁止令や非常事態宣言を発令しなければならなくなった。

この県開発議会選挙はJVP（人民解放戦線）を蘇らせることになる。七一年の騒動以来おとなしくしていたJVPは、ジャヤワルダナ政権になってリーダーが釈放され、息を吹き返していた。JVPは県開発議会選挙に対して、当初はSLFP（自由党）、LSSP（社会党）、CP（共産党）と共に反対していたが、方針転換して積極的に参加した。政党の登録は間に合わなかったが、個人ベースで南部を中心に選挙活動を始め、一三人が当選し、政界進出の足掛かりを築いた。

八二年には先述の「テロリズム防止（臨時措置）法」が強化された。臨時措置とわざわざ名打たれ、有効期間（第二九項）を三年と定める時限立法のはずだったが、名称はそのまま、有効期間の定めが廃止された。また法解釈を定める規定（第三一項）が改められ、取締り対象である非合法活動は国の内外を問わず広範に認定が可能になり、逮捕後の勾留期間や場所の制限もないに等しく、しかも、これら改正規定は法制定時の七九年七月に遡及して適用されるとされた。

早速、政府軍が北部のゲリラ訓練基地を急襲した。タミル人過激派に対して一斉に攻勢に出たのである。

アリタリア航空機ハイジャック事件の発生

アリタリア航空機ハイジャック事件はこのような時期に起きた。マネル・アベイセケラ駐タイ大使が、ハイジャック犯がシンハラ人らしい偽名を使ったタミル人過激派ではないかと疑い、犯人の発音にタミル語訛りがないか確認したのはもっともであったろう。なお、事件発生時、LTTEのリーダーであるプラバカランは保釈中の身であり、インドのタミル・ナドゥ州マドゥライにある仲間の家で逼塞《ひっそく》していた。

ジャヤワルダナ政権にとってアリタリア機のハイジャックなど、他国で起きた些末な事件に過ぎないはずだった。一部のシンハラ人たちがハイジャック犯の帰国を歓迎し英雄視しても、政権には痛痒がないと当初は思っていたであろう。しかし、このあと述べるように国際世論が一斉にスリランカ政府を批判し始めたため、早めに手を打たねばならない必要に迫られた。

好況の経済

政府にとって第一の懸念は、経済政策への影響であったろう。ジャヤワルダナ政権は前政権が失敗した社会主義的な国家統制経済政策をやめて自由開放路線に切り換え、構造調整を図った結果、経済は上向いていた。日本を始めとする海外からの援助が社会資本の整備につぎ込まれていた。灌漑事業によって農地が増えると、長く輸入に依存していた食糧政策に対して、自給自足が視野に入ってきた。新たな住宅開発も進んでいた。観光産業を盛んにし、外資導入や工業誘致を進めた結果、失業率も低下してきた。

町中に輸入品があふれ、人々の購買意欲と勤労意欲を刺激していた。現金収入を求めて人々は海外にも向かった。七〇年代の石油ショックで金満になった中東産油国では、労働者の需要が急増していたのだ。スリランカ人の男性は建設現場の労働のため、既婚女性は家政婦として働くため、続々と出国し、その数は年間二〇万人を超えていた。セパラが国を離れた一〇年前とは様変わりだった。ハイジャック事件と同じ七月、貿易大臣は、出稼ぎ労働者からの送金が国の外貨収入源のトップに躍り出そうだと発表した。外貨獲得額は前年には四四億ルピーに達して、ゴムや宝石を上回って二位に浮上し、年内にはお茶の輸出と比肩する六〇億ルピーに達するだろうと予測していた。

海外で稼いだお金は地方の村々にまで浸透していく。カジャンと呼ばれる椰子の葉を編んで作った屋根と土壁またはせいぜい日干し煉瓦でできていた家屋が、瓦葺きとコンクリート・ブロックやセメント造りに変貌し、そこに日本製の家電製品が加わるという構図が出現していた。

海外資本の進出や出稼ぎ労働のおかげで資金の流入が増すに伴い、人々の欲望と消費が相互に高まり合うサイクルが出来上がる一方で、急激な変化から取り残された人々や貧富の差の拡大など、新たな課題が生じていた。不満が昂じた人々が、捌け口を求めて何かの拍子に暴走する危険をはらんでもいた。

ハイジャック事件に対する政府の対応

新聞記事によると、セパラが凱旋帰国した七月二日金曜日の段階では、まだスリランカの外務省筋はこの件にどう対処するか未定だと言い、イタリア政府が何か検討しているようだと他人事のようなコメントをしている。警察もまた、麻薬取締局が先にセパラにインタビューするだろうと言うだけで、身柄を拘束しようとする動きはない。それどころか、ジープ二台で空港から市内までエスコートしたくらいだ。だが、事態はこの週末、正確にはこの金曜夜から急転した。

国際民間航空機関（ICAO）や国際定期航空操縦士協会連合会などが、ハイジャック犯を野放しにするスリランカには航空機の乗り入れを差し控えたいと主張。海外メディアはこぞって政府の怠慢を指摘し、早期にハイジャック犯を逮捕して処罰するべきだと意見を述べた。アメリカ大使館は、スリランカがリビアと同じテロ支援国家に堕したと非難した。

スリランカ政府内で矢面に立たされたのは、A・C・シャフル・ハミード外務大臣だった。アラブ風の姓から推察できるように、彼はムスリムである。中央高地のキャンディに近いアクラナの名家に生まれた。この近辺にはイスラム教徒が多く住む。彼らの祖先は沿岸部に住んで香料貿易に従事していたが、一六世紀にポルトガルに利権を奪われ迫害され、キャンディ王国の庇護を受けて中央高地に移り住んだ歴史がある。イスラム教徒が多いとは言っても、彼の選挙区における割合はせいぜい一四パーセント程度に過ぎず、シンハラ人が七八パーセントもの多数を占める。その選挙区でハミードは一九六〇年にUNP（統一国民党）から立候補して三〇歳で当選して以来、一九九九年に他界するまで約四〇年間にわたり国会議員に選出され続けた。選挙のたびにシンハラ人の対立候補を破ってである。彼はタミル語や英語はもちろんシンハラ語も達者であり、仏教寺院を建立するなどして地元民の支持を獲得していた。ハミードはジャヤワルダナ政権を外相として支え、軍縮や非同盟運動（ＮＡＭ）を世界に唱道した。ジャヤワルダナは過去のＵＮＰ政権がゴイガマ・カーストのシンハラ人を優遇したとの批判を省みて、ハミード外務大臣以外にも三人のムスリムを大臣に（ひとりは政権途中から財務大臣に）据えていた。

七月二日の夜、ハミード外務大臣の邸宅では緊急の会議が招集されていた。ジャヤシンハ外務次官を筆頭とする外務省の高官やアドバイザーに加え、航空局長も出席していた。大臣は会議よりも電話の応対に忙しかった。国際電話や国内各所からの電話、さらにジャヤワルダナ大統領からも電話があった。すべてハイジャック事件にどう対処するかに関してであった。会議の出席者は半ばパニックに陥っていた。

首都圏を所管する警察副長官エドワード・グナワルダナがのちに新聞に寄稿した文章[*21]によると、彼はその晩九時にハミード大臣から電話で呼び出しを受けた。一五分もしないうちに駆け付けると、大臣は事件について相談を始めた。グナワルダナ副長官は遅かれ早かれ警察が乗り出すことになるだろうと予見して、すでに部下のニコラス主任警部に対して犯人セパラを監視するよう指示していた。副長官は大臣に対して、その日のセパラの行動や、セパラに面会を求めてホテルを訪れた人物の名前などを報告することができた。ハミード大臣はそれを聞いてひとまず安堵した様子だったが、次にどうしたものかと、会議室にいる面々に向き直って相談を始めた。

議論が出尽くしたと思われた一〇時半頃、ハミード大臣はグナワルダナ警察副長官に尋ねた。

「どうして彼を逮捕できないのだ?」

「告訴も告発もありません。そもそもあの男は国内法に抵触するようなことは何もしていませんし、ハイジャックを犯罪だとする法はありませんし……」

「やはり、直ちに国会で審議を始めるしかないでしょう」と出席者のひとりが大臣に進言した。

「新法制定には一カ月はかかる。その間、野党が責任追及してくるに違いない。立法を怠っていたと糾弾してな」

ハミード大臣は普段から深刻な調子でしゃべる癖があったが、このときは真に深刻な様子だった。

それを見て副長官は、

「犯罪の被害を受けたとの何らかの訴えさえあれば、私は責任をもってあの男の逮捕を命じます」

と大臣に請け負うように言い、

「イタリア大使を呼んでみられてはいかかですか? イタリア政府を代表して大使が何かできないのかどうか……」と続けた。

大臣はイタリア大使を電話で呼び出すよう秘書に命じた。

イタリア大使フランコ・ミシェーリ・ドゥビアーゼは夜の一一時過ぎに現れた。ドゥビアーゼ大使は本国に相談することを大臣に約束し、グナワルダナ副長官に対して翌朝一一時に大使館まで来てほしいと要請した。

翌日、グナワルダナ副長官はニコラス主任警部を連れて、指示された時間にイタリア大使館を訪れ、大使が署名した書状を受け取った。

――イタリア政府を代表してスリランカ警察に告訴する。ハイジャック事件を犯して三〇万ドルを強奪した犯人セパラ・エカナーヤカに対して、スリランカ警察が必要な措置を取り、三〇万ドルを取り返して我が国に返還するよう要請する。

グナワルダナ副長官はニコラス主任警部に対して、直ちにセパラに対する逮捕状を取るよう命じた。

ニコラス主任警部がインターコンチネンタル・ホテルに着いたのは、セパラ一行が出発したあとだった。警部は部下に命じて指名手配手続きを行い、一行を追って自らも南へ向かった。彼の報告書によると、セパラと妻子は五時一〇分にゴールで逮捕され、八時四五分にコロンボで警察のCID（犯罪捜査局）に引き渡された。

「我が国は国際条約を守り、条約の義務を果たす」

A・C・シャフル・ハミード外務大臣はセパラが逮捕された翌日の日曜日、ある会合でスピーチした際に事件に触れて所信を述べた。ハイジャック防止条約に加盟しながら国内立法を怠っていた瑕疵《かし》は急ぎ補正されるという意味を含んでいた。

大臣はドゥビアーゼ大使から、イタリア政府は自国で刑事訴追するために、遠からず正式に外交ルートを通して犯人の身柄引渡しを要求するだろうとも聞いた。だが大臣は、もしセパラの身柄をイタリアに引き渡したら、何か騒ぎが起きるのではないかと心配したであろう。セパラが勾留されているコロンボ市内のマガジン拘置所のまわりに、大勢のシンハラ人が集まっていると新聞が報じていたからだ。

七月六日、特別閣議が召集され、ハイジャック取締りの新法を制定するための決議がなされた。立法の遅れを取り戻そうとするジャヤワルダナ政権の動きは早かった。新法の法案は週内に作成され、合憲性の審査のため、翌週の月曜日には最高裁に回された。

セパラに対する刑事手続

マガジン拘置所に勾留されているセパラのために、セパラの親族は遠縁のマヒンダ・ラジャパクサに協力を依頼した。マヒンダ・ラジャパクサはカラトタ村に住むセパラの祖母から見て、甥の息子（大甥）にあたる。彼はＳＬＦＰ（自由党）の国会議員だった亡父ドン・アルウィン・ラジャパクサを継いで南部州ハンバントータの選挙区から出馬し、一九七〇年の第七回総選挙には最年少の二四歳で当選したが、七七年の選挙で敗れて野に下っていた。のちに国会に復帰し、大統領になる男だが、このときは三六歳、弁護士業を始めてまだ数年だった。彼は経験豊富な主任弁護士を紹介してその補佐に回ったが、公判手続に参加し、裁判記録に名前を残している。

事件当時には存在しなかった刑事法を新たに制定して罪刑を作り、それを過去の事案に遡及適用するというのは憲法違反だと、弁護団は早くから申し出たが、受け入れられていない。

イタリアから法律家や検察官の混成チームがスリランカに送り込まれてきた。容疑者の引き渡し手続きなどについてスリランカ政府と検討するためだった。

七月一六日、治安判事は五〇万ルピー（当時のレートで約六〇〇万円）の保釈金を条件にセパラの保釈を許可した。しかし、セパラの親族はこの保釈金を用意できなかった。翌週、この保釈許可は撤回される。容疑者は保釈中に失踪しかねない、イタリアに帰ってしまった妻子を取り戻そうとして犯行を重ねる可能性がある、というのが理由だった。

ハイジャック取締法は二一日に国会で承認された。事件から三週間の早わざだった。この取締法は保釈を認めない建て付けであったため、同法が適用されると同時にセパラの保釈の可能性は消えた。

この直後に、このあと述べるようにジャヤワルダナ大統領が一年前倒しで大統領選挙を実施する考えであると表明した。世論の関心は一気にそちらに向かい、ハイジャック犯セパラに対する関心は薄れていく。

八月初め、司法大臣が、当該ハイジャック犯はスリランカで訴追されるべきであり、イタリア政府から身柄引渡要請が来たとしても応じることはない、という判断を公式に述べた。

八月二六日、ハイジャック取締法に基づきセパラの所管裁判所は地方裁判所から高等裁判所に移り、身柄はマガジン拘置所から、近くのウェリカダ刑務所へ移された。

新法に基づきセパラの公判が始まったのは、約一年を経た八三年五月三〇日である。一審ではハイジャック取締法の極刑である無期懲役の判決が下されたが、控訴審で懲役五年に減刑された。約二年の未決勾留期間は刑期に算入されず、セパラは八九年まで服役した。セパラの弁護士は、ハイジャック取締法の条文ならびにその遡及適用が罪刑法定主義を定める憲法に違反するとして、最高裁で争おうとしたが、ハイジャックは国内法の立法を待たずとも条約加盟時から違法行為であると判断され、上告は八八年に棄却された。

暗黒の七月

前倒しの大統領選挙と国民投票

ジャヤワルダナ大統領は突然、奇策に出た。本来ならば大統領選挙は任期満了の前、すなわち翌八三年末に実施されるはずだったが、彼は一年前倒しで実施することにしたのだ。憲法の修正は国会議員の三分の二以上の決議で可能だから、容易だった。就任から四年を経過した大統領には信任を問う選挙を実施する権利が付与される、という修正が憲法に加えられた。

ジャヤワルダナは強権的な政権運営が必要であると考え、確実に勝てる段階で選挙を行って地歩を固めようとしたのだろう。彼は七七年の総選挙で圧勝して以来、多数派であるシンハラ仏教徒に加え、少数派のキリスト教徒やイスラム教徒の支持も確保していた。一方で、野党SLFP（自由党）は混乱していた。シリマウォ・バンダラナーヤカは首相在任時の権力濫用を問われて公民権が剥奪され、大統領選には立候補できなかったが、かといって彼女の他にジャヤワルダナに対抗できるような候補者はいなかった。

タミル人はどうしたかと言うと、この大統領選挙に失望させられた。なぜならTULF（タミル統一戦線）の代表が、ジャヤワルダナに対抗して立候補しようとしなかったからだ。ジャヤワルダナは九月二九日、選挙活動のためジャフナを訪れた。LTTEは爆弾を仕掛けたが失敗した。爆弾は大統領が乗ったジープから五〇メートルも離れたところで爆発した。

一〇月二一日、全土で選挙が実施された。選挙民の投票率は八一パーセントに及び、ジャヤワルダナは得票率五三パーセントで文句なく圧勝した。JVP（人民解放戦線）は党首ローハナ・ウィジェウィーラが立候補した。四パーセントという彼の得票率は、SLFP（自由党）候補の三九パーセントに次ぐものだった。

再選された勢いに乗って、その一週間後、ジャヤワルダナ大統領はさらに驚きの一手を打つ。国会議員の任期を延ばすための国民投票を実施するというのだ。前回（七七年七月）の総選挙で選ばれた国会議員にはまだ半年ばかり任期が残っていたが、その任期を、総選挙を実施せずに六年間延長させてしまおうというのだ。さすがにこれは国会だけで決議するわけにはいかないから、国民の承認を得るため、国民投票を行うと発表した。そして、このような変則的な政策を行う理由として彼は、SLFP（自由党）の一派による非民主的・無政府的な不穏な動きが目立つからと指摘し、総選挙による混乱を回避して強い政府の態勢のまま難局を乗り切りたいと説明した。SLFPの一派というのはダミーであり、実際はタミル過激派とJVPへの対策だったろう。タミルとJVPの問題に強く対処するためには、自党が国会議員の八割強もの圧倒的多数を占める現状を、自分が大統領でいる限り維持したいと考えたのだ。翌年半ばに総選挙をしてはこの多数を維持できまいと考え、先手を打ったわけだ。

SLFPを始めとする反対派は、国民投票など欺瞞だ、民主主義を愚弄するものだと非難した。特に、政党として登録を済ませて準備していたJVPが、国民投票は資本家民主主義による詐欺だ、多数を利用した支配階層の専制政治だと批判し、総選挙が実施されるよう強く要求した。急速に支持者を増やしていたJVPは、選挙になれば何人かの候補者を国会に送り込めていただろうと予想された。

国民投票の結果、七一パーセントの投票率のもと、五四パーセントが承認するという結果が出た。これでジャヤワルダナは大統領の地位も国会議員の支持も確保した。彼の政治体制は盤石であるかと思われた。

「暗黒の七月（ブラック・ジュライ）」事件の発端

翌八三年、UNP（統一国民党）の国会議員一八人が新旧世代交代などのため辞任するに伴い、補欠選挙が実施された。シンハラ人が多く居住する地域では順調に進んだが、北部、特にジャフナ半島では、選挙の実施が危ぶまれた。選挙運動に関わる人たちや警察官の殺害、銀行強盗、警察署の襲撃などが次々に発生。五月には非常事態宣言が発令された。

ジャヤワルダナ政権は地方自治制度として県開発議会を各地に設立しようとして、八一年以来その議員選挙を進めてきたが、治安が悪いジャフナだけは選挙が延期されていた。そのジャフナ地域でもようやく五月になって選挙が行なわれたが、政府に反対を突きつけようとして九五パーセントの住人が投票をボイコットした。これに対し、政府はジャフナとコロンボを結ぶ鉄道やバスの運行などのサービスを停止し、ジャフナへの締め付けを強めた。

インドで保釈中のプラバカランは、保釈条件の禁を破ってインドを離れ、二月にジャフナに戻った。彼は自身が不在の間に腹心の部下が次々と政府軍との衝突で犠牲になっていたことに衝撃を受け、復讐を誓う。ターゲットとして、ジャフナ近郊の政府軍基地に巡回から帰還する軍の車両に目をつけた。七月二三日の土曜日、電話線の埋設工事にまぎれて昼間、道路に爆薬を仕掛け、夜、軍の車両が通過するところを見計らって爆発させた。プラバカランほか、待ち構えていた一四人のLTTEメンバーは、ジープとトラックに乗っていた兵士一三人を射殺した。

暴動の発生と扇動

警官や兵士が亡くなると、亡骸は死者の出身地に運ばれてそこで葬儀や埋葬がなされるのが習わしだった。のちに議論を呼ぶことになるが、ジャフナ近郊で殺害された一三人の場合、コロンボ出身者はいなかったにもかかわらず、政府は翌日の日曜日にコロンボ市東部にあるボレッラ墓地で葬儀を営むことにした。大勢の弔問者が墓地に参集すると予想され、何かの拍子に弔問者の悲しみの感情があふれて怒りや憎しみに発展し、暴発するのではないかと不安視する声が政府内で聞かれたにもかかわらず、である。

夕刻、数千人ものシンハラ人たちが弔問のため墓地を訪れていた。死者が運び込まれるのを延々待たされて苛立った人々の間に混乱が生じ、騒動の火がいったんつくと、あっという間に炎上して燃え広がった。憤怒、緊張、恐怖、根も葉もない噂、被害妄想などが狂気を煽り、凶暴な集団心理が巻き起こった。町を歩くタミル人だけでなく車やバスに乗るタミル人も引きずり出され、あるいは撲殺され、あるいはガソリンをかけて焼き殺された。タミル人の商店や住居が次々と破壊され放火された。

同夜遅く、三年間の駐タイ大使勤務を終えたマネル・アベイセケラが、スリランカ航空機でコロンボ北のバンダラナーヤカ国際空港に到着した。コロンボで起きている暴動の情報は、空港の近辺では断片的にしか伝わっておらず、コロンボがＬＴＴＥの手に落ちたと噂された。彼女が乗った外務省の車は何度も検問で止められ、セキュリティ・チェックを受けた。タイのみやげに持ち帰った蘭の生花が入った紙箱は、銃が入っているのではないかと疑われて開けられた。

マネル・アベイセケラが自伝で回想する通り、この夜、人々の間に正確な情報は乏しく、代わりにデマが飛び交っていた。タミル人過激派がクーデタを起こして侵攻して来たから、タミル人への攻撃は正当防衛だと叫ぶ人たちがいた。

暴動はコロンボから近郊に広がり、さらにはタミル人が住む町すべてに広がった。シンハラ人の暴徒は、プランテーションで働くインド・タミルに対しても暴虐行為を行った。キリスト教徒が住む地域でも暴徒は容赦しなかった。

五月以来続いていた非常事態宣言に外出禁止令が加えられたが、効果がなかった。軍や警察は初期の段階では無関心を装い、暴徒を鎮圧しようとしなかったと言われている。無法状態が収拾するまで一週間以上を要した。死者数は五〇〇とも三〇〇〇とも言われて確定できない。二万人以上が負傷し、一五万人が家を失ったと言われる。

ジャヤワルダナ大統領は、どうしてわざわざコロンボで葬儀を営もうとしたのか、不穏な雰囲気を不安視したプレマダーサ首相から取り止めを進言されたにもかかわらず、と批判された。さらに、暴動に対して初動が遅かったとも批判された。外出禁止令を二五日夕まで発せず放任していたのは、暴徒の不満のガス抜きを図るためだったとか、政権に対する批判の目をそらそうとしたのだという中傷までされた。彼は葬儀に備えてボレッラ墓地に近いワード・プレイスにある自宅で待機していたから、夜になって暴徒が商店を破壊し建物に放火する様子は身近に見聞きできた。避難してきたタミル人から実情を聞くこともできた。翌二五日朝には政府関係者と打ち合わせ、事態を正確に把握しようと努めた。それでも見通しを誤ったようだ。危機管理に失敗した、という批判は免れまい。

多くのシンハラ人がいろいろな不満を鬱積させていたところにジャフナ近郊でテロ事件が発生し、葬儀を待つ間にタミル人に向けた憎悪の感情や被害妄想が過剰なまでに膨らんでしまい、それが一気に爆発して暴動になった――。そんな表面的な解説で納得するには暴動の規模が大きすぎ、期間も長すぎた。襲撃は組織され正確だったという。暴徒のリーダーは選挙民名簿を持っていて、どこにタミル人が住んでいるか確認した上で家屋の破壊や放火、殺人を指示していたと指摘されている。同じく暴徒のリーダーは、タミル人の商店や工場の住所が載ったリストに従って襲撃を指示していたとも指摘されている。このような機会を手ぐすね引いて待っていた連中が暴動を組織化したと推理された。

コロンボに住むタミル人は半分以上がインド・タミル、すなわち、インドから中央高地に連れて来られたタミル人労働者の子孫であり、北部・東部の過激派に味方していたわけではない。それどころか、彼らの多くがUNP（統一国民党）の自由開放経済政策に賛成する支持者だった。政策の恩恵に浴して商売や製造業を盛んにしていたところ、彼らの成功を妬んだシンハラ人が、タミル人の経済基盤を破壊するためにこの機会を創出し利用したのだと非難された。

騒乱後直ちに政権が取った対策のひとつとして、JVP（人民解放戦線）、LSSP（社会党）、CP（共産党）といった左翼政党が非合法化された。暴動を扇動したという嫌疑からだった。JVPリーダーのローハナ・ウィジェウィーラら幹部は地下に潜伏したが、懸賞金付きで指名手配された。

続いて、憲法修正手続きを取った。領土の分離分割を禁止し、タミル人国家の分離独立構想を唱える政党を禁じた。結果、TULF（タミル統一解放戦線）が活動を制限され、アミルタリンガム代表含め議員たちはインドへ避難した。

騒乱の首謀者と目される人物が、ジャヤワルダナ政権の膝元にいた。シリル・マシュー工業大臣は早くから、多数派のシンハラ人こそが長年差別に苦しめられ抑圧されてきた被害者なのだと、暴徒を擁護する発言をした。ワフンプラ（椰子蜜取り）・カースト出身のシリル・マシューは、ヘーナ（洗濯職）・カースト出身のラナシンハ・プレマダーサ首相と並んで、ジャヤワルダナ大統領が閣内に取り込んだ非ゴイガマ・カースト出身者だった。シリル・マシューは政府系労働組合のリーダーでもあったが、労働組合とは名ばかりの暴力集団も含まれ、多くのメンバーが同じ低位カーストの出身者で、一九七一年のJVP暴動にも加わっていたと指摘された。ジャヤワルダナ大統領がタミル人被害者に対する哀悼と補償を議論しようとするのを、シリル・マシューが公然と批判するに及んで、彼は大臣職を追われ、UNP（統一国民党）からも追放された。

「暗黒の七月（ブラック・ジュライ）」と呼ばれるこの八三年七月の騒動から、タミル過激派との内戦が始まったとされる。ジャヤワルダナ大統領にとって、この事件は自国の国際的評価を下げる痛恨事だった。タミル人が多く住むインドとの外交関係がぎくしゃくし出した。外国資本は治安を不安視し、進出や投資に対して慎重になった。経済政策が頓挫した証拠には、インフレ率は四〇パーセントに近づき、通貨は七七年に一米ドルが約八ルピーだったのが二四ルピーを超えるほど弱くなった。

ウェリガマ刑務所内の虐殺*22

「暗黒の七月」事件は、獄中のセパラにも及んだ。

これは、スリランカ中で発生した数多くの胸が悪くなるような事態のなかでも特に重大な、生き地獄のような事件である。

刑務所の外で発生した暴動に呼応するように、セパラが収監されていたウェリカダ刑務所内でも暴動が発生し、タミル人の囚人が襲撃されたのだ。殺されたタミル人は五三人。テロ防止法により逮捕され勾留中の容疑者が中心だった。殺戮は七月二五日に三五人、二七日に一八人に対して行われた。セキュリティがしっかりしている刑務所内で、三〇〇人から四〇〇人ものシンハラ人の囚人が暴動を起こしたのだ。それも二日間に分けて。タミル人の囚人の中には二〇人ほど生存者がいたが、彼らは過激派に連なるタミル人ではなかった。殺戮に関わった暴徒の中から犯人が特定されることはなかった。この異常さは世界中の注目と非難を浴びた。資料をもとに、事件を再現してみる。

ウェリカダ刑務所はコロンボ市内の東部にあり、ボレッラ墓地から北へ二キロメートルくらいしか離れていないため、二四日夜に墓地で騒動が始まると、刑務所内でも騒音が聞こえた。敷地は四八エーカー、ざっと東京ドーム4個分の広さである。イギリス統治下の一九世紀半ばに建設され、今でもスリランカ最大の刑務所であり、千数百人を収容するが、八〇年代当時はもっと大勢が詰め込まれていたらしい。

大通りから少し奥まったところに西に向いて正門がある。厳重に警備されている正門を入ると、敷地内には病院を含め数棟の建物が並ぶ。入って右手に三階建ての、上から見ると十字の形になったひときわ大きな建物がある。チャペル棟と呼ばれるのは、イギリス統治時代に礼拝堂があったからだ。中央にロビーがあって、そこからAからDまで四つのウィングが直角にのびて、それぞれが獄舎になっている。

一階にはA3、B3、C3、D3の四つの獄舎があり、各獄舎の中はいくつかの監房に分かれていた。A3には凶悪犯や逃亡の恐れがある囚人が収容されており、セパラはここに収監されていた。B3には有罪判決を受けた六人のタミル人がひとつの監房に入れられていて、ほかにはD3に二九人、C3には二八人の、それぞれテロ防止法に基づき勾留中のタミル人がいた。加えて、チャペル棟の北、拘置所棟のそばの青少年犯罪者棟にも、九人のタミル人が収容されていた。

一回目の暴動は二五日の午後二時過ぎに起きた。

チャペル棟には守衛が一六人配置されていた。内部の騒動を抑えるには十分な人数だが、三〇〇人から四〇〇人もの暴徒が外から押し寄せてくることは想定されていなかった。

証言によれば、暴徒には囚人だけでなく刑務所員も混じっていた。暴徒は手に鉈やナイフや棍棒を持っていた。刑務所に配備されている一五人の兵士のうち何人かが現場に駆け付けたが、ロビーに立ちすくむだけで、一発の銃を撃つこともなく、手出ししなかった。

刑務所長のJ・P・デルゴダは休暇中だった。所長代行を務める副所長のC・T・ジャンツは暴徒を止めることができないと判断し、近所にあるボレッラの警察署へ救援を求めに行ったが、あいにく警察官は市内の騒動のせいで出払っていた。しばらくして警察官が集まったので、副所長が刑務所まで先導したが、警察官が刑務所内に入ることを正門を守る兵士に制止されたそうだ。

正門で押し問答した挙げ句、副所長が現場に到着したときには騒動は収まっていた。B3とD3にいたタミル人全員が血まみれになってロビーの床に横たわっていた。まだ息がありそうなけが人を外の病院へ運び出すよう副所長は指図しようとしたが、兵士は本部の許可がないと言って搬出を拒んだ。副所長は許可を求めようとして知り合いの軍人に電話したが、軍の幹部は会議中とて埒が明かなかった。その頃、陸軍本部では市内外における騒乱対策のため会議が開かれており、軍の幹部はジャヤワルダナ大統領と会議中だった。大統領は会議後にウェリカダ刑務所の暴動について報告を受けて激怒したという。

そうこうするうちに三五人全員の死体がロビーのスペースに積み重ねられた。刑務所内の病院の常勤医師がようやく現場に現れたのは、何もかもが終わった夕方の六時頃だった。医師はタミル人だった。彼は全員の死亡を確認した。

襲撃の対象になったB3とD3の獄舎では、ドアが打ち破られ、あるいは鍵が奪われて開けられたのだが、負傷した刑務所員はいなかった。セパラがいたA3の獄舎は騒動の間も施錠されたままだったが、チャペル棟の二階三階の獄舎は鍵が開けられ、収容されていた八〇〇人もの囚人は暴動に加わったのだった。

C3の獄舎も解錠されずに済んだ。そこにいた二八人のタミル人たちは、事態を壁一枚隔てた状態で体験した。小窓からのぞき見し、すさまじい音と声を聞きながら、彼らは所内の誰がこの暴徒を引率して何をやらせたかを詳らかに知ったはずだが、証言したらどんな目に遭うかも熟知していた。このままここにいては危ない、どこかに移してほしいと申し出ようとしていたところ、刑務所側も彼らの安全を考慮し、早暁、彼らを青少年犯罪者棟に移した。

遺体安置所に置かれていた三五人の死体は、夜間、トラックの荷台に載せられてボレッラ墓地に運ばれた。墓地では大きな穴が掘られ、死体はそこに放り込まれて焼却された。本来なら検死がなされてしかるべきところである。この処分はのちに問題視されたが、事件の一週間前に制定された非常事態規則の中に検死なしに遺体の処分ができる場合の規定があり、それが担当官によって誤って適用されてしまった、という釈明がされ、沙汰止みになったようだ。

事件のあった翌々日の午後、ジャンツ副所長は陸軍本部の安全会議に呼び出され、ジャヤワルダナ大統領の前で刑務所における騒乱について報告した。大統領は副所長を励ますと同時に、残ったタミル人の囚人が心配だから、コロンボから北部へ退避させるべきだと助言した。刑務所内で再び騒動が起きそうだとの不穏な情報をジャンツ副所長はその朝つかんでいたから、囚人たちを軍の飛行機で北部へ送る手配を陸軍准将と打ち合わせた。そしてそのあと、ウェリカダ刑務所に午後四時過ぎに戻ったところで、第二の暴動が発生中だと知らされた。

　チャペル棟では四時から夕食が給仕されていた。B3とD3の獄舎は騒動のあと利用されておらず、まずC3内の囚人から夕食が配られ、次にA3の囚人の番に移った。獄舎内では看守の監視のもと、囚人は夜間以外は監房から出入りできる。いつも通り監房から出ておとなしく給仕を受けようとしていた囚人が突然、看守と給仕人に襲いかかり、鍵束を奪ったという。彼らは上階の囚人を解放して扇動し、ロビーからチャペル棟の外へ一斉に躍り出た。職業訓練所棟の戸棚に納められている斧やのこぎりなどが持ち出された。

　青少年犯罪者棟は周囲を壁で囲まれ、看守のほか四人の守衛がいた。二〇〇人から三〇〇人の囚人が壁を乗り越え入口を破壊すると、四人の守衛は圧倒されて、抵抗できなかった。鍵が奪われ、暴徒は棟の中に突入した。

　刑務所の中央棟で暴動の発生を聞いた看守長は、すぐさま兵士に指示を出した。暴動と聞いて脱獄や脱走の防止にしか彼の頭は回らなかったから、刑務所内外の各主要地点に兵士を配備し、そのあと彼は現場に赴いた。騒動を起こしている大勢の囚人を見て、彼は空に向けて銃を発砲して威嚇するほかなすすべがなかった。そのとき、陸軍特殊部隊の援軍が到着した。スニル・ペイリス少佐に率いられた陸軍特殊部隊は、副所長から連絡を受けて直ちに陸軍本部から駆け付けたのだった。囚人たちが棟の入口を塞いでいたから、特殊部隊は威嚇射撃をして囚人を押しのけなければならなかった。丸太で殴り掛かってきた囚人ふたりをペイリス少佐は銃で撃った。棟内ではまだ襲撃が続いていたので、部隊はガスマスクをして催涙ガスを発射した。ようやく囚人たちは退散し、自分の獄舎に戻った。看守長の懸念に相反して、脱獄や脱走を試みた囚人はひとりもいなかった。

青少年犯罪者棟に収容されていた二八人のタミル人囚人のうち、一七人が殺害された。六人収容の監房が九つあったが、二つだけが開けられずに済んだ。ペイリス少佐はその夜、タミル人の生存者をウェリカダ刑務所から連れ出し、軍用機に乗せて東部州のバッティカロアにある刑務所へ移送した。

ペイリス少佐はのちに新聞記者に語っている。彼の部隊が青少年犯罪者棟に到着したとき、前年のハイジャック事件で有名になったセパラが手に何かを持って話しかけてきた。彼が手に持っていたのは恐ろしいものだった。だから少佐は怒ってセパラを殴り倒したという。別の新聞記事には、セパラがまるでバプテスマのヨハネのように囚人の首を大皿に載せていたという少佐の証言が載っていた。しかし、首が斬られた死体はひとつもなかったので、この証言は誤りだとも書かれていた。暴徒のなかにセパラがいるのを目撃したという証言を載せた新聞記事はほかにもあった。しかし、事件後行われた調査にセパラは呼び出されず、追及もされなかった。それどころか、事件の扇動者や実行の参加者に対する調査や責任の追及もおざなりだった。看守から鍵が渡され、襲撃を指示されたのだという囚人の証言や、アラックという椰子から作った蒸留酒を看守が飲ませたので皆酔っぱらっていたといった証言があったが、真偽不明だ。

他の棟に収容されていたため無事だったタミル人の囚人がひとり、事件のかなりあとになって、事件の責任を問うべき具体的な看守の名前と共に「やつらはＵＮＰの運動員だった、政治的な動機によるものだ」と新聞に語ったが、それを元に責任が追及されたかどうか不明である。

事件時の責任者であった副所長は、警察や軍と刑務所の間を行き来して翻弄させられ苦労したと語ったが、誰が暴動の黒幕だったと思われるかとか、誰が故意に非協力的だったかとか、事件後の調査において具体的には何も証言しないまま、退官した。

インド・スリランカ和平協定

インドの介入

「暗黒の七月」は隣国インドで深刻にとらえられた。タミル人が州人口の九割を占めるタミル・ナドゥ州の州首相だけでなく、同じ南インドのアンドラ・プラデシュ州とカルナタカ州の州首相も非難声明を発した。インディラ・ガンディー首相はジャヤワルダナ大統領に電話し、事態収束のため外務大臣を派遣した。ガンディー首相は八月一五日の独立記念日のスピーチで、世界に向けてシンハラ人の残虐行為を非難し、スリランカのタミル人を支援する方策を講じると宣言した。

スリランカ政府はインドだけでなく世界中から非難を受けるはめに陥った。ジャヤワルダナ大統領はこれを重く受けとめ、政府省庁の中に新たにヒンドゥー教省を設け、タミル人議員を大臣に据え、さらには世界ヒンドゥー教会議をコロンボで開催して、ヒンドゥー教に対する守護を強調しようとした。さんざんヒンドゥー教徒が殺され、ヒンドゥー寺院が破壊されたあとではあったが、評判を取り繕おうと努めた。

インド政府はスリランカで活動するタミル人過激派を支援するため、インド国内の軍事施設で軍事訓練を行うことを申し出た。多くの過激派メンバーが海峡を渡って訓練を受けたが、プラバカランは慎重だった。訓練を受けるLTTEのメンバーにはわざわざ仮名を使わせるなどして、インドの軍と諜報機関に対して警戒を徹底させた。ソ連寄りのインディラ・ガンディー政権は親米のジャヤワルダナが気に入らないだけであり、いつ潮目が変わってインドが自分たちの敵に回らないとも限らないと彼は読んでいた。また、インド政府はスリランカが内紛によって国力を消耗することはよしとしても、タミル人の独立国家タミル・イーラムが実現することまで望んでいるかどうかは疑わしいと見ていた。インド政府は国内の分離独立運動、たとえばタミル・ナドゥに古くからある独立運動や、北インドのパンジャブ州でシーク教徒の一派が独立国カリスタンを設立しようとする動きに対して、抑圧的だったからだ。

タミル人過激派グループは次々と、タミル・ナドゥ州内に自前の訓練場を設営した。そんなタミル人過激派に対して、インド政府は武器も供与した。プラバカランは武器についても、インド政府にだけ依存することを警戒した。LTTEはタミル・ナドゥ州の支持者から資金協力は得るものの、武器はレバノンなど国際市場から調達し、いったん南インドのマドラス（現チェンナイ）で通関したあと小出しでジャフナへと運ぶという手法を選んだ。

一九八四年になると、インドで訓練を受け武器を供与された過激派がスリランカ北部・東部に留まらずコロンボでもテロ攻撃を行い、これに対して政府軍・警察がやり返すという、完全な戦争状態に入る。

この時期、タミル人過激派グループの数は四〇ほどに達し、三万人もの要員を抱えて、スリランカ軍の倍の規模だったと、プラバカランの評伝の著者クップサミーは記している。スリランカ軍がまだ小さかったわけである。

評伝によると、LTTEのメンバーに性交を禁じていたプラバカラン自身が八四年に結婚した。「暗黒の七月」とその後の混乱に抗議してジャフナ大学内でハンガー・ストライキを実行していた学生グループを、LTTEは救助してマドラス（チェンナイ）に連れ去ったのだが、その学生のひとりとプラバカランが親密になったのだ。彼は悩み、LTTE内で打ち明けて相談した上で、内部ルールが改められた。男子は二八歳、女子は二五歳になれば結婚できることになった。LTTEに加入する女性が増え、女性戦士の部隊ができた。

八四年一〇月末、インドのインディラ・ガンディー首相がシーク教徒のボディガードに殺害される事件が起きた。先に触れたカリスタン分離独立運動の過激派がパンジャブ州にあるシーク教の総本山・黄金寺院に籠城していたところ、六月、ガンディー首相は武力行使により排撃させたが、その報復行為だった。息子のラジヴ・ガンディーが首相を継ぎ、同情票を集めて一二月の総選挙では与党・国民会議派の大勝利を導いた。

ラジヴ・ガンディー首相は、スリランカのタミル問題を深刻にとらえた。インドに避難してきた多くのタミル人難民が、盛んに窮状を訴えたからだ。一九八五年になってタミル人過激派の活動が激しさを増すと、ラジヴ・ガンディー首相はジャヤワルダナ大統領と協議を重ね、スリランカ政府とタミル人武装勢力との間の仲介の労を取ろうとしたが、どうにもまとまらず、内戦状態は悪化するばかりだった。見かねたジャヤワルダナ大統領は、東部州をタミル人地域、ムスリム地域、シンハラ人地域に三分割する案を出した。八六年一一月、インド政府はプラバカランらタミル人過激派の代表をインド南部のバンガロール（現在のベンガルール）に招き、三分割された東部州のタミル人地域に北部州を合わせてタミル連邦政府を作る解決案に同意を迫った。ラジヴ・ガンディー首相は、同地で開くSAARC（南アジア地域協力連合）会議で合意の成立を公表したかったのだ。他の過激派代表が合意するなか、プラバカランだけが東部州を三分割することに反対し、受け入れを拒否した。

彼が反対した背景にはシンハラ人の入植問題があったであろう。タミル人が多く住むスリランカ北部や東部に対し南部からシンハラ人が入植する動きは独立前からあったが、ジャヤワルダナ政権は入植振興策を灌漑事業と並行して強く推進していた。入植者は非戦闘員の民間人であったが、タミル人との衝突が発生していた。入植者を保護するために軍施設が作られると、今度はこの軍とタミル人過激派が交戦した。交戦を煽るわけではなかったろうが、政府はシンハラ人入植者に自衛のための武器を供与した。このような状況で東部州の三分割に合意を迫られたのである。

インドの介入を受け入れなかったLTTEは、インドの支持を失うことになるが、その一方で、他のタミル過激派が勢いを失うなか、最大の組織にのし上がっていた。八七年、LTTEは無政府状態だったジャフナ地域で交通規制など行政事務を開始し、まるで独立政府のような支配を繰り広げようとしていた。これに対抗して政府は北部への経済封鎖を行い、さらに民間人が巻き添えになることもためらわずに空爆を開始した。寺院や病院までが爆撃を受けた。政府はもはや全面戦争であると宣言し、空爆を継続した結果、ＬＴＴＥメンバーは市街地を離れ、ジャフナ半島の南に広がるヴァンニの森の中へ退避した。

森の中に追い詰められながらも逆襲の機会を狙っていたＬＴＴＥの中に、ブラック・タイガーと呼ばれる自爆テロ部隊が生まれた。七月、政府軍の軍事行動がやんだ間隙を突いて、ジャフナ半島北部のネリアディにあった政府軍基地に爆弾を満載したトラックが突っ込み、自爆した。政府側は二〇人の犠牲者が出たと公表したが、実際はもっと多かったとも言われる。ＬＴＴＥが実行した最初の自爆テロだった。

インドのタミル・ナドゥ州のタミル系州民はスリランカに暮らす同胞の苦境を見かね、州政府を動かしてラジヴ・ガンディー首相に救済を求めた。インド政府は四〇トンの食糧を積んで赤十字旗をなびかせた小船隊を派遣したが、スリランカ海軍に進路を妨げられてしまう。次の日、今度はインドの空軍が出動し、二五トンの救援物資をジャフナ半島の上空から投下した。作戦開始三五分前に通告を受けたスリランカ政府は、インド軍が行なう救援活動を邪魔することは二国間問題に発展しかねないと深刻にとらえ、ジャフナに対する爆撃を停止して、救援物資の輸送を黙認することにした。

両国間で話合いが持たれた。本格的に介入しようとするインド政府の意向をくみ、スリランカ政府は協同してタミル人問題に対処する方針に合意し、二国間の和平協定の交渉を進めた。

ラジヴ・ガンディー首相にとって、タミル問題の解決は国内での失点を取り返す絶好の機会だった。パンジャブ州におけるシーク教徒との混乱はインディラ・ガンディー前首相が殺害されたあとも治まらずにいた。加えて、政府が前年スウェーデンのボフォース社と交わした武器の購入計画に絡んで、首相が裏金を受け取っていたとの疑惑が浮上し、国会やマスコミから激しく追及されて、彼は針の筵に座るような状態だった。

スリランカの北部州と東部州をひとつの行政単位に統合してタミル人の自治に任せるという協定案ができた。ただし、インドが軍を駐留させて地域の停戦と平和を維持する前提である。両国間で協定を締結する前に、ラジヴ・ガンディー首相はプラバカランと直接交渉を行なった。交渉に招かれたプラバカランは、ジャフナからインド軍のヘリコプターと軍用機を乗り継いでニューデリーに到着。待ち構えていたラジヴ・ガンディー首相は、北部と東部の統合州の州長をプラバカランに任せると提案する代わりに、武装解除などＬＴＴＥの譲歩を求めた。プラバカランは統合が将来の住民投票を前提とした暫定案である限り受け入れられないとて、最後まで了承しなかった。それでもラジヴ・ガンディー首相は、ジャヤワルダナ大統領と和平協定を交わすため、コロンボに向けて出発した。見切り発車だった。

和平協定の締結

インドとスリランカが和平協定を結ぶことを、北部・東部に暮らすタミル人は歓迎した。停戦になれば空爆がやみ、紛争そのものも遠からず終了するだろうと希望を抱いた。ところが一部のシンハラ人は激しく反発した。コロンボではＳＬＦＰ（自由党）が、ジャヤワルダナ大統領を国の主権をインドに譲渡する売国奴呼ばわりしてデモを行なった。ＪＶＰ（人民解放戦線）や狂信的な仏教徒によって暴動が発生し、一〇〇台以上のバスが燃やされ、数十人の死者が出た。コロンボに外出禁止令が出された。デモ参加者の一四七人が警察に射殺されたという記録がある。

暴動に関わっていたJVPは八三年の「暗黒の七月」のあと非合法化され、幹部が逮捕されあるいは指名手配される状態が続いていた。リーダーのローハナ・ウィジェウィーラは地下に潜伏して反政府抵抗運動を指揮していた。この年（八七年）のメーデーにデモ行進を企画したが政府に抑圧され、それを機にJVPの反政府革命運動は急速に破壊活動の様相を帯びる。彼らは政府軍の基地を襲って武器を奪い、武装した。政府はLTTEという前門のトラのほかに、JVPという後門の狼にも備えなければならなかった。

このようにスリランカ国内が混乱する中で、一九八七年七月二九日、インド・スリランカ和平協定が結ばれた。北部州と東部州が暫定的に統合され、自治権が与えられる。恒久的な統合かどうかは将来の住民投票によるとされた。停戦と武装解除のため北部・東部にインドが平和維持軍を駐留させること、タミル語と英語も公用語に加えることなどを協定は規定していた。

和平協定にサインするため、ラジヴ・ガンディー首相夫妻が、厳戒態勢の敷かれたコロンボを訪れた。マネル・アベイセケラは自伝によるとこのとき、スリランカ外務省の本省で広報の責任を担う立場にあった。彼女は調印式の会場である大統領官邸に詰めて、報道機関に応対していた。調印式のあと、ジャヤワルダナ大統領がガンディー首相をエスコートして官邸前の広場に現れた。新聞記者やカメラマンは柵越しに見学できるよう配置されていた。マネル・アベイセケラもまた、そこで行われる海軍の栄誉礼の一部始終を見ていた。ガンディー首相が海軍司令官に伴われて居並ぶ儀仗兵を閲兵しているときだった。儀仗兵のひとりが銃を振り上げ、銃床でガンディー首相に襲いかかった。海軍司令官がいち早く気付いて反応し、銃床はガンディー首相の肩をかすっただけで済んだが、直撃していたら頭蓋骨を砕いたかも知れなかった。儀仗兵はすぐに取り押さえられた。他の儀仗兵も襲いかかる手筈だったが、第一撃が失敗したため追随しなかったそうだ。警護のSPが素早く反応してガンディー首相とソニア夫人をVIP車に乗せ、車は空港に急行した。

儀仗兵が足を滑らせたようだと言って、ジャヤワルダナ大統領は醜態を取り繕おうとしたが、新聞に載った写真には、兵士が背後から襲いかかる様子が明瞭に写っていた。ラジヴ・ガンディーは政治家だった兄のサンジャイが一九八〇年に事故で亡くなりやむなく政界入りしたのだったが、インド航空のパイロットだったという経歴の通り動体視力が良く、そのおかげで儀仗兵の攻撃を咄嗟にかわすことができたのではないか、とも報道された。

インド平和維持軍との戦い

プラバカランはニューデリーでガンディー首相と交渉したあと、再びインド軍機に乗ってジャフナに戻った。彼はインド平和維持軍の隊長ハルキラット・シンと会談し、ヒンドゥー寺院に参集した数万人の人々の前で事態の説明をした。武装解除に応じることはタミル人を保護する責任をインド政府に任せるということだが、それに応じることにしようと説明し、民衆の了解を求めた。

しかしこのあと、事態はプラバカランの想定とは違う展開を見せたようだ。ハルキラット・シンの回想録*23によると、インド平和維持軍は過激派のなかでもLTTEの武装解除を重点的に進めた。

インド首相府の諜報機関からの指示だったという。さらに彼はスリランカ駐在インド高等弁務官から、プラバカランの殺害または逮捕を指示される。高等弁務官とは、インドやスリランカなど英連邦（コモンウェルス）の加盟国の間で相互に置く特命全権大使のことである。首相の指示だと高等弁務官は説明したという。

平和維持軍が駐留するにもかかわらず、タミル過激派同士が衝突し、平和維持軍とも衝突、加えて東部州に入植したシンハラ人にタミル人が襲われる事件など、不穏な状態が続いた。そのようななか、決定的な事件が起きる。八七年一〇月、インドから船で密かに帰って来ようとしたＬＴＴＥの地区司令官を含む一七人のメンバーを、スリランカ海軍が逮捕した。インドとの和平協定により特赦が与えられるはずだったが、政府は釈放どころか、一七人の身柄をコロンボへ移送するよう指示した。インド平和維持軍が介入してとりなしを図ろうとしたが、受け入れられなかった。インド高等弁務官は何も口をはさもうとしなかった。一七人はコロンボで拷問され秘密漏洩させられることを恐れ、密かにプラバカランに連絡を取り、差し入れてもらった青酸カリを服用して全員が自殺した。この展開を聞いてタミル人たちは、インド平和維持軍が役に立たない、自分たちのためにならないと落胆した。インドに騙されたとすら感じた。

ＬＴＴＥは報復行為として政府軍とインド平和維持軍を襲撃した。対抗してインド政府とスリランカ政府はＬＴＴＥを壊滅させることに合意。インド軍は平和維持活動の名目ながら、ＬＴＴＥに対する戦争行為を開始した。

インド軍は周到な偵察を行なって掃討作戦を計画し、実行した。大がかりな奇襲部隊を編成し、ジャフナ大学のフットボール競技場に降下した。ＬＴＴＥはこれを迎え撃ち、インド軍に甚大な被害を与えたが、ＬＴＴＥ側の被害も小さくなかった。病院や市場までもがインド軍から襲撃され、多くの民間人が巻き添えで犠牲になった。インド軍はジャフナ半島をほぼ制圧することに成功したが、ＬＴＴＥは南のヴァンニの森に退避し、ゲリラ戦による抵抗活動へと戦術を変更した。

インド軍とＬＴＴＥの戦争は、このあと二年七カ月間も続く。血で血を洗う戦争状態が延々と続くのを横目に、スリランカ政府軍が楽をしていると揶揄する記事があった。シンハラ人は狡猾巧妙だとの指摘もされた。自国内の異民族との抗争のために異民族を引き入れて利用するのは、インドという大国のそばで長年やりくりしてきた島国民族の知恵だと評された。しかし、実際はスリランカ軍も警察も安穏として見ていたわけではない。後門の狼に対して全力で立ち向かわなければならない状況に置かれていたのだ。

ＪＶＰ（人民解放戦線）は、インドとの和平協定やインド軍の駐留に反対する過激なシンハラ民族主義者の支持を得て、勢力を拡大していた。社会的に抑圧された低位カーストの若者が多く参加したと指摘されている。ＪＶＰは公共の設備を破壊するなどの武力行使に留まらず、ＵＮＰ（統一国民党）党員を狙ったテロ活動を盛んに行った。八七年八月、国会の建物内でＵＮＰの議員総会が開かれていたところ、手榴弾が投げ込まれ、ジャヤワルダナ大統領は無事だったが三人の死傷者が出た。一〇月の段階でＵＮＰ党員の犠牲者は三八人を数え、数字はその後も増加した。ＪＶＰはかつて七〇年代にはマルクス主義革命を唱えていたが、この頃には、異民族・異教徒をシンハラ仏教の国土に招き入れたと現政権を批判する、極右勢力のような様相を呈していた。

警察や軍は総動員してＪＶＰの活動に対する取締りを強め、テロ防止法や非常事態宣言に基づき、デモ参加者や容疑者を次々に数千人規模で逮捕し勾留した。

ＪＶＰの取締りを困難にしたのは、同じシンハラ人・仏教徒であるため、誰がＪＶＰのメンバーなのか容易に見分けがつかないことだったと言われる。追い詰められて農村へ逃げ込んだＪＶＰメンバーは、非メンバーの村人を盾に抵抗し、最後は道連れにした。凄惨な戦いがコロンボ周辺や南部州で展開された。この地域の住民にとっては、タミル過激派よりもＪＶＰが与えた傷跡の方がはるかに深刻だった。

大統領の交代

国内の各地で騒動を抱えるなか、ジャヤワルダナ大統領の任期が切れる八八年になった。規定では一一月までに選挙を行わなければならない。憲法上は三選が許されないが、世論の多くは、八〇歳を超えても意気軒高なジャヤワルダナが憲法を改正して三期目を目指すだろうと予想していた。ジャヤワルダナ自身も、余人をもってはこの難局を乗り切れないと国内の支持者に持ち上げられ、海外からもインドのラジヴ・ガンディー首相やシンガポールのリー・クアンユー首相から続投を勧められ、その気になったこともあったと想像されるが、七月初めに引退を決意し、九月に公表した。ＳＬＦＰ（自由党）は大統領選が行なわれればジャヤワルダナとの対決になると想定し、早くからシリマウォ・バンダラナーヤカ前首相を候補に立てて準備していた。シリマウォ・バンダラナーヤカは八〇年に大統領特別委員会から権力濫用罪に問われて公民権を失い、前回の大統領選には出られなかったのだが、八六年に権利を回復し、今回は万全を期していた。彼女はジャヤワルダナより一〇歳若くもあった。

ＪＶＰ（人民解放戦線）は公的活動が禁止されており、候補者を立てるわけにいかなかった。ＳＬＦＰに協力できないかと画策したがそれもかなわず、ついては選挙ボイコットを民衆に対して訴えた。

引退を決めたジャヤワルダナは、党内で後継候補者を指名した。一一年間の自分の苦労と実績が反故にされないよう、選挙に勝てる候補者を慎重に選ばなければならなかった。ＵＮＰ（統一国民党）には三人ほど有力な後継候補がいたが、ジャヤワルダナは彼の下で首相を務めてきたラナシンハ・プレマダーサを指名した。順当な選択に見えたが、党内には不満に思う人たちもいた。というのも、プレマダーサは首相でありながら必ずしもジャヤワルダナの施政方針にすべて賛成していたわけではなく、インドとの和平協定には態度を保留し、県議会選挙では協力的ではなかった。だが、ジャヤワルダナはプレマダーサを選び、他の候補者を説得して、党内が分裂しないよう働きかけた。ジャヤワルダナには勝算があった。貴族カースト出身のシリマウォ・バンダラナーヤカは、対抗馬が老練なジャヤワルダナではなく、彼女より八歳も若い、ヘーナ（洗濯職）・カースト出身のプレマダーサだと知って憤慨するだろう。しかし民衆の多くはプレマダーサの贔屓に回るだろう、と予想したのだ。

案の定、一二月に行われた大統領選挙では、プレマダーサが勝利した。

ジャヤワルダナは大統領の最後の仕事として、国会を解散して総選挙の実施を発表した。およそ一二年ぶりの総選挙だった。大半がジャヤワルダナのシンパで占められていた国会議員が、新大統領のもとで刷新されることになった。

ＪＶＰだけでなくＬＴＴＥも総選挙のボイコットを呼びかけ、反政府運動を繰り広げた。八九年二月の投票日に向けてスリランカ全土で混乱が起こり、選挙期間中に一〇〇〇人を超す死者が出たという。

この第九回総選挙から総議席数が増え、二二五に改められたが、選挙の結果、ＵＮＰが過半数の一二五議席を確保した。ＳＬＦＰ（自由党）は前回（七七年）の第八回総選挙で議席数を八にまで減らす大敗を喫したのだったが、今回は六七まで回復した。ＵＮＰのまだ半分程度の議席数だが、野党第一党の地位に復帰した。長い間冷や飯を食ってようやく復活した議員のなかに、セパラの遠縁で弁護士を務めたマヒンダ・ラジャパクサもいた。南部州ハンバントータの選挙区から当選した彼は、ＳＬＦＰを担う次世代リーダーのひとりとして活発に活動を始める。

プレマダーサ大統領はシンハラ仏教原理主義的傾向が強く、インド軍が国内に常駐することには当初から不賛成だった。和平協定もインド平和維持軍も、ジャヤワルダナがラジヴ・カンディー―との個人的な関係から進めたものだとして、ＵＮＰ内でも批判者は少なくなかった。

プレマダーサ大統領はＬＴＴＥに和平交渉を呼びかけ、前外務大臣のＡ・Ｃ・Ｓ・ハミードを司法大臣に任用し、ＬＴＴＥ幹部との交渉にあたらせた。プレマダーサは、インド軍を撤退させるという点においてＬＴＴＥと意見が合うのを確認した。彼はタミル問題に取り組む前にインド軍の駐留を終わらせることが先決だと考えた。そこでインド政府に対して軍の撤退を要請したところ、ラジヴ・ガンディー首相は拒絶した。中途半端に撤退することは彼の外交政策の失敗を意味し、インド国内での政局運営に差し障ると考えたのだ。プレマダーサ大統領にはインドと対立してまでインド軍の撤退を強要するつもりはなかったから、代わりにＬＴＴＥと停戦し、武器を供与してＬＴＴＥをしてインド軍と戦わしめる方策を取った。異民族同士で戦わせる知恵を再び使ったのだ。

八九年一一月、インドの下院選挙でラジヴ・ガンディーが率いる国民会議派が敗れた。新たに首相に就いたＶ・Ｐ・シンは、スリランカ政府の要請に応じて直ちにインド軍を撤退させると決めた。インド軍は一五〇〇人以上の戦死者とそれをはるかに上回る負傷者を出して、翌九〇年三月、スリランカから撤退した。

プレマダーサ政権はＬＴＴＥと停戦している間、反政府活動を続けるＪＶＰ（人民解放戦線）に対して容赦ない攻撃を加え、一気に制圧を図った。軍の特殊部隊が組織され、非公式な武装勢力までもが加勢した。八三年に非合法化されて以来、ＪＶＰの執行部は潜伏場所を転々としながら組織の指揮を取っていたのだが、弱体化は著しかった。八九年一一月、ついにリーダーのローハナ・ウィジェウィーラが逮捕され、すぐさま殺害された。他の幹部も次々と逮捕・殺害され、ＪＶＰは大きな痛手を被る。ＪＶＰは後継リーダーを立てて反攻を図ったが、かえって壊滅的な打撃を受ける。執行部は、国外に逃避したひとりを除きすべて逮捕され殺害された。

長年にわたり災禍を及ぼしたＪＶＰがついに勢いを失った。後門の狼を退治した政府は、いよいよ前門のトラすなわちＬＴＴＥとの戦闘に全力を集中できる態勢が整った。

第二次イーラム戦争と二首脳の暗殺

インド軍が去ったあとのジャフナは、ＬＴＴＥが支配し、タミル・イーラムが実現したかのようだったという。束の間の平安だった。

プレマダーサ大統領は停戦中、ＬＴＴＥと幾度か会談を行った。和平の合意が期待された。お膳立てはジャヤワルダナ政権の間にできていたからだ。すなわち、インドとの和平協定に定められた通り、北部州と東部州を統合した行政組織が設立されて選挙が実施され、インド軍が支持するタミル人が州首相に選ばれるところまで進んでいた。ＬＴＴＥがそこに収まるかどうか別にして、容器はできていたのだ。

しかし期待に反し、話し合いの末に政権が選んだのは、ＬＴＴＥを壊滅することだった。九〇年半ばから全面戦争が再開された。第二次イーラム戦争の始まりである。

ジャフナは過激派と民間人の区別なく空爆された。政府は経済封鎖を行い、電気も通信も切断した。東部州ではシンハラ人の住民が軍と共にタミル人を襲った。インド政府はというと、もはやスリランカの内政問題に関知しなかった。国際世論は、もっぱらイラクのクウェート侵攻とその後の湾岸戦争に関心を払っていた。国際人権団体だけがスリランカ政府を非難した。

この頃、政府軍は職にあぶれたシンハラ人仏教徒の若者を精力的に吸収し、規模を六万人まで増強しており、国防大臣は一〇万人を目標に掲げていた。

インドではＶ・Ｐ・シン政権が一年ももたずに退陣。九〇年一一月、ラジヴ・ガンディーの国民会議派が支持する新首相が就任したが、その政権も短命で終わり、九一年五月、下院の総選挙が実施される運びとなった。国民会議派が有利と目され、選挙後にはラジヴ・ガンディーの首相返り咲きが予想されていた。彼はタミル・ナドゥ州における選挙活動のため、五月二一日夜、マドラス（現チェンナイ）に到着した。近郊をいくつかまわったあと、スリペルムパドールという町に着いた時には一〇時を過ぎていたが、会場では大勢の支持者が待っていた。到着したラジヴ・ガンディーは、広場に建てられたインディラ・ガンディーの像にまず花輪を手向けた。ステージに向けて敷かれた赤い絨毯の両側には事前に許可された関係者が立ち並んで道を開けていた。ラジヴ・ガンディーはゆっくりと歩み、ステージの手前でオレンジ色の民族衣装を着た若い女性から花輪を受け取ったところ、その女性が自爆。ラジヴ・ガンディーと女性を含む一八人が死亡した。

インド警察の犯罪捜査局は調査の結果、ＬＴＴＥの犯行であると断定し、事件から一年後の九二年五月、四一人を起訴した。特別審は二六人に有罪判決を下したが、最高裁まで争われ、最終的に九九年五月、七人が有罪とされた。

なぜＬＴＴＥがこのような凶行に出たのか、当時、様々な推測がなされた。理由はどうであれ、ＬＴＴＥはインドに暮らす六〇〇〇万人のタミル人の支持の多くを失い、数億人のインド国民の同情を失ったと言われた。インド政府はＬＴＴＥに対して、インド国内での活動禁止を言い渡した。その影響を受けて、スリランカのタミル人たちは、自国内の経済封鎖による窮乏に加え、インドから救援を受けることもままならなくなった。

スリランカ政府軍とＬＴＴＥの全面戦争が継続していた九三年五月一日、コロンボ市内でメーデーを祝う行進にプレマダーサ大統領も加わっていた。そこに自転車に乗った男が近づいて来た。

二年前から大統領の身辺警護員に取り入っていたその男は、警戒されることなく大統領に接近し、身体に巻き付けていた爆弾を爆発させた。

プレマダーサが暗殺されたのを、驚くにはあたらないと言う声が聞かれた。[*24] 八三年の「暗黒の七月」のあと、ジャヤワルダナ大統領を公然と批判して大臣を罷免されUNPを追い出されたシリル・マシュー議員について先に述べたが、プレマダーサは大統領に就任すると、このシリル・マシューを復権させた。それゆえ、プレマダーサもまたシンハラ人の暴動を陰で操っていたという疑いがあるのだ。シリル・マシューは復権して間もなく心臓病で死去した。プレマダーサも暗殺されてしまい、真実はわからないままである。

プレマダーサのあとウィジェートゥンガ首相が自動的に大統領職を継いだが、彼は前任者に負けず劣らずのシンハラ仏教原理主義者だったから、タミル人地域への経済封鎖や爆撃の手を緩めることはなかった。

SLFP（自由党）政権へ

セパラの出所と政権交代

一九八九年に刑期を終えて出所したセパラを、世間は忘れていなかった。彼を英雄と慕い、支持する人たちがいたおかげで、セパラは定職につくことができた。そればかりではない、翌年彼は再婚した。この国の通例で、紹介者による見合い結婚だった。

さらに一九九四年八月の第一〇回総選挙に向けて、セパラはSLFP（自由党）の選挙運動に駆り出された。彼自身は政治的野心に乏しかったが、彼の知名度の高さが利用されたのだ。遠縁のマヒンダ・ラジャパクサが活動するSLFPは、LSSP（社会党）・CP（共産党）と共にPA（人民連合）という連立を組み、政権奪還を狙って積極的に活動していた。政権与党のUNP（統一国民党）はプレマダーサを暗殺されたショックが大きく、また、さすがに一七年も同じ政権が続いてシンハラ人からも飽きられていたようだ。

セパラは出身の南部州ではなく、島の中央部に位置するアヌラーダプラ、ポロンナルワ、マータレーの選挙区で一カ月半にわたり選挙運動に加わった。SLFPの選挙演説会では、「あのハイジャック事件を起こしたセパラが来る」と宣伝され、大勢の人々が英雄をひと目見たいと集まった。名前がアナウンスされてセパラが登壇すると、人々は熱狂した。

総選挙の結果、PA（人民連合）がUNPをわずかに勝《まさ》った。PAを率いたSLFP（自由党）党首チャンドリカ・クマラトゥンガが首相に就任した。彼女はSLFPの創立者SWRDバンダラナーヤカと、その遺志を継いで首相を務めたシリマウォ・バンダラナーヤカ夫人の間に生まれた次女という血統である。フランス留学を七二年に終えて帰国した彼女は、首相を務める母の下で政府や党の活動に携わっていたが、七七年の選挙でSLFPが大敗したあと、人気俳優から政治家に転身したウィジャヤ・クマラトゥンガと結婚した。夫が八四年に新政党を立ち上げると、彼女もSLFPを去って加わった。彼らはシンハラ政党にしては珍しくタミル人に同情を示し、インド平和維持軍を受容する政治的立場を取っていた。八八年二月、夫ウィジャヤ・クマラトゥンガが自宅の前でJVP（人民解放戦線）のヒットマンにより暗殺された。身の危険を感じて彼女はイギリスに避難していたが、JVPが勢いを失ったのを機に九一年に帰国し、SLFPに復帰していた。

総選挙に勝って首相に就いたチャンドリカ・クマラトゥンガは、勢いに乗って同年一一月に予定された大統領選挙にも出馬する。

対立候補のUNP（統一国民党）党首ガミニ・ディサナーヤカは、ジャヤワルダナ元大統領の信任が厚く、長年UNP政権で大臣職を務めた実力者だった。出自はキャンディの裕福な家系であり、父親も政治家（ただしSLFP）だった。ジャヤワルダナ大統領の後継候補と自認していたが、彼ではなくプレマダーサが選ばれた。そんな彼は大統領就任後のプレマダーサと衝突し、いったんはUNPを離れたがのちに復党し、党首に就いていた。

ガミニ・ディサナーヤカは一九八一年六月ジャフナを訪れていた際に、タミル人への暴行やジャフナ図書館の放火を引き起こしたとされる人物のひとりだった。その恨みからか、大統領選挙戦が終盤に入ったところで、彼はLTTEの女性の自爆テロにより暗殺されてしまう。UNPは急遽、夫人を代わりの候補に指名して選挙戦を継続した。期せずして夫を暗殺された後家同士の選挙戦になったが、制したのはチャンドリカだった。

チャンドリカ・クマラトゥンガは大統領に選出されると、母のシリマウォ・バンダラナーヤカを首相に据える。早速LTTEと停戦協定を交わして和平交渉を始めたのはよかったのだが、政権がUNPから代わったことが裏目に出た。党が交渉団メンバーに指名したのは新参者ばかりだった。

停戦交渉はすぐに失敗し、第三次イーラム戦争が始まった。ジャフナへの空爆や襲撃、ＬＴＴＥの自爆テロの応酬と、激しい戦闘が続いた。

セパラはしばらくして表舞台に出なくなった。ＰＡ（人民連合）の政治に失望したとしか彼は新聞記者には語っていない。

政権の混迷とＬＴＴＥの衰退

一九九六年一一月、ＪＲジャヤワルダナが九一歳で死去した。ＬＴＴＥとの内戦の終結を見ることなくこの世を去った。終結まではもうしばらくの時間と労力と、そしてまだまだ多くの犠牲を必要とした。

チャンドリカ・クマラトゥンガは九九年一二月、大統領に再選されるのだが、選挙運動の最後の集会をコロンボ市庁舎前で行った際に自爆テロが起き、大勢の死者・負傷者が出ただけでなく、彼女も右目を失明した。ＬＴＴＥの犯行声明はなかった。

年が明けてもＬＴＴＥの攻勢は衰えることがない。ノルウェー政府が調停の労を取ろうとし、しばしの停戦があったが、すぐに激しい戦争状態に戻った。チャンドリカ・クマラトゥンガ大統領はタミル人に自治を認める内容の憲法改正を進めようとするのだが、国会はまとまらない。一〇月に第一一回総選挙を実施するのだが、彼女が率いるＰＡ（人民連合）は第一党の地位こそ維持したが過半数を取れなかった。ショックに追い打ちをかけるように、母シリマウォ・バンダラナーヤカが選挙直後に亡くなった。八月に首相を退任したばかりだった。

停戦や和平交渉が何度も試みられるのだが失敗し、ＬＴＴＥと政府軍の衝突が激しさを増す。二〇〇一年七月、ＬＴＴＥはコロンボの表玄関であるバンダラナーヤカ国際空港に隣接する空軍施設を襲って戦闘機を破壊し、国際空港に駐機していたスリランカ航空機をも破壊した。政府は外貨獲得源である観光産業に甚大な被害を受けた。

一〇月、チャンドリカ・クマラトゥンガ大統領は国会の運営が困難だと見て解散を決めた。しかし、一二月に行なわれた第一二回総選挙で彼女のＰＡ（人民連合）は大きく議席を失ってしまい、平和的解決を優先させるべしと主張するＵＮＰ（統一国民党）を中心とした政党グループが第一党となり、ＵＮＰ党首のラニル・ウィクラマシンハが首相に就いた。彼は母親がＪＲジャヤワルダナの従妹という、政界のエリートにふさわしい血縁関係を持ち、早くからＵＮＰの希望の星と目されていた。

ＵＮＰ主体の組閣がなされた結果、大統領と内閣が別の政党に属するという不安定なねじれ状態が生じた。首相は平和の実現を図ろうとするが、大統領の権限が非常に強いため、政策の遂行は容易ではない。軍の最高司令官は大統領であったのだ。新内閣はそれでも、北東部に対する経済封鎖を停止し、敵対関係の停止、停戦の実現を果たした。ノルウェーの仲介により平和協議が第三国において数度にわたり開かれた。内戦で荒廃した北東部のため国際的な援助が必要とされ、アメリカや日本などが援助を申し出た。ノルウェーの音頭取りで、平和の実現に向けて世界が動き出したかに見えた。しかし、援助資金や物資は政府が受け取り、ＬＴＴＥには渡ってゆかなかった。ＬＴＴＥは北東部州の暫定自治権を交渉しようともしたが、思惑通りに進まない。ＬＴＴＥは立場上、難しい時期を迎えていた。

背景にはＬＴＴＥがテロ組織として世界的にマークされ出したことがある。アメリカ国務省は九七年一〇月、中東のヒズボラやハマス、日本赤軍、オウム真理教、クメール・ルージュ（カンボジア）、アブ・サヤフ（フィリピン）などと並べて、ＬＴＴＥをテロ組織に指定し、資金援助やビザ発給などを禁じた（アルカーイダは翌年ケニアとタンザニアの米国大使館の爆破のあと加えられた）。二〇〇一年九月一一日に起きたアメリカ同時多発テロ事件により、世界中がテロの脅威に対する認識を新たにした。アメリカのブッシュ大統領がテロとの戦いを宣言し、多くの国が参加。アフガニスタンやイラクに対する攻撃が始まるにつれて、世界中の関心もテロとの戦いとテロの撲滅に向かっていた。

プラバカランは時代の流れを感知していたと言われている。ＬＴＴＥはテロ組織でしかなく、正当な政権とは見なされそうにないと感じていたのだろうか。二〇〇二年二月の停戦合意では、分離独立の要求を取り下げるに至った。

二〇〇四年に入ってＬＴＴＥに内部分裂が起きた。カルナと呼ばれる東部出身の幹部が離反したのだ。彼は八三年の「暗黒の七月」を機にＬＴＴＥに加わって以来、数々の実戦を重ねてきた勇士であり、東部を任されていた。そんな男が突然、ＬＴＴＥは北部出身者に牛耳られていて東部出身者は冷遇されている、資金の分配も公平になされていない、と非難し、〇四年三月、ＬＴＴＥを離脱した。カルナに追随して多くのメンバーがＬＴＴＥを去った。カルナおよびカルナを慕って離反したグループを追って、北部のＬＴＴＥの面々は東部州へ向かった。組織の統率を乱す裏切り者は許されないからだ。戦闘が起きて双方で数百人に及ぶ死者が出たという。

カルナの離反の裏にはスリランカかインドの秘密諜報機関が働いていたのではないかと噂された。真偽はともかく、プラバカランが東部州における支配力を喪失したことは確かだった。カルナはこのあとも決定的な役割を果たすことになる。

苦難に追い打ちをかけるように〇四年一二月、スマトラ島沖大地震の津波が襲った。北部・東部地域の犠牲者は二万人を超え、五〇万人以上が家屋と財産を失って難民になった。各国政府の支援は中央政府に対してなされ、LTTEが支配するタミル人地域に直接回るわけではなかった。タミル人たちは自力で立ち直りを図らねばならないことが多く、深刻な事態に陥った。

LTTEが内部分裂で騒いでいた頃、チャンドリカ・クマラトゥンガ大統領は国会で主導権を取り戻すことに成功した。ラニル・ウィクラマシンハ首相との確執が耐え難いほど悪化したため、彼女は強権を発動して国会を解散し、〇四年四月に総選挙（第一三回）を実施した。彼女が率いるSLFP（自由党）は、一部党内の反対を押し切って奇策を用い、辛勝した。悪名高かったJVP（人民解放戦線）と連立を組んだのだ。彼女にとっては夫を暗殺した組織だったにもかかわらず、である。JVPは八九年にリーダーのローハナ・ウィジェウィーラを失って歴史の舞台から退場したかと思われたが、党の非合法化法が失効し非常事態宣言も解かれると、九四年の第一〇回総選挙で社会主義政党として息を吹き返した。同選挙で一議席を獲得して国会への進出を果たし、二〇〇〇年（第一一回）には一〇人、二〇〇一年（第一二回）には一六人もの当選者を出し、無視できない勢力を築いていたところ、このたびはSLFPと組んで連立与党入りしたのだ。小政党ながらも政界で存在感を示すことになる。

マヒンダ・ラジャパクサ大統領・内戦終結に向けて

〇五年、チャンドリカ・クマラトゥンガ大統領の任期が終わりに近づいた。憲法は三選を禁じていたから、彼女が大統領選挙に立候補する可能性はなかったが、実弟アヌラ・バンダラナーヤカを候補に擁立しようと党内で画策した。SLFP（自由党）を創設した故SWRDバンダラナーヤカの長子であり、国会議員の経歴も長かった。

しかし、前年の総選挙後に首相に就いていたマヒンダ・ラジャパクサがその前に立ちはだかった。亡父ドン・アルウィンはSLFPの創設メンバーであり、父の死後地盤を継いで政界入りした彼は、兄弟や親戚にも政治家が多く、家系でも政治力でも負けなかった。

結局SLFPの大統領選候補には、マヒンダ・ラジャパクサが選出された。大統領選挙はUNPの候補ラニル・ウィクラマシンハとの一騎打ちになった。タミル問題につき、ウィクラマシンハが以前から平和尊重であったのと比べて、ラジャパクサは和戦両様の構えを見せていた。シンハラ人選挙民の意見が分裂していた一方で、LTTEはシンハラ人の選挙そのものが信頼できないとして、タミル人に選挙をボイコットさせた。一一月の選挙では、ラジャパクサの得票が四八八万票、ウィクラマシンハが四七〇万票であり、もしタミル人が投票していたら結果は違ったかも知れない僅差だった。

ラジャパクサ新大統領は就任後すぐにLTTEに交渉を呼びかけ、引き続き仲介をノルウェー政府に要請するなど、和平の実現に向けて辛抱強く働きかけたが、LTTEは頑なな姿勢を崩さなかった。停戦は半年もしないうちに名ばかりになり、戦争状態に戻った。政府は東部州に潜んでいた元

ＬＴＴＥのカルナと手を組んで、ＬＴＴＥを殲滅しようと戦闘を開始する。第四次イーラム戦争が始まった。

ラジャパクサ大統領は戦争遂行のため強固な体制を築く。アメリカに住んでいた実弟で元軍人のゴタバヤ・ラジャパクサを呼び戻し、国防次官に据えた。軍事費の予算を年間四〇パーセント増加させ、兵士の数も一八万人に増やして、その訓練をパキスタンで実施した。軍備はこれまで主にパキスタン、イスラエル、インドから調達していたが、ここに及んで中国が圧倒的に寄与した。中国は地政学的な意図もあってスリランカに対する援助を増やし、総額は年間一〇億ドルを超え、〇八年には日本を抜いて最大の援助国になった。欧米諸国が人権問題を理由に軍事支援を渋るなか、中国が取って代わった。中国はスリランカに限らず少数民族との内紛を抱える国々に対して、人権問題など関知せずに軍事支援していた。三次元レーダーがコロンボ郊外に設置され、六機のＦ７ジェット戦闘機が配備された。政府軍が強大な軍事力を備えていく一方で、ＬＴＴＥは弱体化していた。海外に暮らす七〇万人以上のタミル人が資金援助したが、世界の潮流は対テロ戦争に向いており、ＬＴＴＥは武器の調達が困難になる。

〇七年七月には東部州全土を政府軍が制圧した。ＬＴＴＥによる復讐を恐れたカルナは、偽名のパスポートを政府に発行してもらいイギリスに退避したが、一年もしないうちにラジャパクサ大統領から呼び戻される。タミル語でＬＴＴＥおよびプラバカランを糾弾する情宣活動をさせるのに適役と見なされたのだ。大統領は三〇を超すほど多くの大臣職を内閣に設けていたが、カルナもそのひとり（国民統合大臣）に取り立てられ、ＬＴＴＥとの最後の戦いに投入された。

インドのタミル・ナドゥ州では、海の向こうの同胞を救えと叫ぶ人々が町を行進し、ストライキを実施し、十数人が焼身自殺して支援を訴えたが、州議会は分裂しており、スリランカのタミル人を支援しようとするグループに昔日の勢いはなかった。インドの国会では第一党の国民会議派に勢いがあり、〇九年四月・五月の下院総選挙では同党が議席数を増やし、マンモハン・シン首相の続投が決まった。国民会議派の総裁ソニア・ガンディーは暗殺されたラジヴ・ガンディー元首相の寡婦である。インドがスリランカ政府に対する軍事協力を含めた外交方針を変えることはなかった。

政府軍による激しい空爆と地上戦は〇八年から激化し、〇九年になるとLTTEはヴァンニの森に追い込まれた。政府軍の攻撃が続く中、五月一九日、プラバカランの死亡が確認された。マヒンダ・ラジャパクサ大統領は、長きにわたるLTTEとの戦争が終結したと宣言した。

内戦終結後*25

投降した者や拘束された者はヴァヴニヤ、マンナール、ジャフナ、トリンコマリーの収容所に勾留され、LTTEメンバーかどうか、出身地はどこかなど、安全性が確認されるまで留置された。LTTEメンバーだと判明すると、超法規的拘置所に抑留され、社会復帰のためのリハビリテーションが講じられた。元LTTEメンバーの多くは海外へ逃亡したと言われる。

数十万人の国内難民が発生した。軍事施設の周囲は立ち入り禁止区域とされ居住できなくなったため、それだけで一〇万人もが強制的に移住させられた。

タミル紙によると、総計で一四万六〇〇〇人の死者、七万人の寡婦、四万人の孤児、何千人もの行方不明者を数えるという。行方不明者のなかには、武器を捨てて投降したにもかかわらず殺された人が多く含まれ、また、たくさんの死体が埋められた場所が発見されたが身元の確認ができなかったという。

海外に移住したタミル人は、ユダヤ人の離散にならってディアスポラと呼ばれ、今では一〇〇万人を超すとも言われる。彼らは国際世論に訴え、国際組織を動かそうとしたが、成功していない。国連が機能していなかったとの指摘が終戦直後からなされ、調査が行なわれて、レポートもされた。レポートはスリランカ政府とLTTE双方に問題があったと指摘した。特に内戦の最後の五カ月間に一般市民四万人が死亡したことに対する責任が議論された。

そもそも国連の安全保障理事会では、常任理事国の中国とロシアならびに非常任理事国の数か国がスリランカの内戦を国内問題であるととらえ、内政干渉するべきではないとの立場を取っていた。〇九年五月に出した声明は、LTTEに対してテロ行為をやめよ、何千人もの非戦闘員を人間の盾として利用するな、というものだった。国連人権理事会は同五月末、人権侵害や戦争犯罪に対する独立調査の必要性について特別会合で話し合ったが、スリランカ政府の修正案が採択された。

内戦が終結して一〇年以上が経つが、LTTEの再興を防ぐため、今でも三万人の軍が北部には駐留しているそうだ。

北部・東部に暮らす二五〇万人ものタミル人にとって、解決されないまま残されている問題は多い。この一〇年の間にもこの地域にシンハラ人の入植は続いた。多数派の横暴がまかり通っている、特に、仏教寺院が建てられてタミル民族とタミル文化に対する仏教化・シンハラ化が進められている、と非難する声も聞かれた。

セパラは人生の大半を、独立後のスリランカで生きてきた。ここまでスリランカの歴史を概観しながら、セパラの半生と彼の事件を位置付けてみた。遠縁のラジャパクサ兄弟がそれぞれ大統領と国防次官として活躍してＬＴＴＥとの内戦が終結した二〇〇九年は、スリランカにとって一区切りの年である。この後の歴史はのちにまた概観するとして、セパラはどうかというと、昔日のハイジャック犯として世の中から忘れられつつある一方で、彼がやり直した人生は次のステージに向かっていた。子どもたちがいよいよ留学に向かうのである。国家にも彼の一家にも、新しい歴史が始まる年だった。

第四章

再会

コロンボにて

到着した日、空港とホテルにて

病後私は勤務先で仕事を減らしてもらっていたから、休暇を取ることに問題はなかった。週末セパラに会うことを主目的にして、木曜日の朝出発して夕方コロンボに着き、週明け早々に帰国するという予定を立てた。初めてのスリランカ旅行だったが、気楽なひとり旅だった。

メールでセパラに都合を尋ねたところ、彼は空港まで出迎えに行くと連絡してきた。タクシーがあるだろうと思って私は遠慮したのだが、彼は自慢のジープで出迎えたいと言う。折角の好意を無にするのもどうかと思い、私は考え直した。到着した晩に会えた方が、その後の予定を決める上で好都合だ。空港出迎えのほかに、どこか案内したいが行きたいところはないか、とセパラは尋ねてきた。私はコロンボ市内で会えれば満足であり、体調次第だが日帰りでどこか、たとえば彼の故郷の南部州あたりに行ければありがたい、とだけ伝えた。まずは彼に会って、彼の人となりを実見してからだ。

二〇一六年一二月半ば、クリスマス前だったが、成田―コロンボ間のスリランカ航空の座席はインターネットですぐに予約できた。ホテル・リストの中にあったキングズバリーは、ハイジャック事件のあとセパラ一行が投宿したインターコンチネンタル・ホテルが名前を変えたものだと知り、往時をしのんでみようと考えて、航空券とセットで予約した。

元首相の名前を取って名付けられたバンダラナーヤカ国際空港は、コロンボの北三〇キロ程のカトゥナーヤカに位置する。直行便は成田空港を午前一一時過ぎに飛び立ち、三時間半の時差がある現地に夕方五時過ぎに到着する予定だったが、出発が遅れ、到着したときは夜の七時を過ぎていた。

入国手続きの列に並びながら、私はセパラの携帯電話に電話した。彼は空港内に駐車せず、外を周回しているところだと言った。ターミナルビルを出たところで妻のマドゥが待ち構えているから、マドゥを探してくれと言う。

私は他の乗客に混じってビルの外まで出た。夜分だったから、蒸し暑さは冬の東京で想像したほどではなかった。照明の下、ビルの前では大勢の人たちが荷物を持って居並び、次々に現れる出迎えの車に乗り込んだ。マドゥの方が先に私を見つけ声をかけてくれた。

マドゥは挨拶がてら、これまでの私のメールをすべて読んでいると言った。パソコンの操作が苦手なセパラに代わって、彼女が返信メールを打っているのだと言って笑った。

しばらくして右手奥から現れたのは、想像したよりはるかに旧式の、濃緑色をした小さなジープだった。降りてきたセパラが白髪で白い顎髭なのは写真で見た通りだった。半袖シャツのラフな格好だった。ついに再会を果たしたという気持ちが湧き上がってくるのを私は感じたが、感慨にふける間はなかった。握手している間にも次から次に車が来て人や荷物を乗せて行く。

「まずはホテルまで行こう」と言ってセパラは私のスーツケースをジープの後部に押し上げた。私は助手席に乗り、マドゥは後部のスペースでスーツケースの隣に腰掛けた。

ジープは三〇年以上乗っているであろう年代物に思えた。フロントガラス以外に窓ガラスがないから、外気がもろに顔に当たる。高速道路では後続車に次々と追い抜かれた。スピード計の針は五〇の手前で振動している。エンジン音がひどくて会話ができない。道路の左右は真っ暗闇だった。一時間近く走り、料金所で停止したときには、潮風のせいで髪の毛が強ばっていた。

コロンボ市内では、前を進むバスやトラックの排気ガスが吹きかかる。オート三輪がけたたましい警笛を鳴らし、左右から巧みに追い抜いて行く。海沿いの大通りに出てほっとすると、前方にホテルが見えた。

ホテルに着いて、プールサイドのテーブル席にすわって、ようやく私たち三人は顔を見合わせて会話できた。マドゥと私はフルーツ・ジュースを頼み、セパラはブランデーをダブルで注文した。マドゥがハンドバッグからタバコを一本取り出し、セパラに渡した。

早口で陽気にしゃべるマドゥとは反対に、セパラはひと言ずつ噛みしめるようにしゃべった。

私はふたりの出迎えに対して改めてお礼を述べたあと、セパラに正対しながら、一九八二年の事件について触れ、今では笑い話だとしながら私の記憶する場面やエピソードを紹介した。ただ、私にとっては懐かしい記憶でも、セパラにとってはどうなのかわからなかったので、彼の表情を見ながら慎重に話した。得意気に、あるいは苦笑いでもしてくれれば良かったのだが、彼の反応は鈍いように感じられた。

このホテルを選んだことが気に障ったかと私は案じたが、騒音以外は全く問題ないと言ってセパラは笑った。浚渫《しゅんせつ》工事だろう、土砂が降り注がれる音がしきりに海側から聞こえた。コロンボ・ポートシティという大規模プロジェクトが進行中なのだと説明してくれた。

しばらくして、酔いが回ってきたのか、ようやくセパラが会話に乗って来てくれた。

「日本人乗客と言えば――」

彼は当然ながら私のことなど憶えていなかったが、何人かの日本人を記憶していた。彼が最初に思い出したのは、年配の日本人が、いくら払えば機外に出してくれるかと交渉しようとしたことだった。金銭目当てではないと言って追いやったから、名前も風貌も憶えていないと言った。オーストラリアの州政府大臣が乗っていて、やはり直接交渉させてほしいと言って来たが、それも断ったそうだ。

「トマコ」という日本人女性の客室乗務員をセパラは憶えていた。飲み物を持ってきてくれ、親身に話し相手になってくれたという。事件を報じる日本の新聞記事に載っていた馬場知子という客室乗務員のことと思われた。私に応対してくれたのも彼女だったかも知れなかった。

解放されて空港近くの病院に運ばれた日本人乗客についてもセパラは憶えていた。事前に私は調べており、尾上久雄・京大教授は事件後も長命で、つい先年、九一歳で亡くなったと伝えた。セパラは安心したようだった。

マドゥがしきりにスマートフォンで私とセパラを写真撮影した。ＳＮＳを使って友だちに紹介するのだと言う。事件の当事者でない彼女はセパラと私の会話に入れず、手持ち無沙汰なのだ。

「彼は被害者だったのだから、あなたはもっと親身になって話してあげるべきよ」

マドゥが冗談ぽくセパラに言った。私はもう被害者の意識なんてないと言って笑った。

セパラは事件についてはもう断片的にしか憶えていない、どうやって事件を起こしたかもよく憶えていない、という意味のことをつぶやいた。私を警戒してというよりも、疲れていたようだ。彼がブランデーのグラスを空けたところで、その晩は切り上げることにした。

セパラは明日午後三時過ぎの、少し涼しくなった頃にまた来るから、そのときゆっくり話をしようと言ってくれた。加えて、明後日の土曜日に彼の故郷へ案内するつもりだとも言った。私の希望通りだったから、彼の厚意に感謝を述べたが、あのジープで案内頂くのは遠慮したいと思い、ホテルのリムジンか何かをアレンジしたいと申し入れたところ、冷房の効いたレンタカーを手配するから心配するなと彼は言った。

あいかわらず海側から工事の音がしていた。聞けば中国企業が二四時間作業しているのだそうだ。その音を背にしながら、私たちはプールサイドからロビーに向かった。途中、通りすがりの若者のグループとセパラが立ち話をした。なかのひとりがマヒンダ・ラジャパクサ前大統領の息子だとあとになって聞いた。

翌日夕方、ホテルでの面談

翌日の夕方にもセパラ夫妻は来てくれ、前夜と同様、プールサイドのテーブルを囲んで私たちは会話を楽しんだ。

セパラはその日もよれよれのシャツと黒いズボンで、マドゥも地味なワンピース姿だった。セパラはまたブランデーをダブルで注文した。この日の彼は饒舌で、意思疎通に支障を感じることはまったくなかった。

セパラは西ドイツにいたころ（一九七一〜七六年）を懐かしんで話した。彼はミュンヘンでオリンピック・スタジアムの建設労働者を手始めに、百貨店や新聞社などでいろいろな仕事に就いたが、長く勤めることはなく、資金を貯めては旅行に出るという生活を送っていたのだった。

「あの頃は若かったから、いろいろ冒険した」

そう言って彼は友人と旅行した話をし出した。

「キャラバンのような車」と彼が呼んだのは、ディーゼルで走る大型のワンボックス・カーらしく、いろいろな人種の若者が一〇人くらい乗って、ドイツからフランスを経てスペインに行き、ジブラルタル海峡を北アフリカへ渡り、モロッコからエジプトまで西から東へ横断し、次にアフリカ大陸の東側を南アフリカまで南下し、それから大陸の西側を北上した。同乗者が順番に運転し、夜はホテルではなくテントを張って寝た。ヨーロッパに戻るまで二カ月半かかったという。また、シベリア鉄道に乗ってユーラシア大陸を横断し、文化大革命時の中国を経て香港から日本にも行ったことがあると言った。「今ではあり得ないだろうが」と前置きして、ヨーロッパと北米はすべてヒッチハイクして回った。合計六〇カ国以上を旅行したと言って自慢した。一九七〇年代はヒッピーの全盛期だったから、そんな旅行者が結構いたのだろう。

「西ドイツとスリランカの間を陸路で往復したこともある」と彼は言った。沢木耕太郎の『深夜特急』に、テヘランからトルコへ向かうバスの中でヨーロッパに出稼ぎに行くスリランカ人と乗り合わせる場面がある（第一三章）。一九七四年頃のはずだから、セパラだったかも知れないと思ったが、彼は結婚する（一九七八年）まで一度も帰国しなかったと言った。陸路で往復したのは結婚後アンナと一緒だったという。アンナもそういった旅行が好きだったようだ。

セパラが懐かしんで話すのは、独身時代のことばかりであることに私は気付いた。過去の新聞記事を元に私はいくつか質問してみたが、返事は短く、内容はあいまいだった。記憶が劣化しているかも知れないと思わされたのは、彼が事件前にコロンボからニューデリーまで飛んだと言ったところだ。事実は、事件直前の六月一五日にスリランカ北西部のタライマンナールから対岸のラメシュワランまでフェリーで渡ってインドに入国したと判明している。廃れて久しいが、当時はまだスリランカとインドの間の狭いポーク海峡にフェリーが運航されていたのだ。

彼はハイジャックを決意してから実行するまでの二週間というもの、緊張と興奮でほとんど眠れず、食事も喉を通らなかったと言い、そのせいもあってほとんど記憶に残っていないのだと弁解した。私はそれでも、機内では彼のほかに仲間がいない単独犯だったこと、爆発物はにせものだったことなど、基本的な事実だけは再確認した。

私は話題を西ドイツからイタリアに移して尋ねてみた。

「イタリアに移ったのは一九七六年。移った理由はイタリアの方が仕事が多かったから」と彼は言った。

七三年一〇月の石油ショックが影響したのだろうと私は想像した。西ドイツも日本と同様、六〇年代にエネルギー源を石炭から石油に切り換え、石油への依存度が高かったから、油価高騰の影響は甚大だった。景気が低迷するに連れて失業者が増え、外国人労働者に対する風当たりがきつくなった。ガストアルバイターつまりゲスト労働者と称されたトルコ人の移民労働者は二〇〇万人を超えていたが、西ドイツ政府が自国民の雇用を優先する政策に切り換えると、彼らの就労も制限されるに至った。

イタリアではもっぱら北東部のボローニャ県やモデナ県に住んだとセパラは言った。両県のあるエミリア＝ロマーニャ州は豊かな土地であり、食品産業が盛んだ。フェラーリやランボルギーニと言った自動車産業もあるが、セパラの仕事は主にリンゴやイチゴ、ブドウなどを栽培する農園での労働だったそうだ。

「旅行ばかりしていてよく結婚する時間がありましたね」と私は水を向けたが、彼は笑って答えなかった。マドゥがそばにいるから言いにくいのかとも思ったが、彼女が席を外していても変わらなかった。アンナといつどこで出会ったのかなど、結婚について尋ねても彼は語ろうとせず、アンナを名前でなく先妻（ex-wife）としか呼ばない。それ以上の質問を封じるように、先妻には事件後一度も会っていない、離婚後やりとりもしていない、と彼は言い切った。

「昔の話なんかよりも明日の日帰り旅行の段取りの方が大切だ」

そう言ってセパラは話題を切り換えた。レンタカーの手配は済んだから、朝七時にホテルに迎えに来ると言った。

日が沈むと風が出てきた。空は雲におおわれていて月も星も見えないが、天気は心配ないだろうとのことだった。

キャラニヤ寺院をケラニ川側からのぞんで

キャラニヤ寺院

話の先後が逆になるが、到着の翌日セパラ夫妻が夕方ホテルに来るまで時間があったから、私はひとりで観光して回った。

午前中ひとしきり市内を歩いて回ったあと、キャラニヤを訪問することにした。この国の政治史に頻出する地名である。キャラニヤはコロンボ市内から北東へ、三輪タクシーに乗って半時間程度の場所だった。丘の上に大きな寺院が見えた。ふもとの駐車場で蓮の花などを買って石段を登り、靴と靴下をあずけて裸足になる。広い敷地に入ると、真っ白の仏舎利塔（ダーガバ）があり、そこに供花した。仏殿（ウィハーラ）に入ると、仏陀の正覚像、涅槃《ねはん》像が祀られ、壁には様々な仏画が描かれている。仏殿を出た先に、菩

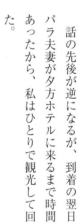

提樹（ボーディヤ）の巨樹がある。仏陀の木だから菩提樹（英語でもBodhi Tree）だ。印度菩提樹はドイツの詩に詠われる西洋菩提樹（リンデンバウム、西洋シナノキ）とは違うようだ。太く黒々とした幹は、いくつもの細い幹を撚り集め、ねじり上げてできたように見える。コロンボの街なかでも見かけたが、ここの菩提樹はひときわ太く大きく、幹から四方に伸びる枝は支柱で下支えされていた。根元には四方に仏像が置かれ、蓮の花やつぼみやいろいろな果物などが供えられている。菩提樹のまわりに信者たちがすわって、ピリット（仏教経典・詩）やガータ（偈頌《げじゅ》・諷誦《ふじゅ》）を朗読していた。私は彼らの間にすわらせてもらい、彼らのつぶやく声を聞きながら、このような菩提樹の巨木は日本にはないなと思ってしばらく眺めていた。

そのあと寺院の東側の、ケラニ川の畔に出た。

一九九六年一一月に逝去したJRジャヤワルダナの遺体は、故人の遺志により、この寺院を望む対岸で荼毘にふされ、遺灰は川に流された。墓はないそうだ。彼の冥福を祈る場所は、ここしかないのだ。

セレンディップとA・C・クラーク

次に私が訪れた場所について述べる前に、スリランカ訪問前に読んだ2点の書籍を紹介したい。インド哲学・仏教学の泰斗、中村元博士の著書『古代インド』（講談社）には最後の方にスリランカに関する記述があり、セイロンという国名の由来を知ることができる。

〈セイロンの建国者はヴィジャヤ王（在位前三八三〜前三四六）であるが、その祖父は獅子王（シーハ・ラージャ）であったといわれるので、先住民シンハラ人（シンハラ族）はこの国をシーハラ・ディーパ（獅子の子孫の島）と呼んでいた。近世になってアラビア人がこれをなまってセレルディバ、セレンディヴァ、セレンディブと呼び、それをさらに、ポルトガル人はセイラン、オランダ人はゼイロン、イギリス人はセイロンとなまったのである〉

セイロンの古い地名であるセレンディップを題名に使った著書が、SF界の巨匠A・C・クラークにある。翻訳書の邦題は『スリランカから世界を眺めて』（早川書房）だが、原題の"The View from Serendip"を直訳するなら、「セレンディップからの眺め」であろうか。

一九一七年にイギリスで生まれたアーサー・チャールズ・クラークは、三九歳のときにスリランカ（当時セイロン）に移住した。この著書は、五〇代半ば頃の彼のエッセイを集めたものだ。内容は大半がアメリカにおける活動や交友関係、科学についての考察などだが、スリランカに関する文章もいくつか散見され、彼が現地人に対して深い愛情を抱いていたことが読み取れる。

クラークはセイロンに住み始めて数年を経た四五歳のときに、ポリオに感染する。ポリオ（急性灰白髄炎）は小児麻痺とも呼ばれるが成人も感染する。当時、予防接種が広まったおかげで先進国では劇的に減少していたが、セイロンではまだ猛威を振るっていた。WHOやユニセフなどが根絶に向けて世界的規模の努力を始めた一九八八年、まだ一二五カ国で三五万症例があったそうだ。

一九九〇年代、内戦中のスリランカでは、ユニセフのポリオ撲滅キャンペーンの間、毎年四日間ほど停戦して協力したという記録がある。[*26] スリランカを含む東南アジアでポリオの根絶が宣言されたのは、ずっと後の二〇一四年のことだ。

ポリオから回復したクラークには筋力低下の後遺症が残ったが、好きなスキューバ・ダイビングを楽しみ、電動タイプライターを使って旺盛な創作活動を続けることができた。彼はJVPの騒乱やシンハラ人とタミル人の衝突などを身近に経験しながらも、この地に住み続けた。

いったいスリランカの何が彼を魅了したのか、彼はこの著書の中で述べているが、その理解のためには、原題にあるセレンディップから始めないといけない。クラークはオクスフォード英辞典を引用して、このセレンディップという地名から派生した言葉であるセレンディピティについて解説している。

セレンディピティとは、『セレンディップの三人の王子たち』という古いペルシャのおとぎ話を読んだイギリス人作家のホレス・ウォルポール伯爵が、一七五四年に発案した言葉とされる。主人公である三人の王子たちはいろいろな苦難に遭遇するが、そのたびに偶然と英知によって求めていなかったものを発見し、窮地を脱してゆく。クラークはこのおとぎ話そのものを知らなかったようだが、研究者によれば、一二世紀頃のペルシャの寓話集をもとに一六世紀半ばにヴェネチアで出版された物語らしい。それが一八世紀に英訳され、ウォルポール伯爵が読むに至った。この物語は、今では日本語訳も刊行されている（日本語訳は偕成社刊）。

セレンディピティという言葉は発案されてから二世紀後の、クラークがこのエッセイを執筆していた一九七〇年代、すでにいろいろな書物や科学論文で使われ始めていたという。言葉の正しい意味としてクラークは、「偶然の幸運で発見された何か有用もしくは貴重なもの」と定義し、訳者の小隅黎は「掘り出し物」という簡潔な訳語も使用している。何か大事なものを思いがけず見つけるところに、この言葉の妙味があると思われる。

「考えてみると、わたし自身の人生が、その完全な適用例になっていたともいえる」とクラークは語る。

クラークはスキューバ・ダイビングのため船でグレート・バリア・リーフを目指す途中、たまたまセイロン島に寄り、それがきっかけになって、「ここから離れられない、ここ以外のどこへ行っても幸福が感じられなく」なってしまった。ある日アメリカの中西部の講演先で、クラークはなぜセイロンが好きになったかと尋ねられ、毎度の質問にうんざりした気持ちで返答しようとして、ふと二つの海岸のイメージが頭に浮かんだ。どんよりした灰色の冷たいイギリスの海と、青緑色のインド洋に面した椰子の木の茂る海岸と。

突然クラークは悟ったのだった。

「セレンディップの三人の王子のように、わたしは、さがしもとめていた以上のものを発見したのだ。それもセレンディップのその地において。生まれた故郷から一万キロも離れたところで、わたしは、自分の故郷にたどりついたのであった」と。

クラークは最初の感染から四半世紀を経た頃、ポリオ後症候群を発症する。車椅子生活を余儀なくされ、呼吸障害にも悩まされた。彼はスリランカに住み続け、九〇歳の長寿を全うした。

二〇〇八年に永眠したクラークの墓は、コロンボ市内東部に位置するボレッラ墓地にある。「暗黒の七月」（一九八三年）が始まったボレッラ墓地である。

大通りに面した正門を入ると、一本道の左右両側に白い十字架が延々と並ぶ光景が目に入る。三〇数年前の惨劇を思わせる痕跡など何もない、静かな空間が広がっている。目指すものがそのあたりにないと知っているので、私はしばらくその一本道を直進した。やがて、仏教徒用葬儀場と書かれた建物が右手に現れた。キリスト教徒の地区が終わったらしく、そこから先の道の両側には、十字架に代わって様々な形状の墓石が立ち並んでいる。私はそこで作業していた人に頼んで、道案内してもらった。仏教徒の地区に入ってしばらく左奥に進んで、墓地に隣接する道路を往来する車が見えるあたりに、Ａ・Ｃ・クラークの墓碑はあった。彼が一緒に暮らしたスリランカ人一家の墓碑と並んで同じ区画に立っている。その一家の姓はエカナーヤカと言い、セパラと同じだが、関係はないようだと本人に確認した。

カラトタ村

出発前にセパラの自宅で

朝、ホテルの玄関で待っていると、セパラが浮かない顔をして現れた。

「車のエンジン音がすぐれない。何ともないかも知れないが、もし途中でエンコしたら厄介だから、やはりジープで行こうと思うが、どうか？」と私に尋ねる。

バッタラムラのセパラの家の庭にて

セパラは借りた車を自分で運転するつもりだったが、今朝になって車に不安が見つかったそうだ。私は往復三〇〇キロの走行距離をあのジープではきついと思い、ホテルのリムジンを借りるのでそれで行こうと提案した。セパラは考えさせてほしいと行って私をジープに乗せた。ひとまず彼の自宅に行くことにしたのだ。彼は運転しながらしきりに携帯電話でマドゥと連絡を取っていた。

三〇分ばかり大通りを走り、車はコロンボの東郊にあるバッタラムラの住宅街の細道に入った。レンガ塀と鉄柵の門が道の両側に続く。そのうちの一軒、開いた門をジープは入った。降りようとすると目の前に、ジャックフルーツのくすんだ黄緑色の豊満な実が幹からたわわに垂れ下がっていた。

玄関先でマドゥが待っていて、セパラと早速シンハラ語で何やら会話した。それから私に向かい、運転手付きレンタカーが来るから一緒に待とうと言い、庭先の椅子を指差した。黒塗りのテーブルにはモンキーバナナが載っていた。私は言われるまま椅子にすわり、雑然とした庭を眺めていると、マドゥが紅茶を出しながら言った。

「家は改築中なの」

だから外で待つのだと私は了解し、家を見渡してみたが、どこが改築中なのか、外からはわからなかった。

「少しずつ改築しているの」と彼女は私に説明した。どうせふたりで暮らすだけだし、借金を返済したりしないといけないから、とはにかみながら補足した。

マドゥについて

マドゥは名前をヤサンガニ・マドゥパリ・エカナーヤカと言う。セパラは彼女をヤサンガニと呼ぶが、どういうわけか私にはマドゥと呼ぶよう言ったので、その呼称で通している。セパラとの年の差が一二歳半だと聞いた。彼女はここバッタラムラの出身で、両親もこの近くに住む。

そもそものなれそめを尋ねると、長姉の結婚相手がセパラの友人であり、その人に紹介されたのだと答えた。

刑を終えて出所したセパラを温かく迎え入れる人たちがいた。子どもを愛するあまり事件を起こしたセパラに対して、彼らは同情と好感を持ち続けていた。セパラの弁護に加わっていた遠縁のマヒンダ・ラジャパクサは二月の総選挙で政界復帰を果たしたばかりだったが、彼のほかにも政治家や経済人のなかにセパラを支援する人たちが多くいたという。おかげで彼は仕事に就いて、定収入を得ることができた。スリランカでも、元受刑者が再就職するのは難しいのだが、自分は例外だったとセパラ本人が言った。

マドゥが初めてセパラを紹介されたとき、彼は劇場で芝居に出ていたそうだ。セパラは服役中に才能を現し、出所後もシナリオを書いて、自分も役を演じていた。この話はマドゥからしか私は聞いたことがなく、セパラ本人に尋ねると笑い飛ばすだけだった。

ふたりは九〇年に結婚した。マドゥは当時、中央高地にあるヌワラ・エリヤで英語教師をしていたから、セパラもヌワラ・エリヤに移り住み、自然公園の仕事に就いた。やがて長女が、続いて長男が生まれ、九四年、一家はここバッタラムラに移った。コロンボで夫婦は共働きして、長女サリーと長男ウィラマを育て上げる。公立校なら教育費が無償なのだが、有料のインターナショナル・スクールに通わせ、のちにヨーロッパに留学させた。

マドゥが言った借金返済とは、長女をイギリスに四年間留学させたときの借金がまだ残っているのだった。

カラトタ村への旅路

レンタカーが来るまで、ふたりと会話して過ごした。その間、いろいろな種類の鳥が鳴き、庭を訪れた。ときどき門の外を通る人たちは、私たちを見て軽く会釈する。男性は皆サロマと呼ばれる地味な色合いの腰巻きを巻いて、足元はぞうり履きだ。

レンタカー会社名が車体に大きく記されたスズキ・アルトが到着した。運転手は大柄で愛想のいい男だった。私は運転手の左側の助手席にすわり、セパラ夫妻が後ろにすわった。出発したのは一〇時を過ぎていた。

車はA2ハイウェイという海岸沿いの幹線道路を南へ向かった。車内は狭いものの会話するには不便なため、私はもっぱら景色を見た。カルタラという町では、川を渡った左手に大きな白い仏塔があり、運転手がわざわざ車を降りて拝礼した。そこを過ぎると右手に海岸と椰子の景色が続いた。A・C・クラークが故郷を感じたであろう風景を、私は目に焼きつけようとした。車はやがてゴール（ガーッラ）という大きな街の交差点を通る。このあたりに検問所が設けられ、ハイジャック事件後に故郷へ帰ろうとしたセパラたちは逮捕されたのだ。車内でセパラは何も言わなかったから、運転手も聞いているからと思い、話しかけなかった。

セパラとの昼食。コッガラにて

しばらく進むと、小さな飛行場と公園が左手に現れた。コッガラである。作家マーティン・ウィクラマシンハの出身地であり、『変わりゆく村』（日本語訳は大同生命国際文化基金刊）はこのコッガラの大家の没落を描く。二〇世紀初頭の面影を求めて見渡したが、代わりに、二〇〇四年一二月のスマトラ島沖地震による大津波がここにも押し寄せたことを示す看板を道路脇に見つけた。

　コッガラを通る頃に午後一時になった。車は海岸沿いの家並みの細道に入った。一軒の家の裏にまわり、開けた浜辺に出た。端の木陰に木造船が三隻ばかり並び、中央には大きな日よけの傘とテーブルが据えられていた。ここで昼食をセパラ夫妻は手配してくれていたのだ。魚とイカのカレー、煮野菜、サフラン・ライスなどが並んだ。食卓には運転手も加わり、セパラだけ地元産のヤシ酒を飲んだ。私以外は皆、右手指だけ使い、食べ残しなくきれいに平らげた。

食後にマドゥが「シーバス」に行った。シーバスとは海水浴のことらしく、身体にいいのだとマドゥはしきりに薦めたが、私は遠慮した。インド洋は外洋だけに、波が荒そうだった。その海をひとりで眺めながらタバコを吸っているセパラに対し、私はしつこくアンナとの結婚生活という微妙な話題を持ち出してみた。

「イタリアで結婚するにあたって、洗礼を受けたりはされなかったのですか?」

奇妙な質問をしたのには理由がある。セパラの家でレンタカーを待っていたとき彼が、「普段から六時には起きる、今朝も近所の寺へ参拝した」と言ったのだ。熱心な仏教徒なのかと私が尋ねたところ、若い頃はまったく無宗教だったが、五〇歳を過ぎたあたりから興味を持ち出し、今では朝だけでなく夕方も時間があれば寺に行くのだと言った。

私の質問に対して、セパラは「ノー、ノー」と言って首を振った。

「てっきり奥さんと一緒に教会に通ったりされたと思ってましたが、そうでもなかったんですね」

私が言うと、セパラはしばらく何かを考えていて、

「マータラで一緒に暮らそうとしたんだがな……」とつぶやいた。

そのとき、沖合からけたたましいエンジン音を響かせながら、漁船が一艘、手前の浜辺に向かっ

て来た。広場の隅の木陰から五人ばかり若い漁師が立ち上がり、浜辺に向かった。彼らは乗船していた漁師と共に、木造船のまわりを囲んだ。漁師たちは一様に煮染めたような色合いのシャツにサロマか短パン姿だった。セパラと私も浜へ降りた。皆で船を囲むと、濡れた黒い砂を踏みしめ、一斉に力を込めた。船は重かったが持ち上がり、砂浜の奥に並ぶ漁船の列へと運ばれた。

ふたりの漁師が船に飛び乗って、中央にある木箱の蓋を開けた。色とりどりの魚が取り出され、灰色の空を背景に、船外に置かれた木箱へぞんざいに投げ入れられた。魚はどれも奇妙にねじれて硬直していて、木箱の中に落ちると鈍い音を立てた。木箱が運び出されてしまうと、漁師たちは日陰に退き、私たちは昼食を取ったテーブルの方に戻った。

シーバスを終えてシャワーを浴びたマドゥが髪の毛をタオルで拭きながら待っていた。私たちは再びレンタカーに乗って、コッガラを出発した。

車はマータラ市に向かったが、マータラ市の手前のウェリガマでセパラは運転手に指示し、一軒の家に立ち寄った。そこはセパラの友人宅であり、マドゥの長姉が暮らす、つまり、セパラとマドゥの仲を取り持った夫妻の家だった。彼らが久闊《きゅうかつ》を叙《じょ》する間、私はお茶を一杯頂いた。

車は再び出発した。ウェリガマを出て、マータラから内陸に向けて北上した。道路は舗装されていて走行に不安はなかったが、南東の空に見えていた黒い雲が、ほんのわずかの時間に空の半分以上を占めるほど迫って来て、すぐに車は豪雨に巻き込まれた。土砂降りに降る雨の量もさることながら、道路からのはね返りにもすさまじい勢いがあり、これでは傘があっても役立つまいと思われた。あたりは暗くなり、気温も下がったのか冷房が肌寒い。運転手はヘッドライトをつけたが、スピードを落とそうとはしない。ワイパーが用をなさず前が見えない状態だったが、前を行く車とはテールランプだけを頼りに車間距離を測っているようだった。前の車がどこかへ消えたと思うと、突然対向車とすれ違ったのが相手のヘッドライトと水しぶきでわかった。

「すごい豪雨ですね」

不安を感じた私が後部座席に向かって話しかけたが、屋根や窓を打つ雨音が激しくて声は届かないようだった。スリランカの南部は高温多湿の熱帯性気候であり、雨期が年に二回、五月から九月頃の南西モンスーン期（マハ期）と一一月から三月頃の北東モンスーン期（ヤラ期）がある。今は北東モンスーン期の真っ只中であった。

豪雨のせいで私には周囲の景色が見えなかったが、車は道路から外れることなく、くねくね曲がる道を曲がり、直線ではスピードを上げた。雨音は耳を聾《ろう》するほどで、自分の声さえ聞こえない。辛抱しろ、セパラの故郷を訪ねるにはこの難所を通過しなければならないのだ、と天から言い渡されているように私は感じた。

D・A・ウィジェシンハ邸にて

雨が小降りになると、明るくなった左右に水田が見えたが、車はすぐまた森の中に入り、曲折する道を進み、丘を上っては下り、再び農地が見えたりした。

「ここがカラトタ村だ」

セパラが静かに言ったとき、車は森の中の一本道を徐行していた。車一台だけがようやく通れる道幅だった。左右の森の中に家屋が点在している。聞けば住居はこの森の中に集中していて、水田や農園は森の外にあるという。日本の農村のように田畑のなかに家屋が散在する風景を想像していた私には、勝手が違う思いがした。

森はいかにも深そうだった。ヤシのほかにも背の高い木が多く、木々の合間をツル科やシダ科らしい高低様々な多種類の植物が密生して、分け入るすき間がないほどの濃密さである。

「ここが俺が通った小学校だ」

セパラが言うのを聞いて、運転手は車を停めた。門扉にカラトタの文字が読み取れ、フェンスの向こうに校庭と校舎らしい建物が見えた。校舎のすぐ後ろにまで森が迫っているようだった。

車はさらに徐行しながら進み、三叉路をセパラの指示に従い左折し、広く開けた敷地に入って停まった。奥に大きな平屋の家があり、そばに繋がれた水牛がこちらを見ていた。地面は踏み固められていて、泥も水溜まりもない。雨はほぼやんでいたが、まわりの木々からは雨水が垂れる音がしきりにしていて、奥から鳥か獣が鳴く甲高い声がした。

そこはセパラの叔父D・A・ウィジェシンハの家だった。セパラの祖母はエカナーヤカ家に嫁いでセパラの父を産んだあと、夫に先立たれたためウィジェシンハと再婚し、ふたりの息子をもうけた。その長子がこの叔父であった。

セパラ夫妻に先導されて私はその家屋に入り、土間で靴を脱いでスリッパに履き替え、絨毯の敷かれた居間に上がった。八〇歳代と思われるD・A・ウィジェシンハ氏は健在で、彼の三世代の家族に私たちは歓迎された。皆が順にセパラ夫妻と抱擁し、再会を祝う。私は皆に紹介され、順番に挨拶した。セパラ夫妻が盛んにシンハラ語で会話する間、はたち過ぎくらいの青年が英語で私の相手をしてくれた。

しばらくして、私はひとりになった隙に外を眺めようと思い、玄関口の土間に降りてみた。森にはヤシのほかにも高さが二〇メートルを超える高い木が何本も見えた。上辺を天蓋のように植物に覆われ、幹にはツタが巻き付いている。飽きずに眺めていると、セパラがタバコを吸いに出てきた。私たちのそばで、農作業を終えたらしい農夫がふたり、器具を運び入れていた。

セパラはタバコを吸い終えると、昔暮らした祖母の家がまだあるから案内しようと言い、マドゥにも声をかけた。私たち三人は玄関を出て先ほど通った三叉路まで歩き、右手に見える一軒の家へ向かった。家は新しく、庭木が揃っているだけでなく、玄関前にはテラスが設けられ、並べられた鉢植えにはハイビスカスや蘭の花が赤やピンクや薄紫色に咲いていた。出て来た夫婦はまだ四〇歳くらいで、セパラは血縁でこそないが昵懇《じっこん》にしている一家だと言って私に紹介してくれた。わざわざその家に立ち寄ったのは、その裏手にセパラの祖母の家が残っているからだった。

私たちは人ひとりが通れるようなぬかるんだ小道を通った。雨水に濡れた下草のせいで、私の足元は膝下近くまで濡れた。どんどん進むセパラについて行くと、奥に一軒の家屋が見えた。平屋建ての赤黒い瓦屋根に、頑丈そうな煉瓦作りの外壁。壁の漆喰が所々欠けていた。入り口は板で閉ざされていて、何年も人が住んでいないようだった。壁のそばまで繁茂した低木が雨に濡れていた。

「古いが、今でも手入れすれば住めないことはない」

セパラはそう言って壁に手をやり、

カラトタ村に残るセパラが祖母と暮らした家（2016年、筆者撮影）

「このあたりは庭だった」と腰まで届く草木におおわれた空間を指差した。

「ここに炊事場があって」と家から少し離れた草むらを指し示す。

「まだ電気が来る前だったから、かまどで枯れ枝や木屑を燃やして煮炊きした。夜はヤシ油のランプが明かりだった」

セパラは昔を思い返すように周囲を見回した。電気がないから家電製品もなく、道路は舗装されているはずもなく、自動車も滅多に通らなかっただろう。そんな少年時代を懐かしんでいるのだろうと思ったが、そうでもなかった。

「寂しかった。腹が減っても、そう言って甘えることができなかった」

母親がいない生活はつらい思い出だったようだ。

セパラがしばらくそこにいたいようだ

と見たマドゥが、先ほどの若夫婦の家で待っているからと言って、小道を戻って行った。

残ったセパラに対して私は、イタリアで結婚したあと、ここにも家族で来たことがあるのかと尋ねてみた。先ほどコッガラで昼食のあと彼が言いかけた話の続きを催促する気持ちもあった。

「フリィが生まれる前も、生まれてからも、ここに来て、祖母にも紹介した」

そう言ってセパラは当時の話を始めた――。

結婚して息子が生まれたセパラは、イタリアで暮らそうと努力した。農園で彼は働いたが、冬場は仕事にならなかった。一家の収入は、幼稚園で働くアンナに負うところが大きかった。

彼はいつか家族でスリランカに住むという夢を追い始めた。フリィが生まれて一歳にもならない七九年に一度、翌年にもう一度、セパラは妻子を連れてスリランカに帰り、マータラに住もうと試みた。だが、長くは続かなかった。二度目に失敗したあと、アンナはスリランカに住むことをいやがった。セパラは夢を捨てられず、マータラに新居を建てる計画を練ったりもした。

結婚してイタリアで暮らす間、セパラはアンナの配偶者として滞在許可を取得していた。滞在許可証は、彼が言うには片手に載るくらいの小さな紙で、毎年スタンプを押してもらい、五つ揃うと永住許可がもらえるはずだった。

「モデナの警察にカードを預け、指定された日に取りに行ったところ、最初はカードが紛失したと言って待たされ、次に行くとあのカードは有効でないと言われた」

このあたりの彼の記憶がどのくらい正確なのかわからないが、事実として言えることは、彼の滞在許可が延長されなかったのだ。

窓口のアドバイスに従い、彼はスリランカにひとり戻ってコロンボのイタリア大使館に行き、ビザを取り直そうとしたのだが、モデナの役所から来るはずの連絡が来ておらず、彼はモデナの役所とコロンボの大使館とを往復させられ、その挙句、大使館のビザ担当者から六年経たないと発給できないと言われた。ビザがなくても渡航はできたそうだが、限られた日数しか滞在できず、期限を超えると不法残留として強制送還を覚悟しなければならなかった。

セパラには家族と別れて自分だけスリランカで六年間過ごすなど考えられなかった。

「麻薬のせいでしょうかね……」

私は彼を刺激しないように努めながらつぶやいた。

「イタリアでは胸ポケットにハッシシが入っているのを見つかっただけで、しかも少量だった」と

セパラがつぶやくように言った。

「でも、ユーゴとかパキスタンとか……」

つい私はセパラに言い返してしまった。イタリアでは大目に見てもらえたのかも知れないが、他国で麻薬所持のため逮捕され拘留されたなら、その情報は国際機構を通じてイタリアにも共有されたに違いない。現にスリランカ当局はハイジャック事件発生直後に、七四年に一度、八一年に二度というセパラの記録を公表した。七四年には一・八キロを所持していたと書かれ、一部の新聞は彼を麻薬の運び屋と糾弾していたが、この数字は彼によると間違いらしかった。しかし、八一年に二回というのは、拘留で済んだとしても深刻だ。イタリア政府はこの情報をもとに、滞在許可の延長は好ましくないと判定したに違いない。

「しかし、彼らはそんなこと、ひと言も言わなかった。理由も言わずに駄目だというのか？」

セパラは憤った口調で言った。私は返答に窮したが、不当な処分だとは言えまいと思った。滞在許可を認めるにふさわしいかどうかの判断は、イタリア政府の専権事項であろう。

「アンナはスリランカで一緒に住むことに同意しなかった。だから、俺はフリィだけ一緒に連れて行くことにして――」

八二年二月初旬のある日、セパラはアンナが出掛けたあと、幼稚園へ行ってフリィを連れ出し、アンナに黙ってそのまま空港へ行った。ローマからアテネまで飛んで、そこからボンベイで乗り継いでコロンボに着いた。

私はセパラが話し続けるのを見つめた。核心に近づいているのを感じた。

息子と暮らしたかったセパラ

セパラはフリィと一緒にマータラで生活を始めた。アンナは必死になって捜索したことだろう。四月になってアンナは兄のクローディオと一緒にスリランカにやって来た。ふたりはウェリガマのホテルに滞在して、セパラに会いたい、フリィに会わせてほしいと申し入れた。ウェリガマは先ほど立ち寄った、セパラの旧友とマドゥの実姉が住む街だから、マータラから車でわずかな距離である。

セパラはフリィを連れてホテルを訪れた。アンナはフリィとの再会を泣いて喜んだ。アンナに代わってクローディオがセパラと話した。

「大使館から特別措置を講じてもらえそうなんだよ――」

大使と談判した結果、セパラのビザの問題は解決する目処が立った。明日にも確約が取れる。クローディオはそう言ってセパラを安心させた。彼は続けて、フリィのためには居住環境や教育などいろいろな理由からイタリアで暮らした方がいい、だからイタリアへ連れて帰りたい、と言ってセパラの賛同を求めた。

セパラはビザ問題が解決してイタリアで息子と一緒に暮らせるならば、マータラに執着しなくてもいいと考え直した。食事に誘ったが、ふたりは長旅の疲れから何も食べられないと言い、このまま今夜はフリィと一緒にいたいと頼んだ。フリィは彼らが持参したお菓子を食べたあと、アンナに抱かれて寝てしまった。明日また続きを話し合おうとクローディオが言うので、セパラは了解し、ひとりでマータラの家に帰った。

セパラは翌朝早めにホテルに行った。ロビーから館内電話で取り次いでもらったが、部屋から応答がない。受付で確認したところ、彼らは深夜にホテルを引き払っていた。何のメッセージも残っていなかった。セパラはしばらく茫然自失の状態だったが、正気に返ると、彼らの行き先はどこだろうかと思いを巡らした。コロンボのイタリア大使館の可能性が高いが、空港へ直行しているかも知れない。ただ、フリィのパスポートはセパラの手元にあるから、その可能性は低いだろうと考えた。

セパラはとにかくコロンボへ向かった。空港に行こうと決めたのは、航空会社のオフィスで予約の有無を確認できるかも知れないと考えたからだ。それさえわかれば飛び立つ前の彼らをつかまえることができる。大使館で押し問答するより確実だと思えた。

昼過ぎに空港に着くと、セパラはまずその日の出発便を調べた。便数はわずかだった。彼は空港内で航空会社の窓口を訪れ、搭乗者名簿を見せてくれるよう頼んだ。その結果、つい一時間ほど前にカラチに向かって飛んだ航空便の搭乗者リストの、タイプされた数十人の名前の一番下に、手書きで書かれた三人の名前を見つけた。

セパラは頭から血が引いていくのを感じ、その場にしゃがみこんで、しばらく立てなかった。フリィのパスポートのことを思うと、こんなに素早く出国できたのが信じられなかった。大使館が協力したに違いない。そう思ったセパラはすぐさま空港からコロンボのイタリア大使館に向かった。

「俺は自分を見失っていた」とセパラは言う。気がついたら警備員に押さえ込まれていた。大使館からは何も説明が得られなかっただけでなく、誘拐の危険性があるようなら、今後は一日たりとも入国は認められないと告げられた。前日クローディオが語っていたセパラに対する特例措置について確認しようとしたところ、事実無根だと判明した。許せない仕打ちだとセパラは思った。

「憶えておれ、今に吠え面かかせてやる」と言うのが精一杯だった。セパラはこのとき、イタリア政府に対して、黙ってはおかない、決してこのまま引き下がったりはしない、と意思を固めたそうだ。

「そのあとどうしたか、もう憶えていない……」

セパラは話し終えた様子だった。彼の話に集中するあまり、まわりの音が感じられないでいた私は、突然森の奥から何か動物が吠える声が聞こえてきてびっくりさせられた。

私はセパラがつらい思い出をわざわざ聞かせてくれたことに、お詫びとお礼の両方を言った。

「戻ろう」

ひと言だけ言ってセパラは歩き出した。私は彼のあとについて、濡れた下草の小道を再びたどった。ハイビスカスと蘭が咲くテラスに戻ると、マドゥがまだ夫婦と話に興じていた。

セパラの叔父の家では、先ほど私の相手をしてくれた青年が、私たちが戻るのを待っていた。彼は祖父がセパラの祖母と姉弟だったとかで、ラジャパクサ姓だった。コロンボに用があるから同乗させてほしいというので、狭い車内だったが、彼はセパラ夫妻にはさまれて後部席の中央にすわることになった。

車はマータラ市内の渋滞を抜けるまで手間取ったが、高速道路に乗ってからは軽快だった。往路と違い、帰路はサザンエクスプレスウェイと呼ばれる最新の高速道路を利用した。今朝もこれに乗れば早かったのだが、初めての私が景色を楽しめるようにと、古くからの幹線道路を選んでくれたのだ。たしかにこの高速道路は左右の壁が高くて、まわりの景色が何も見えなかった。信号や渋滞に邪魔されることなく車は順調に進んだ。後部座席では三人が早口のシンハラ語で絶え間なく会話していて、私はひと言も加わることができなかった。

夜九時をかなり過ぎてコロンボに着いた。青年を送っていくからと言うので、私は先にホテルで降ろしてもらった。レンタカー代を負担させてほしいと申し入れたが、セパラは半額相当しか受け取らなかった。

子どもの略取について

その晩も翌日の日曜日も、私はセパラから聞いた話を思い返した。ハイジャック事件当時の新聞記事に、アンナが息子を取り返しに来たというような記述があったが、私はその意味がわかっていなかった。滞在許可やビザをめぐる紛糾、イタリア大使館での顛末など、多少の脚色はあったかも知れないが、そんな背景があろうとは想像してもいなかった。事件当時セパラは動機として、イタリア政府に教訓を学ばせるためと語っていたが、その意味がようやくわかった。

ではセパラの側に斟酌《しんしゃく》するべき事情があったかというと、どうだろうか。アンナに黙ってフリィを連れ去ったのは、日本では略取、イタリアでは誘拐に該当する。フリィにとってスリランカは「常居住」の場所ではないから、「常居住地」であるイタリアに戻すのが、一般的には子どもの利益保護になると考えられる。ただ、当時まだそういう考え方は広く認められていたわけではない。一九八〇年に国際的な子の奪取に関する多国間の条約がハーグの国際会議で採択された。この条約で、国境を越えた連れ去りは元の居住国に強制的に連れ戻すという方針が確認されたが、条約の発効は八三年であり、しかもスリランカは加入していなかった。アンナにとって、誘拐されたフリィを強引に奪い返したのは、そうするしかなかったからなのだ。イタリア大使館が協力したとしても、非難するわけにはいくまい。

私は息子を奪われたセパラと、息子を奪い返したアンナの心情を、それぞれ思い遣った。

「黒い九月」のミュンヘン事件

月曜日の朝、私はコロンボのインデペンデント・アヴェニューにある国立図書館を訪れ、一九八二年六月以降の古い英字新聞を片っ端から見せてもらった。こちらに来る前に日本でも図書館で新聞を調べてみたが、日本における報道は、日本人乗客乗員が解放され犯人がスリランカに帰って逮捕されたところで終わっていた。逮捕のあとどんな展開があったのか、セパラに尋ねてもあやふやな記憶しかないのは、塀の中にいたから仕方がなかった。そこで、現地紙で確かめようと思ったのだ。

新聞は当時のまま月ごとに紐でくくられて保存されていて、私が紙名と年月を指定すると、保管室の奥から両手で抱えるようにして持ってきてくれた。

新聞から得た細かい情報のうち、事件に関するものはここまでの記述に散りばめたつもりだが、事件直前のインドにおける行動でひとつ補足しておきたい事実がある。ニューデリー空港でアリタリア航空機に搭乗する前までセパラには同行者がいた。エドワード・バンダラという名前が、一紙だけに載っていた。

帰国する日の午後、私はセパラとホテルのロビーで会話する時間があったので尋ねてみたところ、彼はあっさり認め、何かあった場合に備えてふたりでインドに渡ったのだと答えた。そんなこともあったなと懐かしむようだった。彼が細かく記憶していないだけで、ハイジャックはかなり計画的に実行されたのだと、私はあらためて思わされた。

ふたつの動機、すなわち、イタリア政府に教訓を学ばせ、息子を取り戻すことはよくわかったが、いくらその動機が強烈であったとしても、同行者を連れてわざわざニューデリーまで行きイタリアの航空機をハイジャックするという、決して容易とは思われない計画をどうやって思いついたのだろうか。

日本でまだ関連情報を集めていた頃に、ある事件との類似に思い当たったことがあるのを、私は思い出した。それは一九七二年のミュンヘン・オリンピックだ。セパラはオリンピック前の好景気に湧くミュンヘンで働き始めたから、八月から開かれたオリンピックを何かと身近に感じただろう。衝撃的な事件が九月五日に発生した。「黒い九月」と呼ばれるパレスチナの武装集団が選手村に侵入し、イスラエル選手団の宿舎を襲撃した。犯人は人質を取り、イスラエルで収監されているパレスチナ人二百数十人の解放を要求した。イスラエル政府はこれを拒否。犯人は人質を連れて航空機で飛び立とうと空軍基地まで移動したが、そこで西ドイツの警察と撃ち合いになり、人質は全員死亡。犯人も八人のうち五人が死亡し、三人が逮捕された。人質の救出に失敗して事件は悲惨な結末を迎えてしまったが、これで終わりではなかった。翌月、「黒い九月」は西ドイツの航空機をハイジャックした。シリアのダマスカスからフランクフルトに向かうルフトハンザ便だった。犯人はレバノンのベイルートから搭乗してすぐに同機を乗っ取り、飛行中に機体を爆破すると脅迫して、前月ミュンヘンで逮捕された三人の解放を要求。西ドイツ政府は要求に応じ、三人を解放した。ハイジャック機は解放された三人と人質を乗せてリビアに飛んだ。リビア政府は犯人たちを歓迎し、庇護を与えた。

事件の展開だけを単純に追うと、アリタリア事件に似ていると私には思えた。セパラがミュンヘンでルフトハンザ機ハイジャック事件の推移を見守っていたかどうかは知らないが、それが彼の記憶のどこかに焼きついていたのではなかろうか。

私はこの仮説についても、ホテルのロビーでセパラに話してみた。次にいつ彼と話す機会があるかわからないから、すべてぶつけてみようと思ったのだ。

セパラは不思議そうな表情を見せた。そんな事件があったかな、という程度しか記憶していないようだった。

「面白い話だ」と言って私に笑いかけた。

「たしか、当初の計画では、息子さんと身代金を手に入れたあと、ハイジャック機でリビアに移動するつもりだったんですよね?」

シナリオの最後の部分だけが変更されたと私は食い下がってみた。セパラは意外な返事を返した。

「リビアについては、よく知らなかった。行き先はどこでもよかった……」

別れ

私の帰国便は夜の出発だった。空港まで見送ってくれるというセパラ夫妻を待つ間、私はマドゥの依頼で、ホテルのロビーで簡単なインタビューを受けた。相手は新聞記者かと思っていたら、フリーのジャーナリストらしかった。初老のその男は自己紹介がてら、シンハラ語で書かれた著書を見せてくれた。長年にわたりセパラを取材しているらしく、マドゥのSNSメッセージを見て私の来訪を知り、取材を思い立ったらしい。取材が終わる頃、入れ替わるようにセパラ夫妻がロビーに現れた。

ホテルを出発するには早かったから、私は先ほど述べたニューデリーまでの同行者についてや、ミュンヘン・オリンピック後のハイジャック事件などを彼と話した。キャラニヤ寺院を訪れたと私が言うと、セパラは次回は寺院や仏跡がある観光地へ案内してあげたいから、またぜひ来るようにと言った。私はきっとそうする、来年夏あたりを検討してみる、と約束した。空港まで再びあのジープに乗せてもらった。

帰国して数日後にセパラから受信したメールには、写真が添付されていた。Rivira とかいうローカル新聞の記事だそうだ。セパラと私を撮った写真が二葉載っているのは、マドゥが提供したのだろう。シンハラ語で何が書かれているのかわからないが、アラビア数字だけが読み取れた。三四年ぶりに会いに来た酔狂な日本人についてだろうと推察できた。

第五章

再訪

自爆テロ

二〇一九年四月・スリランカ連続爆破事件

セパラ夫妻には翌年にも再訪したいと言っておきながら、そのあと二年ばかり所用が重なって、私は日本から離れられずにいた。

セパラとはたまにメールのやりとりをしていた。急ぎの要件があるわけでなく、時候の挨拶くらいだったから、返信がなくとも心配はしなかった。

至急連絡を取ろうと思ったのは二〇一九年四月二一日の日曜日だった。スリランカで同時多発テロが発生したのだ。教会やホテルが襲撃に遭ったというニュース速報や映像を、私は自宅で昼過ぎに見た。くわしい続報を待ったが、テレビでは同じ画像が繰り返されるばかりであり、夜になってもまだ全貌がつかめないでいた。教会の監視カメラに撮影された、大きなリュックサックを担いだ男の画像が、ニュースで映し出された。自爆テロだった。

復活祭を祝う日曜日、聖アンソニー教会という、コロンボ市内の北に位置し、一八世紀まで歴史が遡れる古いカトリック教会が最初に襲われた。朝八時過ぎ、大勢の信者が礼拝に訪れていたところを爆破された。次いで聖セバスチャン教会という、コロンボのさらに北、ネゴンボ市にあるカトリック教会が爆破され、続いて東部州バッティカロア市にある福音派のシオン教会が襲撃された。

三軒の教会のあと、九時台になって、コロンボ市内にある三軒の一流ホテル（シャングリラ、シナモン・グランド、キングズバリー）の、朝食を取る客でにぎわうレストランが爆破された。午後になってからもコロンボ市南郊の小さなホテルが爆破され、市内東部の住宅街では容疑者と警官の撃ち合いが起きた。二五九人に及ぶ死亡者には日本人ひとりを含む四五人の外国人が含まれ、負傷者数は五〇〇人を超えた。

大方の人は私も含めて最初、タミル過激派の犯行を疑った。内戦が終結して一〇年が経過するというのに、どうして今また？　という疑問が湧いた。カトリック教会と一流ホテルが狙われた理由もわからなかった。しばらくしてスリランカ国内のイスラム過激派による犯行だと断定された。ＩＳ（イスラム国）が犯行声明を出した。イスラム教徒もキリスト教徒もお互い人口の一〇パーセントに達するかどうかという少数派であるにもかかわらず、なぜこのような大規模で組織的なテロを実行したのか、私にはまったくわからなかった。

セパラ夫妻が爆弾テロに巻き込まれた可能性は低いだろうと、当初から私は想像していた。彼らが復活祭で教会に行くことも、高級ホテルへ朝食に行くことも、考えにくかったからだ。セパラから返信メールが来ないだけでなく、彼の携帯電話にもつながらないため、心配した私はマドゥの携帯電話番号を三年前の手帳に見つけ出し、その晩ようやく彼女に連絡がついた。

マドゥが言うには、ヨーロッパの旅行から自分だけ先に帰国したが、セパラはまだドイツにいる、とのことだった。旅行と言っても、パリに住む娘のサリーに前年末に男の子が生まれ、ずっとその世話をしていたのだと言った。ついでにマドゥは、バッタラムラの家を昨年売却して引っ越した、新居は緑に囲まれてきれいだ、爆弾テロのせいでしばらくは混乱するかも知れないが、落ち着いたらまた来たらいい、新居を見せたい、と言った。

私はそろそろスリランカを再訪するタイミングだと思い、予定を立てることにした。セパラ夫妻に再会したいこともあったが、自爆テロ事件についても気になったからである。

自爆テロの研究

初めて訪問してから後も私はスリランカに興味を持ち続け、書籍や論文などに親しんでいた。最も関心を引かれたのは、LTTE（タミール・イーラム解放のトラ）であり、特に、ブラック・タイガーと呼ばれた自爆部隊についてだった。LTTEやブラック・タイガーに関してだけでなく、自爆テロ全般に対して、欧米では研究が盛んだったから、資料は豊富に見つかった。

先に申し上げておくが、私は命を粗末にしたり、非戦闘員を狙って暴力を振るったりすることは、すべて許されるものではないと忌み嫌う者だ。ただ、「自爆」と聞くと、そんな手段を選んだ事情や実行者の心情をつい慮ろうとするのは、日本人だからだろうか。すぐに第二次世界大戦中の特攻を思い浮かべてしまう。特攻は戦争時の戦闘行為であり「テロ」ではないと考えるが、「テロ」の定義が明確ではないから、このあと便宜上、テロかどうかを問わずに、自爆テロあるいは自爆攻撃という言葉で呼ぶことにする。

自爆あるいは（火薬が開発される前の）自死を伴う戦闘行為は、第二次世界大戦どころか、はるかに昔から世界各地に数多く記録されている。一般的に、所属する部族や集団のために自らを犠牲にする行為を賞賛する傾向が、世界中にあるようだ。自分の命と引き換えに相手に多大な損害を与えるという攻撃方法が、特に少数の弱者が強勢で多数の相手に立ち向かうにあたり、世界各地で各時代に考え出されてきた。

そのなかで自爆という攻撃方法の使用は、第二次世界大戦後しばらく途絶えていたらしく、最近の研究書は主に一九八〇年代以降を対象としている。[*27] 初の自爆テロは一九八一年六月、ベイルートのイラク大使館で起きたそうだが、自爆テロ攻撃を本格的に採用したのは、同じレバノンのヒズボラという武装集団である。一九八二年一一月一一日、レバノン南西部テュロスにあったイスラエル軍の拠点への攻撃を皮切りに、翌年四月には首都ベイルートのアメリカ大使館を襲撃。さらに一〇月二三日の早朝、首都ベイルートに駐留していたアメリカ海兵隊とフランス陸軍の兵舎それぞれに対して、ほぼ同時刻に、爆弾を積んだ車で突入した。爆発によりビルは倒壊し、三〇〇人を超す犠牲者が出た。規模といい方法といい、また、このあと両国軍がレバノンから撤退したという結果からも、この件は自爆テロ攻撃の新時代を切り開いたとされる。ヒズボラは合計三九件の自爆テロ攻撃を実行し、九〇〇人もの犠牲者を出したと記録されている。

スリランカのLTTEのメンバーは、このヒズボラやパレスチナの武装組織の訓練を受けた。LTTEの自爆攻撃は、一九八七年七月五日が最初である。ジャフナ地区ネリアディにある政府軍宿舎に、爆弾を満載したトラックが突っ込み自爆した。ベイルート事件を踏襲したのだ。

自爆テロの研究者であるシカゴ大学のロバート・ペイプ博士によると、この最初のケースのあとしばらくLTTEの自爆攻撃はなく、特にインド平和維持軍に対して実行されることはなかったが、インド軍が撤収して第二次イーラム戦争が始まってから本格的に数を増し、九五年から急増するという。自爆攻撃は主要な戦術となり、対象は兵士だけではなく政治家や民間人、さらには施設にまで広がった。最後の自爆攻撃が二〇〇九年四月に記録されるまで、合計一一六回、二三六人が自爆し、一六四三人もの犠牲者が出たという。自爆を実行した二三六人のうち三九人が女性だと判明している（八五人は性別不明）。

自爆テロの件数で比較すると、LTTEが本家のヒズボラを抜いて一番になったが、すぐにイラク、アフガニスタン、パキスタンに追い越されてしまう。世界中で発生した自爆の件数を年間の平均で比較すると、一九八〇年代にはまだ一年に三件程度であったところ、一九九〇年代に入ると一〇件に増え、二〇〇〇年以降は五〇件、二〇〇四年からは三〇〇件という具合に急増する。対照的に、自爆以外のテロ行為は一九八八年（六六六件）をピークに減少した。自爆テロの総件数は、二〇〇九年までに二二〇〇件に及び、二〇一九年四月の段階で六三〇〇を超えているそうである。[*28]

自爆行為の件数が増加した理由は何だろうか。

通常のテロ行為より確実性も実効性も高い、と言われる。実行の直前まで微調整が可能であるから失敗が少なく、同時に、与える被害を最大化できるというのである。ペイプ博士によると、テロ行為全体で見れば自爆テロの占める割合はわずか三パーセントに過ぎないが、犠牲者数は四八パーセントにのぼるそうだ。

自爆攻撃が相手に与える恐怖感までは数値化できない。いつどこで誰が行うか予測がつかず、処罰を厳しく定めても死を覚悟した相手に抑止効果は期待できない。九・一一事件が与えた影響は大きい。それまで自爆の手段は身につけた爆弾によるか、せいぜい車載や船に搭載した爆弾によるものだったが、航空機をハイジャックして目標に突撃するという空前絶後のテロ行為が、二一世紀に入って早々、アメリカ本土で大規模に実行され、世界中に計り知れない恐怖心を巻き起こした。直ちにアフガニスタンへの攻撃が始まり、二年後にはイラクへの軍事侵攻が行われた。九・一一の影響は、各地の抵抗運動の側にも見られた。ペイプ博士によれば、アフガニスタンでは二〇〇一年まで、ソ連侵攻（一九七九年）後の紛争時代含めて、自爆テロ攻撃は一件もなかった。イラクでも二〇〇三年三月にアメリカを中心とした侵攻が始まるまで、やはり一件もなかった。しかし自爆テロは侵攻してきたアメリカ軍などに対して発生し、急激に増加した。

自爆テロについては、件数だけでなく、動機についても研究がされている。膨大な数に及ぶ事例を分析してみて、なぜ自爆テロが実行されたかがわかれば、どのようにして防ぐか、あるいは減少させることができるか、わかると期待されたのだ。研究によると、自爆犯は総じて中流家庭の出身で、中高等教育を受けており、貧しさや若さや無知蒙昧ゆえにという先入観は当てはまらない。彼らは社会的に疎外されていたわけでも、宗教的に狂信的だったわけでもないと言われる。

ヒズボラが結成されたのは、南部レバノンにイスラエル軍が侵攻した一九八二年六月の翌月である。イスラム教シーア派の武装組織から反イスラエルのグループが分裂して新たに立ち上げた組織がヒズボラだ。イスラエルの占領に抵抗するという共通の目的のもとで、宗派や教派や思想に関係ないアンブレラ組織として最盛期には七〇〇〇人を超すメンバーを擁した。後年LTTEやアルカーイダが模範とするような先述の自爆攻撃を実行した。実行者は女性を含み、宗教や思想の別なく、イスラム教原理主義者は二割ほどしか含まれていない。そんな自爆攻撃は、二〇〇〇年にイスラエル軍が完全に撤退して以降起きていない。

パレスチナを見ると、自爆テロが実行されるのは一九九四年四月からだったが、民衆から支持されたため、イスラム教を掲げる組織だけでなく非宗教的な団体も、対イスラエル抵抗運動の手段として採用した。抵抗運動は占領地との関連が顕著に見られる。すなわち、ユダヤ人の入植とイスラエル軍の占領が増えると自爆テロが活発になり、前者の退却に伴い後者が減少した。加えて、占領下の極度の貧困が自爆テロを志願する若者を後押ししたと、経済的な要因も強く指摘されている。

国際的なテロ組織であるアルカーイダの場合、湾岸戦争（一九九〇年）のあともアラビア半島に軍隊を駐留させ続けるアメリカとその同盟国を攻撃の対象にした。司令官のオサマ・ビンラディンは、アメリカの真の狙いは石油資源の収奪にあり、また、中東地域全体に対する新たな植民地主義であると喝破した。彼はまた、アメリカ軍を歴史的な十字軍になぞらえて、イスラム教の聖地メッカ・メディナがあるアラビア半島への侵略だと非難し、その駐留を容認するばかりか軍事的に依存までするサウジアラビア政府に対しても怒りを発した。

アルカーイダは中東やアフリカにおけるアメリカの施設に対してテロ行為を重ね、遂にはアメリカ本土における九・一一事件に至った。一九人の実行犯はスンニ派のイスラム教徒だったが、多くは世俗的な生活に慣れ親しんでいたという。オサマ・ビンラディンが実行犯のリーダーと呼んだモハメド・アタは、ハイジャックされた四機の旅客機のうち最初にワールド・トレード・センター（北棟）に突入したボーイング767を操縦していた。彼はエジプトの裕福で温和な家庭に生まれ育ったが、ハンブルク工科大学に学ぶうち、あるとき何かの拍子に、友人やモスクで出会った人物に感化され啓発される。原理主義的な考え方に惹かれ、アフガニスタンを訪れてアルカーイダのキャンプで教練を受けた。自ら進んで殉教者になる決意をして、攻撃計画に加わったのだ。三三歳だった。

異民族・異教徒により郷土が侵略され、そこに住む自分たちや同胞が悲惨な境遇に置かれている。堕落した文化に汚染され、聖地が冒涜されかねない。そう言った言説に彼らの怒りの感情が煽られ、自己犠牲の殉教者という宗教的な観念が彼らの決意を促す。本来、イスラム教は自殺を禁じ（クルアーン第四章二九節など）、罪のない人を殺すことを禁じる（同第五章三二節など）。しかしその一方で、異教徒との戦争を前提に（九章の五節）、聖戦を認める（二二章の三九・四〇節）。原理主義者はジハード（聖戦）や殉教の大義を強調し、自爆攻撃を正当化して、若者を駆り立てる。犯した罪は許され、天国に行けると唱える。

こういった怒りの感情や宗教的使命感や地域社会の支持などを実行犯たちは仲間内で共有しているが、共通する動機とは別に、個々人に固有の事情とそれに伴う個人的な感情、たとえば、絶望感、怒り、憎悪、無力感、自殺願望、過度な熱情、特異な価値観などが、各人の動機には含まれているとされる。

多い時にはアフガニスタンに五万人以上、イラクには五〇万人近い多国籍軍が駐留したのは、地域の安定のために必要と考えられたからだが、現地住民の反発を買った。帝国主義的な支配だと受け取られたのだ。第二次世界大戦後の連合国軍による対日占領政策と同じに考えたとしたら誤りだった。民主主義や自由主義などの理念を広め、社会変革や国家建設を図ろうとしても、現地住民にはなかなか受け入れられず、かえって反感や怒りをもって見られ、それがテロの動機になった。

アメリカ政府ならびに同盟国政府は方針を見直さざるをえず、現地政府への権限委譲を図り、軍を国外に移してバランスを取ることにした。失敗を重ねながらも、安定を目指して努力が続けられてきたが、二〇二〇年九月の段階でアメリカ軍はアフガニスタンに八六〇〇人、イラクに五二〇〇人の部隊を駐留させている。[*29] 二〇二一年七月末現在、八月末までに米軍・NATO軍はアフガニスタンから完全撤退の予定だが、イラクについてはまだ方針が確定していない。

LTTEのブラック・タイガー[*30]

スリランカのLTTEの場合、死ぬことの覚悟が徹底していた。政府による抑圧、言語と宗教による差別、シンハラ人の侵攻に対して抵抗し、タミル・イーラムという独立国家の実現のために進んで命を犠牲にする、という覚悟である。

宗教的にはヒンドゥー教徒が多かったが、キリスト教徒もイスラム教徒もいて、組織としては非宗教的だった。シンハラ人が仏教ナショナリズムに煽り立てられていたのと対照的に、タミル人の抵抗運動は宗教的ではない。インドではイスラム教徒やシーク教徒と対抗してヒンドゥー教の意識やナショナリズムが高揚したが、スリランカのタミル人はそうではなかったようだ。

LTTEはプラバカランの指揮下に統率された軍隊組織として、「暗黒の七月」事件（一九八三年）後には急増して三〇〇〇人を超すメンバーがいたそうだが、彼らは喜んで死を選ぶよう指導され、青酸カリの入ったカプセルを御守りとしていつも皮ひもで首につけていた。政府軍の拷問は凄惨を極めたため、捕獲される前に服用して自死するためであった。政府軍は対抗して、捕獲後すぐに胃洗浄したと伝えられる。青酸カリは効能が失われないよう、数カ月ごとに新しく入れ替えられていた。この方法で自死したメンバーは六〇〇人を超えた。

毎年一一月二七日はヒーローズ・デイである。一九八二年のこの日、プラバカランの腹心の部下シャンカールが、政府軍との撃ち合いの挙げ句に死亡した。LTTE初の殉死者だった。一周忌を弔って以来、毎年この日、プラバカランはヒーローたちを悼むスピーチを行った。ラジオは殉死した英雄とその英雄的行為を紹介し、墓地では彼らの墓に灯明が供えられた。

極端なまでに覚悟を固めたメンバーと、彼らが果たす成果により、LTTEは数多いタミル人過激派の中で抜きん出る。一九八六年までにLTTEは他の過激派組織を潰滅あるいは糾合して、支配的な存在になった。最盛期には一万五〇〇〇人にも及ぶ軍事組織に成長した。歩兵部隊、女性部隊、奇襲部隊、地雷埋設や大砲・迫撃砲を扱う部隊、戦車や装甲車に立ち向かう部隊などから成り、さらに自爆攻撃、海戦や空襲を行う部隊が設けられた。

自爆攻撃に特化した部隊がブラック・タイガーである。中でも、海戦を行う部隊はシー・タイガーと呼ばれ、爆弾を積んだ舟や水中スクーターを利用して、二五件の自爆攻撃を実行した。

一九九五年にジャフナが陥落してから、自爆テロはLTTEのゲリラ活動のなかで最強の攻撃手段として用いられた。タミル語で自死は｛thatkolai｝と言うが、似てはいるが自己犠牲とか献身とかいう意味の｛thatkodai｝と呼びならわした。常時一五〇人を超えるメンバーがいた。

ブラック・タイガー部隊に加わることは名誉とされた。メンバーは通常の訓練を受けた希望者のなかから注意深く選定された。戦闘のせいで寡婦や孤児になった者が多かったのは、復讐という個人的な動機も重んじられたからだ。自爆がタミル・イーラム実現のための一歩であると教え込まれ、自爆に特化した訓練がなされた。人との接触が、親族含めて外部の人ともLTTE内でも制限され、実行に向けて覚悟と集中力が高められた。彼らは過去の実行現場を撮影したフィルムを見て学習し、意気を高揚させた。最初の自爆攻撃、すなわち一九八七年七月五日、爆弾を積んだトラックが政府軍宿舎に突入したのを撮影したビデオテープが映写された。キャプテン・ミラーの通り名で呼ばれる、この自爆攻撃を実行した二一歳の若者は、英雄（タミル語でもヒーロー）だった。

ブラック・タイガーたちは、送り出される前の日、プラバカランと会食し、記念撮影された。実行の現場もまた、可能な限り撮影された。実行直前まで努めて目立たないようにしていた彼らは、実行後は地域社会の英雄として扱われる。顔写真と名前が新聞に掲載され、地域にポスターが貼られ、人々は殉死者の名誉を称えてパレードした。殉死者の両親は祝福を受けた。墓地には彼らの名前を冠した花崗岩の墓石が立てられた——埋葬される死体はほとんどなかったが。記念碑が建てられることもあり、キャプテン・ミラーの場合は、ネリアディの交差点に等身大の銅像が建てられた——こういった記念碑や墓石はその後すべて除去されたようだが。

このように実行者を英雄として扱い、そのプロフィールが地域社会に紹介され賞賛されることも、レバノンのヒズボラに倣ったのではないだろうか。ヒズボラは最初の自爆攻撃を記念して、毎年一一月一一日を「殉死者の日」と定め、追悼式を行った。殉死者たちが残したビデオや遺書は地域社会で大事にされ供覧された。残された家族に対する支援もあり、殉死者とその家族に対する地域社会の強いサポート態勢が形成されていた。それゆえ、自ら進んで自爆を目指す人たちが次から次に現れるのだ。中には自爆という行為に反対する人たちもいたが、実行した者を悪く言うことはなかった。

一九九一年五月二一日、ラジヴ・ガンディーがインドのマドラス（チェンナイ）郊外で自爆テロにより暗殺されたが、その現場にもカメラマンが同行していた。不注意なことに、彼は撮影中、爆発に巻き込まれてしまう。現場に残されたカメラのフィルムは、暗殺計画を解明するための手掛かりになった。現像された一〇枚ほどの写真に、実行犯が写っていたのだ。まだ二〇代のタミル人女性だった。通称ダヌと呼ばれた、ジャフナ出身のその女性は、強盗に押し入ったインド平和維持軍の兵士に四人の兄弟を殺害され、自身もレイプされた過去を持っていた。ラジヴ・ガンディーが首相に返り咲くとインド平和維持軍を再結成しかねない、だからその阻止を図ろうとしたのだという。ダヌは実行の三週間ほど前に、仲間と共にマドラス（チェンナイ）に渡航した。生まれて初めての海外だった。レストランで食事し、ショッピングし、初めて眼鏡を買って映画を六本も見た。束の間、最後の贅沢を味わったのだ。実行の当日、ダヌはオレンジ色の、サルワール・カミーズと呼ばれるゆったりしたシャツとズボンを着用した。その下に何キロもの爆薬をまとって、である。身体の曲線に合わせて爆薬を装着する特殊なストラップが開発され、このとき初めて使用された。ダヌは香りの強いジャスミンやユリの花で編まれた白い花紐を両手で捧げて、目標に近づいた。気づいたラジヴ・ガンディーが、警護にあたる関係者を制して手招きしたとも言われる。ダヌは花紐を目標の首に掛け、足元に額づこう（接足礼）と身をかがめ、点火のスウィッチを押した。

スリランカのタミル人社会では、ダヌは鉄の意志を持つ英雄（ヒロイン）だと賞賛された。性暴力被害を受けたため母親になることを諦めた女性も、こうして地域社会に貢献できるのだという考え方が共有された。

リヤドの自爆テロ事件とアルカーイダ

私が自爆テロにこうまでこだわる理由は、私自身が身近に経験したことがあるからだ。二〇〇一年七月から三年少々、私はサウジアラビアの首都リヤドに駐在勤務した。九・一一事件の発生からアフガニスタン紛争、イラク戦争に至る、激動の時期をそこで過ごしたことになる。自爆テロ事件は二〇〇三年五月、アメリカのブッシュ大統領がイラクにおける大規模戦闘の終結を宣言した直後に発生した。

サウジアラビアでは、西洋人や日本人のような非イスラム教徒は普通、コンパウンドと称される複合居住施設に住む。周囲が壁に囲まれ警備員が配置されていて、中で暮らす限りイスラム教の規制や習慣を強いられることがない。私が住んだコルドバ・オアシス・ヴィレッジはリヤド市内の北に位置し、二階建ての大小様々な住居が数百棟あるほか、レストラン、プール、トレーニング・ジム、コンビニ、ランドリー店などの諸施設が備わっていた。

そこから一キロ半ほどしか離れていないアル・ハムラという名前のコンパウンドが、五月一二日の夜、襲撃された。乗用車とトラックに分乗した襲撃者は、守衛を射殺して正門から押し入り、広場に停まって住居棟に向けて銃撃し、手榴弾を投げつけた。そしてそのあと、2トントラックに積んだ数百キロの爆弾を爆発させたのだ。地響きを伴う轟音が私たちのコンパウンドでも聞こえた。アル・ハムラは居住者数も施設の充実度においても、コルドバに比べて勝るとも劣らないコンパウンドであり、ブリティッシュ・インターナショナル・スクールが併設されていたから、生徒を含む家族世帯が多く住んでいた。その夜、ほかにも二件のコンパウンドがほぼ同時に襲撃され、被害の合計は死者が二七人、負傷者が一六〇人以上に及んだ。

負傷者の中には日本人もいた。アル・ハムラに住んでいた彼は、銃声を聞いて、カーテンの隙間から様子を見ようとしたところ、爆発により窓ガラスが割れて足を怪我したのだった。

事件の数日後、特別に頼んで私はアル・ハムラの爆破現場を見学させてもらった。正門は残骸だけになってしまい、広場の地面には直径三〇メートルほどの大きな穴が穿《うが》たれていた。広場に面した建物は壁を失って、居室だった空間を無残にさらしていた。車両に爆弾を積んで自爆するとどんなありさまになるかを、目のあたりにしたのだった。私は被害者を悼む気持ちもさることながら、これを実行した連中がどんな心理状態だったのか、知りたいものだと思った。

犯人については、自爆した一二人のサウジ人がDNA検査により特定され、名前が公表された。個々人のデータや背景までは明らかにされなかったと記憶するが、アルカーイダとの関係が確認された。

アルカーイダは九・一一事件を起こしたあと、アフガニスタンのタリバーン政権が撃退されて同地における拠点を失ったにもかかわらず、人的ネットワークとして存続し、世界に対する脅威であり続けていた。二〇〇三年から〇四年までだけでも一五件のテロ事件を起こしたとされる。

二〇〇二年一〇月にインドネシアのバリ島でナイトクラブが爆破され、オーストラリア人の観光客ら二〇〇人以上が犠牲になった。実行した地元の過激派組織に対するアルカーイダの支援が明らかにされた。私が経験したリヤドの同時多発自爆テロもまた、アルカーイダのネットワークが起こした何件目かのものだった。リヤドに続いて数日後には、モロッコのカサブランカ市内数カ所で自爆テロが起きた。私が暮らしたサウジアラビアでは一一月に再びリヤドで、翌年五月には東部州のアルコバールで、テロ事件が発生した。有名なところでは、二〇〇四年三月にスペインのマドリードで列車爆破事件が、二〇〇五年七月にはロンドンで地下鉄とバスの爆破事件が起き、多くの犠牲者が出た。

実行犯たちはそこへ押しかけて行ったのではなく、各地の住人だった。主にインターネットで、アルカーイダと繋がりを持っていた。世界各地でテロが警戒されるなか、オサマ・ビンラディンは二〇〇六年一月、ビデオ・テープでアメリカ本土を攻撃すると宣言し、その後いくつかのテロ計画がアメリカで実行され、あるいは事前に暴かれ防がれた。彼は二〇一一年五月、パキスタン北部のアボッタバード市内に潜伏しているところをアメリカ軍により殺害された。しかし、ネットワークとしてのアルカーイダは存続している。

スリランカの過激派グループとＩＳ

私がコロンボを再訪するのは、二〇一九年の八月にずれ込んでしまった。四月の爆破事件後の混乱や、危険を伝える情報があったからだ。事件の翌日から非常事態法が施行されて軍・警察の権限が強化され、容疑がかけられ勾留された人は一〇〇〇人以上に及んだそうだ。反ムスリムの暴動が起き、犠牲者も出ていた。八月に入ると、そんな騒ぎはほぼ治まったようだった。

観光客はさぞかし減少したろうと想像したが、直行便のエコノミー・クラスは予約が取れなかった。同便はスリランカの南に位置するモルディヴまで運航しており、夏休みにそこを訪れる乗客が多いからだった。仕方なしに私は、往路はニューデリー経由の便を選んだ。

空港から市内に向けて乗ったタクシーの運転手に、ニューデリーからの便は満席だったと言ったところ、海外で働くスリランカ人が一時帰国しているだけで、旅行者はあいかわらず少ないから仕事も少ないと嘆いた。コロンボ市内のセキュリティ・チェックはすっかり内戦時代に戻ったと、前月訪れた人から聞いていたのだが、特に気になることはなかった。爆破されたシナモン・グランド・ホテルに投宿してみたのは、二度も続けて襲撃されることはないと思ったからだ。ホテルの敷地の入り口には肩から銃をかけた兵士の姿が見られ、守衛も数人配置されていた。車のトランクや下部が調べられ、ロビーに入る前にバッグやスーツケースがX線検査機を通された。中東ならば当然の警戒レベルだと思われた。

翌朝、モスクから聞こえるアザーンで夜明け前に目覚めた。昼間、ホテルのロビーは結婚披露宴に訪れる客でごった返した。客室の空きは多そうだったが、事件があったと思わせるものは何も見当たらなかった。

四月に起きた同時多発テロ事件の全貌は、かなり明らかになっていた。*31 八人の自爆犯の身元が確認され、数十人が逮捕されて取り調べを受けていた。数人の容疑者が、事件後の捜査時に反抗して射殺され、あるいは自爆した。第二のテロが計画されていたらしく、アジトが暴かれ爆薬類が発見された。かつてのテロ防止法（ＰＡＴ）が今も有効であることから、広範に捜査がなされて容疑者が逮捕・勾留され、厳しい取り調べがされていると想像された。

実行犯全員がＮＴＪ（National Thowheed Jamath）という名の、国内のイスラム過激派組織に関連していたと、政府は公表した。組織名はアラビア語で一神教の組織を意味するそうだが、組織の綱領は、世界はイスラム教徒のためにあり、スリランカでも聖戦を実行する、すなわち異教徒を排除するべし、というものだった。東部州のカッタンクディという、ムスリムが支配的な街で、ザーラン・ハシムという聖職者がＮＴＪを起こした。二〇一三年頃から活動し、イスラム教徒以外を殺害してスリランカを乗っ取るべしと唱導していたという。一〇〇人ほど仲間がいたらしく、仏教僧やスーフィー派のムスリムと衝突して問題を起こしていた。国内の穏健派イスラム教組織からは、過激な教義を非難されていた。偏狭な考え方の少数派の集まりであったようだ。

ＮＴＪの設立者ザーラン・ハシム自身も実行犯のひとりであり、シャングリラ・ホテルで自爆した。実行犯のほとんどが中流階級の出身で自活していて、教育も十分に受けていたと政府は公表した。彼らはお互いに家族・兄弟や友人といった関係にあった。

事件後のニュースによれば、インドの諜報機関が早くから犯行の計画を察知し、スリランカ当局に対して警告していたという。また、スリランカ警察は前年、ＮＴＪのザーラン・ハシムを調べていたが逮捕していなかったことも判明した。種々の情報がありながら適切な行動を取らなかった政府の落ち度が指摘され、責任が問われた。大臣をはじめ多くの政府関係者が辞めたり辞めさせられたりした。

事件から数日後、ＩＳ（イスラム国）の報道機関が関与を報じた。ＩＳのリーダーでカリフ（預言者ムハンマド亡きあとのイスラム社会の最高指導者）を自称するアブ・バクル・バグダディーが事件を賞賛するビデオや、ＮＴＪのザーラン・ハシムらがＩＳの黒い旗の前で忠誠を誓うビデオや写真が公開された。ただ、実行犯たちが中東を訪れた形跡はないらしく、計画も国内で立てられたと調査当局は見ており、ＩＳとの関係は思想的な繋がりだけではなかったかと推測されている。

ＩＳ（ＩＳＩＬあるいはＩＳＩＳとも）は、アルカーイダの分派として二〇〇〇年代にイラクでテロ活動を開始した。二〇一一年の「アラブの春」のあとシリアで内戦が始まってからはシリアにも勢力を延ばし、アルカーイダとは袂を分かって、イラクとシリアの国境をまたぐ独自のイスラム教国家の建設を目指した。ＩＳの特徴はオンラインの利用にあり、早くからインターネットを通じたプロパガンダによって世界中から戦闘員を集めた。ＣＩＡによると二〇一四年のピーク時には三万人を超え、アラブ諸国やヨーロッパからの参加者が数千人含まれていた。活動はイラク・シリア領内にとどまらず、二〇一五年一一月にはベイルートとパリで、ＩＳのプロパガンダに呼応した地場の小集団が自爆を含む同時テロ事件を起こし、大勢の犠牲者が出た。

ＩＳはその後、国連軍、ロシア軍、シリアの反体制派民主軍などの攻撃を受けて衰退し、二〇一七年末にはイラクから一掃されたが、ヴァーチャルな活動を続け、資料によると二〇一八年以降も二五件以上のテロ攻撃（ほとんどが自爆テロ）を行い八五〇人以上の死者を出した。二〇一九年三月にはシリア内でも拠点を奪還され、ＩＳは領土的に消滅したのだが、中枢組織は生き延びて、復讐を開始すると翌月初めに宣言し、その直後にスリランカで大規模テロが起きたのだった。[*32] ＩＳに同調する地元育ちの小集団が自発的にテロ行為を行ったという点では、パリの同時テロ事件に似る。ホーム・グロウン（国内育ちの）・テロリストという点では〇四年のマドリッドや〇五年のロンドンにも通じており、アルカーイダがアフガニスタンの拠点を失ってからも人的ネットワークを通じて世界各地でテロ攻撃を続けていたことを彷彿させる。

ＩＳのリーダー、アブ・バクル・バグダディーはこのあと一九年一〇月にアメリカ軍との戦闘中に死亡したが、ＩＳはすぐに後継者を選び、存続している。

政治情勢と大統領選挙について

コロンボに着いた翌日、セパラ夫妻にホテルまで来てもらい、私は彼らとホテルの庭にあるバー・ラウンジとレストランで数時間一緒に過ごした。再会を祝し、お互いの近況を話したあと、私は四月の爆弾事件に話題を向けてみた。

しかし、ひと握りの過激派が起こしたテロのせいで社会全体が揺れるようなことはなかったようだ。セパラ夫妻の関心はもはや事件ではなく、一一月に予定の大統領選挙にあった。

「ムスリムの票は大事だから」とマドゥは言い、だからイスラム教徒に対して極端な政策が取られることはないだろう、と解説した。

選挙は三カ月後に迫っていた。候補の筆頭に挙げられていたのは、ゴタバヤ・ラジャパクサである。兄マヒンダ・ラジャパクサが大統領を務めた間、国防次官としてサポートし、内戦終了に功があった。四月の爆破事件の直後に立候補を表明したから、国内の治安維持には最適の候補という印象だった。ただ、内戦中の強圧的な手法は人権団体から糾弾されてもいた。年齢は、遠縁のセパラと同い年の七〇歳だ。

ほかの候補としては、現職大統領のマイトリパーラ・シリセナが二期目を目指す可能性や、首相でUNP党首のラニル・ウィクラマシンハが再挑戦する可能性もあったが、複雑なしがらみもあった。それを理解するには、内戦が終わった二〇〇九年に戻って、この国の政治状況を概観する必要がある。

内戦終了の勢いを借りて、同年一一月の総選挙ではSLFP（自由党）中心の政党連合が圧勝した。マヒンダ・ラジャパクサは大統領になってちょうど四年を過ぎた段階で、ジャヤワルダナ元大統領の前例（一九八三年）に倣って、任期を二年残して早々に大統領選挙を実施し、これに勝って二〇一〇年から二期目に入った。平行して憲法改正を行い、一期六年・二期までという大統領の任期の制限をはずした。彼は中国に偏重した経済政策や腐敗や縁故主義で評判を落としていたのだが、三期目を目指して二〇一五年に大統領選挙を実施した。これに反発して対立候補に立ったのは、同じSLFPの党幹事長の立場にあったマイトリパーラ・シリセナだった。SLFPを辞めた彼は、UNP（統一国民党）に支持されて、大統領選挙に勝った。首相にはUNP党首のラニル・ウィクラマシンハが返り咲いた。

ところが、話はこれで終わらない。新政権は政治的に安定しなかった。前政権が借り入れた多額の国家債務の返済に取り組まなければならず、経済も低迷する。二〇一八年一〇月、シリセナ大統領は突然、前大統領のマヒンダ・ラジャパクサを首相にすると発表した。驚いた現職の首相ウィクラマシンハはこれを拒否。すると大統領は国会を解散しようとした。最高裁判所が一連の暴挙を違憲かつ違法だと裁定して、年末には元の状態に戻ったが、この騒動と混乱はひどく国民を失望させた。追い討ちをかけるように、四月の爆破テロ事件が発生した。事件に対する政府の責任が取り沙汰されたのは当然であろう。

私がスリランカを訪れた八月の段階では、内紛が尾を引いているせいかまだUNPの大統領選挙候補は決まっていなかった。前述のシリセナやウィクラマシンハのほかに、新顔としてサジット・プレマダーサの名前が挙げられた。彼の父親はラナシンハ・プレマダーサ、――ジャヤワルダナが引退したあと一九八九年に大統領を継いだが、九三年にLTTEの自爆テロにより殺害された――、である。サジット・プレマダーサはまだ五〇過ぎだが、UNPの副党首だった。

スリランカは政治の季節を迎えていた。

アンナとフリィ

コッタワの新居をたずねて

セパラ夫妻と夕食を共にした際、コッタワの新居に招かれ、翌々日の昼食の時間に合わせてお邪魔することになった。

セパラとマドゥ夫妻（2016 年 12 月）

その日は朝から好天だったが、ホテルを出発しようとした途端、暴風雨に見舞われた。レンタカーのフロントガラスに打ちつける豪雨を見ながら、私はふと、カラトタ村に行った日を思い出した。想像を絶するような豪雨の洗礼を受けないといけないような、あのときの印象が蘇ったのだ。

セパラの家は彼らが言うように、自然に恵まれていた。狭い通りを下って突き当たりに門があり、門を入って左手に芝生が張られたスペース、右手に池と庭があり、後ろには湿地と林が広がっていた。この近辺はこれ以上開発されないから、ずっとこの自然が楽しめるのだと、小降りになった雨のなか、私に庭を見せながらセパラは満足げに言った。何となくカラトタ村に似ていると私が言うと、彼はうなずいた。毎日芝生を張ったり庭づくりに精を出していると聞いて、ここが彼の終の棲家なのかも知れないと想像した。

靴を脱いで居間に上がり、マドゥが用意してくれた昼食を頂いた。

マドゥはうれしそうに初孫の画像を見せてくれた。娘のサリーの受け売りらしいが、フランスの子育ての環境がいかに恵まれているかを語った。博士課程で修学中の息子のウィラマはドイツの自動車部品メーカーに就職が決まったとのことだった。そんな彼らが来年八月に帰省するのだという。サリーが二〇一五年に結婚式を挙げたとき以来の帰国だそうだ。

「お孫さんにとっては初めてのスリランカですね」

私が言うと、ふたりは嬉しそうに、それまでに二階の内装を終えて宿泊できるようにしなくてはいけないし、家の前の芝生を完成させなければならないし……と語った。

サリーの夫はスリランカ人だが、幼児期に両親に連れられパリに住み、フランスの永住権を取得しているらしい。ウィラマもこのまま行けばドイツで永住権を得ることが可能だろう。話を聞くうちに、かつてセパラが望みながら果たせなかった生き方を、子どもたちが代わって実現しているように思えてきた。

子どもたちの留学はセパラの遠大な計画に基づくものか、という意味の問いかけを私がしたところ、留学や、その前のインターナショナル・スクールでの修学を含めた教育方針は、夫妻が話し合って決めたのだと言った。

「国内で詰め込み教育を受け、国立大学を出て高級官僚になった人たちを知っているが、我が子にそんな道を歩ませたいと思わなかったの」とマドゥがつぶやいた。

サリーもウィラマもGCEのAL（大学入学基礎資格試験）をクリアしたから、国内の大学にも進学できた。ただ、国立大学の入学試験の合格率はわずか数パーセントしかなく、浪人して再挑戦できる年数にも制限があるらしい。そんな狭き門で苦労するよりも、海外でのびのびと勉強した方が、学業においてもその後の就職においても望ましいと考えたのだ。これはスリランカで一般的な考え方と言ってよさそうだ。それ相応の経済力がある家庭に限られるかも知れないが。

夫妻はまずサリーをロンドンで学ばせた。彼女はその後パリのソルボンヌ大学に移った。ウィラマは自分でドイツの大学への留学資格を取得した。ウィラマがドイツに住むにあたって、フリィが現地側で手伝ってくれた、とセパラは思い出したように言った。

私はセパラのもうひとりの息子、フリィについて尋ねてみた。彼の近況も聞きたいと思ったのだ。フリィは奥さんとふたりでボローニャで暮らしており、セパラ夫妻がパリでサリーの一家と過ごしていた間、今回は忙しくて会いに行けないからと、電話で会話しただけだったそうだ。

雨がやんだのだろう、開け放した窓から鳥の声が聞こえ出した。

事件後のセパラとフリィ

私は前回スリランカを訪問した際に、コロンボの国立図書館で事件当時の英字新聞を見せてもらった。新聞に出てくるセパラの親族は兄サティヤパラとウィジェシンハ姓のふたりの叔父だけだ。セパラの父親ドン・デイビッド・エカナーヤカは、当時まだ健在でありながら、セパラに会いに来たという記事はない。父親とは六九年以来会っていないという記述さえあった。セパラの保釈金五〇万ルピー（約六〇〇万円）の用意ができないと嘆いていたのは、父ではなく叔父だった。また、姪のロヒニ・ウィジェシンハは、セパラは帰国のたびに親戚に会ったが、父親にだけは会おうとしなかったと新聞記者に対して語っていた。

幼時に母を失ったセパラは、カラトタ村の祖母のもとで育てられ、そこで小学校を出たあと、再婚した父のティッサマハマにある家から中学校に通ったが、父とも継母とも相性が悪く、ぐれてしまった。セパラの話はそこまでで、それ以上くわしく話そうとしなかったから、こうした家庭環境が彼の人格形成にどう影響したかは、想像するしかない。反動でフリィに対する強い愛情に結びついたのかも知れなかった。

セパラは刑務所に服役中、アンナから離婚手続きの書類を受け取り、それにサインした。合わせて、フリィに対する親権も失った。痛恨の思いであったろうと想像するが、無期懲役刑に服するかも知れない身であれば、致し方なかっただろう。

出所後、セパラはフリィに対してしばしば手紙を書いたそうだ。フリィの誕生日はクリスマスに近い一二月半ばだったから、誕生日とクリスマスの両方を祝うカードを送った。マドゥとの再婚についても手紙で伝えたようだ。九一年に娘サリーが生まれると、写真を添えて「きみの妹だ」と紹介した。翌年、弟ウィラマも生まれた。フリィは毎年、妹と弟が赤ん坊から幼児へ、幼児から少女らしく少年らしく成長する様子を知らされる。それはフリィがまだ見ない、遠く離れた土地に暮らす、もうひとつの家族だった。

マネル・アベイセケラ女史は自伝のなかで、一九九二年にセパラから電話をもらったと回想している。彼女はドイツ大使（任期中に東西ドイツが統一。兼オーストリア・スイス大使）の任務を終えて本省の政治局長の立場にいた。会話から、セパラが人生をやり直しているとわかって彼女はうれしく思ったが、息子に会いにイタリアへ行きたいとの相談に対しては、残念ながら願いをかなえて上げられないと断った。彼女は翌年退官した後もずっと気にかけていたのだろう、その息子がセパラを訪ねてスリランカに来た新聞記事を見て、とてもうれしく思ったと自伝に綴られている。

一九九八年二月、一九歳のフリィがひとりでスリランカを訪れたときの新聞記事*33がある。私が入手した情報の中で最も印象的で、何度も読み返した記事だ。写真を見ると、フリィは眉や髪の毛が黒く濃いところが若い頃のセパラに似るが、ラテン系の目鼻立ちであり、外貌はイタリア人と言っていい。彼は記者のインタビューに応じている。ハイジャック事件後初めてのスリランカ訪問であり、到着してまだ一週間目のインタビューだ。

ハイジャック事件についてフリィはかすかながら記憶していた。何が起きているかわからなかったとしながら、回想している。

「ぼくの声を聞いて、乗客を解放すると父が言い、そのあと解放されたらしいこと、それから、母に連れられた海辺で子どもたちと遊んだことを憶えています」

アンナが一緒にいたなら、コロンボのホテルの裏か、それともゴール・フェイス・グリーンの海岸だろうか。

父親不在の家庭環境で育ったことについて問われると、アンナが父親役もこなしたので特に寂しさを感じることはなかったと、けなげに語っている。

フリィは分別のつく年頃になって、母親から事件の詳細を聞いたという。

「母は包み隠さず話してくれました。ぼくは質問して、自分なりに時間をかけて納得しようとしました。事実として受け入れるしかないとわかっていましたから」

イタリアで暮らしていて、事件のせいで困ることはなかったそうだ。

「一六年も前の事件ですからね、親しい友人しか知らないですし、それが友情に障ることもありませんでした。なぜ父があんな事件を起こしたか、もし話したとしてもわかってもらうのは難しく、きっとそれは身内にしかわからないことなのでしょうね」

長い間フリィは父に会いたいと思いながら、まだ心の準備ができていないような気持ちでいたが、ある日何か霊感が働いたらしく、父に会わねばならないと強く感じたそうだ。

フリィは前年からドイツでコンピュータ・サイエンスを学んでいたが、母親の元を離れて暮らし出したことが彼を後押ししたのかも知れない。父に会いに行きたいというフリィの意向を聞いてアンナは反対した。事件は彼女にとってトラウマだったろう。しかし最後に彼女は了解したそうだ。息子には実父に会いに行く権利があるのだ。

「どんなふうに会おうかとか、なるべく考えないようにしていました。まわりの風景に集中したりしてね。どうやって父の見分けがつくだろうかと心配してもいました、長いこと会ってなかったですから。胸がどきどきするのを感じていました。でも、降りて来てすぐに父とわかりました。本能なのでしょうか。目と目が合って、あの顎ひげを見て。そのあとは固く抱き合ったことしか憶えていません」

フリィはバッタラムラにあるセパラの家で、彼の家族と一緒に寝起きした。彼はいくつかシンハラ語を憶え、食事は指を使って食べた。長年会わなかった親子でありながら、体の癖が似ていることに気付いたという。

サリーとウィラマはその頃まだ就学前後の年令だった。突然現れた兄に、彼らはどれだけ衝撃を受けたことだろう。やがてふたりがヨーロッパへ留学することになるのは、兄に感化されてでもあっただろうか。

「スリランカは自分のルーツであり第二の故郷だ」とフリィは記者に語っている。歓待されて、血の繋がりが確認されて、新たに故郷を認識したのだ。Ａ・Ｃ・クラークが感じ取って永住を決意した故郷とは多少違ったかも知れないが、期待した以上の何かを彼もまた見つけたのではないだろうか。

アンナをしのんで

窓の外を見ると、雨雲が去って空が明るくなっていた。セパラが喫煙するため庭に出た。私はひとり残ったマドゥに話しかけた。

「今回の旅行ではフリィに会えなくて残念でしたね。でも、彼ももう四〇歳ですものね」

わざわざパリまで出て来られないフリィに理解を示したつもりで私は言ったのだが、それを聞いてマドゥが何か言った。何を言ったか忘れてしまったのは、次に彼女が言った「彼の母が死んで」

というひと言に気を奪われたからだ。

「えっ?」と私は思わず聞き返した。彼の母とはアンナのことではないか。

「いつ?」と尋ねたところ、マドゥは正確には知らないと言った。私は動揺して、戻って来たセパラにも尋ねてみたが、

「知らない、数年前だ」としか言わない。私が重ねて聞くと、

「フリィがいつだったかそう言っていたんだ。胸の病気だったとか、この間は葬儀で忙しかったとか」とだけ、ぼそっと言った。

私は動揺して、しばらく言葉を失ってしまった。ふたりがどうしてこうも無関心でいられるものなのか不思議だった。せめていつ亡くなったか、命日くらい知っていてもいいのではないか。

その日私はセパラの家を辞してからも、ずっとアンナのことが頭から離れなかった。

翌朝、私は国立図書館を再訪して、古い新聞を見せてもらった。

一九八二年七月三日の午後、故郷に向けて凱旋しようと、セパラと兄サティヤパラを載せた車がホテルを出発し、アンナとフリィを載せた車も続いた。南に向かったが、夕方五時頃に検問所で止められる。彼らは全員逮捕され、コロンボの警察署に連行されて留置所に入れられた。フリィを膝の上に抱いたセパラが、アンナと並んで留置所らしい場所にすわっている写真が掲載されている。[*34]

アンナとフリィもそこで一夜を明かしたのだろうか。

翌日は日曜日のため、彼らは裁判所ではなく、コロンボの住宅街ナワラにある治安判事の官舎に連れて行かれた。判事の命令により、セパラと兄はマガジン拘置所に移送される。アンナとフリィ

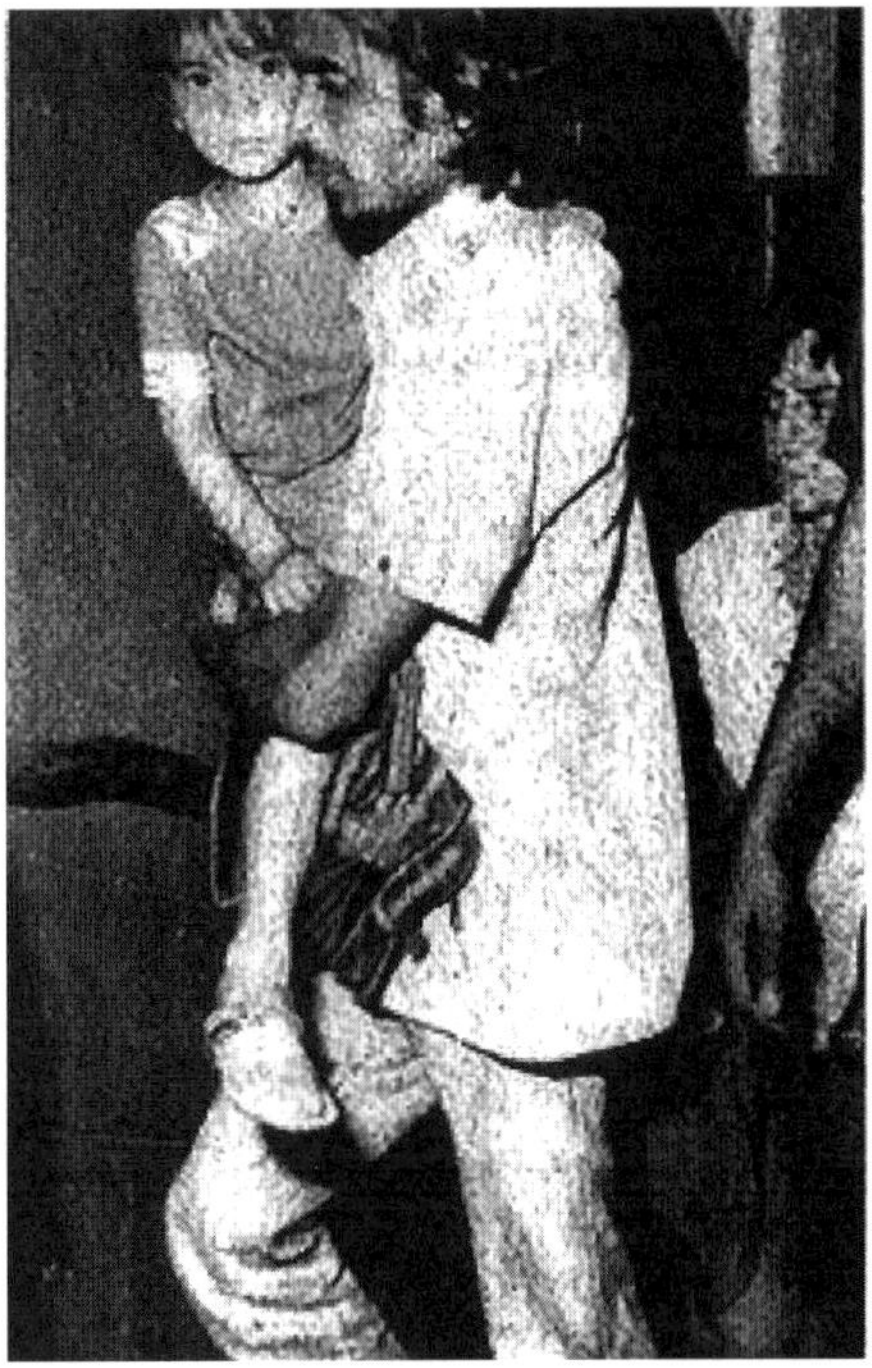

ハイジャック事件後、フリィを抱くセパラ。後ろにアンナが続いている（写真提供：セパラ氏）

は釈放され、パスポートも週明けに返還された。

　釈放された日曜の晩、アンナはドゥビアーゼ・イタリア大使と会食した。アンナは兄クローディオと四月にフリィを取り戻しに来たときも、この大使と会っていたかも知れない。大使は自国民のため最大限の保護をすると約束する一方で、アンナに帰国を促した。事件の取り調べのためバンコク経由で帰国するよう勧めたようだ。しかしアンナは滞在を続けた。コロンボの南、バラピティヤのホテルに宿泊した、とある。

　七月六日の火曜日、アンナはフリィを連れてマガジン拘置所を訪れている。アンナはセパラに対する調査に協力するため、まだ帰国せずにいた。アンナとフリィは結局、九日金曜日の午後のカラチ行きスリランカ航空便に乗って出国したが、その朝にもセパラを拘置所に訪ねている。つまり、アンナは一週間も居残って、少なくとも二度、面会に来たのだ。どんな話し合いがなされたのかと想像するが、決裂したのだろう。新聞記事によると、セパラの弁護士がフリィに対するセパラの親権を申し立て、フリィが出国できないよう裁判所命令を手配した。アンナはこの動きを察知し、フリィを連れて出国したのだ。

「服役中、わたしは離婚の書類にサインした。同封されていたレターには、ふたりの関係は金輪際切れたと書かれていた。ところが数年してから、彼女は金を無心するレターを送ってきた。わたしはそのレターを送り返した。その後彼女について知らない。フリィももう一緒に住んでいない」

　このインタビュー記事[*35]は二〇一四年一月のものだ。セパラの口吻《こうふん》には怒りがこもっている。セパラは娘の留学に伴いヨーロッパに旅行が可能になったが、もはやアンナと接触することはなかったのだ。フリィとはヨーロッパに行くたびに連絡を取ったそうだが。

　私は図書館で一九八二年の新聞記事のコピーを取らせてもらった。そこにはフリィを抱くアンナが写っていた。ホテルに帰ってその写真を見ながら、私はアンナを思った。しばらく見ているうちに、アンナに会いたかったという感情が胸にこみ上げてきた。私が本当に懐かしい思いを抱いていたのは、セパラよりもアンナに対してだったのではないか、とさえ思えてきた。

　私にとっての英雄は、ハイジャック犯のセパラなんかではなく、救出に来てくれたアンナだ。あの日朝早く、彼女は事件の発生を知らされ、国際電話で駐タイ大使から説得されて、決断した。息子を連れてローマ空港へ急行し、バンコク行きの航空便に飛び乗った。バンコクに到着するや否や、正常な状態ではなかったろうセパラを説得し、降機させるだけでなく、コロンボまでも同行した。そういった一連の彼女の協力のおかげで、私たち乗客乗員は全員無事に解放された。事件はほんの短時日で終わった。敢えて言うなら、茶番劇のような結末で済んだ。

彼女のゆっくりとぎこちない動作や固い表情といった印象しか、もう私の記憶には残っていなかったが、たしかに私は機内でこの女性を見たのだ、と私は写真を見ながらあらためて思った。ただ、あれが最初で最後だった。六〇歳を超えた彼女が、今もどこかで無事に暮らしていることを、私は漠然とながら願っていた。もう一度会いたいと申し入れるつもりなどなかったが、セパラと親交を重ねるうちに、何かの機会に、手紙ででも、挨拶してお礼が言えたら、と私は心のどこかで願っていたことに気づいた。もはやそれがかなわなくなったと思うと、私は無性に寂しい気持ちにとらわれた。

夜、私はセパラに連絡を取った。自分の気持ちがどこまで伝えられるか不安はあったが、精一杯の説明をして、せめてアンナの最期がどうだったか、いつどこで亡くなったか、フリィに確認してもらえないかと頼んだ。何なら私に、直接フリィと話をさせてもらえないかとも頼んでみた。

セパラの返事はすべてノーだった。彼も自分の感情をうまく説明できないようだったが、ひと言で言うと、彼は今でもアンナを許していないのだった。セパラとフリィは、ふたりきりのときでも、お互いにアンナの話題を持ち出さないようにしているのだそうだ。だから、フリィはアンナの病気や死去をわざわざ連絡したりせず、何かのついでに会話の端に上らせるだけにしたのだ。それだけに、いまさらフリィに問い合わせたりすると、彼を混乱させる。加えて、フリィのアンナに対する感情も複雑であるらしく、それゆえにフリィと会話してアンナの話を聞き出そうとするのもやめてくれ、彼は母のことを誰とも話したがらないから、とまで言った。

マドゥはアンナに会ったことはないが、アンナのことをよく思っていなかった。アンナは息子にセパラと縁切りさせようとして、ヨーロッパでスリランカ人に接触することを禁じたという。セパラと離婚したアンナは、警察官の友人と再婚しようとした。フリィの姓をエカナーヤカから自分の姓アルドロヴァンディに変えさせようとした。しかしどれも失敗したそうだ。フリィがセパラを訪ねてコロンボに来たとき、アンナがイタリアから電話してきたが、セパラは決して出ようとしなかった、など補足してくれた。

私はこの話題を彼らと議論するのをやめた。これ以上無理押しすると、ふたりとの交友関係が壊れてしまいそうに思えたからだ。セパラもマドゥも、私のアンナに対する思いは理解したと言ってくれたから、それでいいと考え直し、それ以上は立ち入らないことにした。

アヌラーダプラと英雄の石

アヌラーダプラの歴史

二〇一九年一一月の大統領選挙はゴタバヤ・ラジャパクサとサジット・プレマダーサの戦いになり、ゴタバヤ・ラジャパクサが勝った。得票差は一〇パーセントを超えていた。選挙戦の争点は爆破事件後の治安の回復、経済復興、民族対立の解消などであった。新聞記事によると、治安の回復を第一に願うキリスト教徒やシンハラ人仏教徒は彼に投票したそうだ。新大統領は公約通り、二〇一五年まで一〇年間大統領を務めた兄のマヒンダ・ラジャパクサを首相に指名した。このコンビによる強権的な政治が行われそうだが、国民がそれを選択したのだ。

私はもう一度スリランカを訪問し、コロンボのほかに地方にも旅行しようと考えていた。セパラ夫妻に連絡を取ったところ、年が明けたら再びヨーロッパに行こうと検討しているところだった。年明け早々に会えないかと私が申し入れたところ、混み合ったコロンボではなく、地方へ一緒に旅行しないか、と彼らは提案してくれた。相談した結果、アヌラーダプラへ旅行することで意見が一致した。

アヌラーダプラはスリランカの北中部州の州都であり、遺跡の町として知られる。なかには紀元前一〇世紀まで遡れる遺跡もあるらしい。町の名前は紀元前五世紀頃の史書に現れ、紀元前三八〇年には王国の首都が置かれた。紀元前三世紀にインド全土に広まった仏教がこの地にも伝えられ、その後は仏教の島として近隣に名声が伝わるほどに栄えた。

『法顕伝《ほっけんでん》（仏国記）』によると、中国の巡礼僧・法顕は仏教を学びにインドへ行った求法入竺旅行の帰途、西暦四一〇年から二年間、この島すなわち獅子国に滞在し、経典を入手した。法顕は七〇歳を超える高齢であった。

玄奘三蔵が七世紀前半の『大唐西域記』のなかで紹介している僧伽羅（シンガラ）国の描写は、まさにアヌラーダプラだ。玄奘三蔵本人がこの島を訪問したかどうかはわからないが、南インドの珠利耶（チョーダまたはチョーラ）国と達羅鼻毗茶（ドラヴィダ）国までは訪れたようだ。

彼らがこの地を訪れた頃、インド本土で仏教は衰微しつつあった。四世紀に国家統一したグプタ王朝は、ヒンドゥー教を国教化した。階位的秩序や系譜を重視するグプタ王朝の中央集権的封建制の政策は、ヒンドゥー教が基盤とするカースト制度に適合し、その強化に繋がった。カースト制に反対した仏教やジャイナ教は弱体化してゆく。仏教はそれでも長く命脈を保っていた（一二〇三年、当時の拠点だったヴィクラマシラー寺院がイスラム教徒によって焼き払われ僧侶が虐殺されて、仏教は表面的には姿を消す）。六世紀になるとグプタ王朝が衰退し、インドは乱立時代に入る。ランカー島はインドから再三侵略された。アヌラーダプラはタミル人との抗争の歴史が刻まれた古都でもある。一一世紀初頭、インド南部のチョーラ王国の国王ラージャラージャ一世がこの地を占領。シンハラ王朝は南東のポロンナルワに首都を移す。のちにタミル人たちはアヌラーダプラから駆逐されたのだが、この都はその後何百年も放置されていた。本格的な発掘は一九世紀後半からなされ、数多くの遺跡が発掘され、仏寺が再興されて、一九八二年にはユネスコの世界遺産に登録された。

アヌラーダプラ訪問

コロンボでの用事を済ませた私は、朝早くコロンボのホテルをチェックアウトし、運転手付きのレンタカーに乗ってコッタワのセパラ夫妻の自宅で彼らをピックアップし、アヌラーダプラに向かった。かろうじてホテルの昼食の時間帯に到着できた。ホテルはヌワラ・ウェワという名の、まるで自然の湖のように大きな貯水湖のそばにあり、日陰に入るとそよ風が涼しかった。

私たちは気温の下がった夕方や早朝の時間帯に古寺や遺跡を訪れることにして、暑い日中の間はホテルで過ごすことにした。夫妻が部屋で休息している間、私はひとりで考古学博物館を訪れた。

夕方、セパラ夫妻の案内で出掛けた。セパラ夫妻にとり、新婚旅行で訪れたアヌラーダプラは思い出の場所だ。今年は結婚三〇周年にあたる。年明け早々に再訪できてよかったとマドゥが言った。セパラは選挙運動のためこの界隈に一カ月半滞在したことがあり、それ以降も何度か訪れているらしかった。まずスリー・マハー菩提樹を訪れた。仏陀が悟りを開いたブッダガヤの菩提樹の分枝が、インドのアショカ王の王女サンガミッターによって持ち込まれ、当地に根付いたと伝えられている。菩提樹は囲いのなかにあり、僧侶しか近づくことができないようだった。周囲の硬い地面に私はすわった。隣ではセパラ夫妻がピリット・ノートを開いて、静かにガータを唱えていた。そのあと私たちは近くの巨大な白い仏塔、ルワンウェリ・サーヤ大塔にも参拝した。夕闇のなか、近辺を散策してから、夕食のためホテルに帰った。

夕食を終えた頃を見計らって、私はその日の午後に考古学博物館で発見したことを紹介しようとして、その前に、どうして考古学博物館を訪問したかの説明から始めた。

中村元博士の「英雄の石」

中村元博士の著書『古代インド』には、最後の方にスリランカに関する記述があり、セレンディップというセイロンの語源が紹介されていることは、先述の通りだ。

ある年の八月、博士はセイロンを訪れ、アヌラーダプラで考古学博物館を見学した。その記述を引用する。

〈アヌラーダプラの博物館にはいろいろのものが展示されているが、とくに、戦士の自決をたたえる浮彫りがある。日本の自決（切腹）と引き比べて興味深い。ある将軍（セーナーパティ）がじぶんの刀で自分の首を斬る浮彫り（一二世紀）である。その部屋に婦人像が二つあったが、やはり自決した人々なのであろうか。

これらは「英雄の石」と称せられるものであるが、他の一つの「英雄の石」（アヌラーダプラの近くで発見）には戦争の場面が刻出されている。そこでは戦士たちが弓や刀をもって戦っている。上の方には仏像が刻せられていて、戦死者が天に生まれて神となり、仏の近くに坐すという思想を表現している（一〇世紀）。これをセイロンのことばでヴィルパットゥ（vilpattu）またはヴィーラガラ（viragala）という。

これは中世南インドにおける「英雄の石」（virakal）に対応するものであり、おそらく南インドからはいってきた風習であろう。戦場で勇敢に戦って死んだ武士が、死後天に生まれるという思想は、インドでは「リグ・ヴェーダ」から「バガヴァッド・ギーター」にいたるまで表明されているが、ここでは、この博物館の考古学者がいうように、上座部仏教と結びついているのである。日本では仏教、ことに禅が武士道を基礎づけたが、セイロンでも、異なったかたちで武士道が仏教とむすびついたのである。〉

南インドに一般的な「英雄の石」の風習と思想をシンハラ人も取り入れようとして仏教と結びつける形で石碑にした、というのが中村博士の発見である。

私はこの箇所を読んで、なるほどと、ＬＴＴＥの兵士たちが果敢に自爆テロや青酸カリの服毒をした背景を見つけた気がした。インド古来の、殉死者を英雄と崇める文化、とでも言おうか。調べてみると、ヒーロー・ストーン（英雄の石）と呼ばれる浮彫り（レリーフ）の石碑はインド全土に見られ、特に南インドに多く、数にして数千が紀元前三世紀から一八世紀までの長きにわたり建てられたという。ヒンドゥー寺院や戦場の跡地に特に多いが、農耕地や河川の堤防などでも見つかるらしい。寺院や戦場にある石碑は、戦死者の名誉を称え記録するため王族や家族が建てたものだ。戦争と戦死者について記された碑文と、戦場の様子や、戦死者がアプサラ（天女）により天に連れられる場面、ヒンドゥー神を崇拝する姿などが浮彫りにされている。今でも礼拝者が花や供物を供えて崇拝している石碑もあれば、見捨てられ埋もれていたり、風雨に浸食されてしまったものもある。

中村博士はほかにも関連した文章を残している（『春秋』一九八二年一二月号巻頭）。以下に引用する。

〈「切腹」と「玉砕」というと、顕著に日本的な現象である、と人々は考える。しかし、そうではない。実はインドの思想史において極めて重要なのである。

南インドのハイデラーバードの古城の中にある博物館には「英雄の石碑」（ヴィーラ・カル）と呼ばれる石碑が並んでいる。「ヴィーラ」とはインド一般に「英雄」のことをいい、「カル」とはテルグ語で「石」のことをいう。特に一二〜一五世紀のものが多い。当時の南インドの武士は、自分の任務を遂行して、失敗があった場合には、責任をとって自殺した。世人はかれらを讃めたたえて「英雄」と呼び、かれらの死を記念して、その武士の彫像を刻んだ彰徳碑（石板）を建てた。

（中略）　現地の学者は「これは日本のハラキリのようなものです」と説明する。刀を以て自分の首を刎ねたという場合が多いが、なかには本当に文字どおり切腹しているすがたの像もある。彫刻によると、かれらは神々に迎えられている。（中略）
玉砕（「ジャウハル」という）はインドでしばしば行われた。篭城して戦い、ついに戦いは利あらずと見るや、男はすべて出陣して全部戦死し、婦女子は火に身を焼くか、井戸に身を投じて全滅した。インドの歴史記念館はこの玉砕の精神を大いに讃えている。（中略）
ところで、このように重要な思想的背景が、いわゆる「インド思想史」の類には、さっぱり取り上げられていない。〉

このあと中村博士は、専門家の学問的研究は現実のインド人にゆきわたっている思想から乖離があると指摘して、自分も含めて反省を促している。

インドの博物館の情報サイトを見ると、中世の石碑に描かれた自刃の場面としては、左手で自分の髪の毛をつかみ、右手に持った剣で自分の首を斬るという図柄が多いそうだ。身体の他の部位と共に自分の首をヒンドゥー神に献上する場面だという。中村博士がアヌラーダプラの博物館で見た将軍の像も、同様のモチーフだったのではないだろうか。

この切腹ならぬ自刃を、一三世紀後半の『東方見聞録』のなかでマルコ・ポーロが、〈セイラン島のあとに訪れた大インドのマアバール地方の王国の風習〉として紹介している。悪事を犯して死なねばならなくなった人物が、神の栄光のため死ぬのだと叫びながら町中を練り歩き、いざ裁きの場に着くと、死ぬまで短刀を自分の身体に刺し続けたという。火葬される夫の亡骸に夫人が身を投じて焼かれるのが賞讃された、とも記されている。マルコ・ポーロが実見したかどうか不明だが、伝聞であったとしても、黄金の国ジパングの記述ほどには、事実からかけ離れてはいないように思える。

考古学博物館における発見

ここまで話したところでセパラがさえぎって言った。

「そんな玉砕なんていう考え方はシンハラ人にはないと思う。ましてや、自爆テロなんて発想はない」

そうであろう。最近の内戦にあっては、シンハラ人は多数派で官軍であり、最新鋭の武器を豊富に使って優勢に取り進めることができたのだから、玉砕や自爆テロを考える必要はなかったろう。しかし、一〇世紀頃のアヌラーダプラをめぐる攻防戦では、優劣が逆だったようだ。強大なタミル軍の前で劣勢に立たされたシンハラ軍は、兵士を鼓舞するために、南インドの英雄の石の思想を取り入れなければならなかったのだ。将軍は自刃を覚悟せよ、兵士は戦死すると仏陀のもとに行く、と教えようとして。そしてそれでも敗退して、この地から撤退せざるを得なかったのだ。

「自爆テロなんて発想はない」とセパラが言ったに対して、「ハイジャックは自爆テロの変形ではないか」と私は自説を投げかけてみた。機内の犯人は自死を覚悟の上で、爆弾を爆発させて乗員乗客を巻き添えにすると言って脅迫する。セパラの場合、偽の爆弾を使った、はったりの脅迫だったが。

「もし本物の爆弾だったとしても、爆発させる気なんかなかった」とセパラは言い、そもそもハイジャック犯にとり、脅迫が効かない、つまり要求がかなえられずに爆破してしまっては元も子もないはずだ、という意味のことも言った。そうだったろう、九・一一事件でハイジャックが究極のテロ手段に変質するまでは、と私は思った。

そんな会話も交えたあと、私は考古学博物館における発見に話を進めた。

博物館の館内や中庭に、さらに裏手にあるオープンな展示場にも、文字や図柄が浮彫りされた石碑（レリーフ）が多く展示されていた。私は順番に見て回ったのだが、中村博士が紹介していた石碑が見当たらないように思った。二度見回ったあと、私は館内のオフィスを訪れ、事務員たちに問い合わせた。展示物について何でも質問に応じるという女性のマネージャーがいたので尋ねてみたが、そんな石碑はないという。戦場における戦死、剣を持つ兵士、自刃する将軍、戦死者と仏陀像など、私は思い出す限りの石碑の特徴を述べたが、彼女は首を傾げている。五〇キロほど南のカラーウェワにヴィジタプラという寺院があり、そこに「剣の石」と呼ばれる石がある、と男性の係員が教えてくれた。私はその場でネットを利用して調べてみたが、それは刀剣を研ぐための大きな砥石であり、石碑ではなかった。

それでも彼らは親身になって相談に乗ってくれた。館内の他の部署にも声をかけて尋ねてくれた。すると、作業員風の男性が現れ、あれのことではないか、という風な感じでシンハラ語で話し出した。その場の人たちがうなずいたり声を挙げたりしたので、ようやく彼らは何かを思い出したようだった。

しばらく待つよう言われて、私はひとりオフィスに残された。彼らは戻って来ると、ついて来るよう私に指示し、博物館の裏へ回った。レリーフが並べられた展示場の方に向かったので、そこは先ほど何度か見たと言おうとしたら、そのまま突き抜けて、奥にある倉庫のような建物へ向かった。建物の手前には、トタン屋根がさし掛けられている資材置き場のようなスペースがある。これではないか、と彼らが指さした先には、石碑が横たわっていた。かぶせてあったシートを取り除いたばかりの様子だ。

刀や槍を持った六人ほどの兵士が、戦闘中か戦死したのかわからないが、それぞれ上下左右の向きがばらばらに描かれていて、その上部とでも言うべき位置には、両脇に弟子を侍らせた仏陀らしき座像が描かれていた。兵士が描かれている下部が割れてしまっていて、割れた部分が上辺に置かれていた。

「ヘブン（天国）と戦場が描かれている」

マネージャーの女性が解説してくれた。私はまさにこれだと確信した。

「どうしてこんなところに置かれているの？」

私が尋ねると、置き場所がないからだと、先ほどの作業員風の男が答えた。割れた下部を修理しようとしていたのだろうか。まわりには機材が置かれていて、近づくことができない。写真を撮ってはいけないと注意されたから、私はデッサンだけにした。

自刃する将軍の石碑はないかと重ねて尋ねてみたが、ないという返事だ。マネージャーの女性は、私が言い出したわけではないのに、「ハラキリ」という言葉を多用した。しかし彼女は、ハラキリの像には思い当たらないと明言した。

中村博士の『古代インド』が最初に出版されたのは一九七七年のようだが、帰国後に調べ直したところ、博士のスリランカ訪問はさらに古く、一九六三年八月、セイロン大学で講義のためと判明した。一九六三年といえば、シリマウォ・バンダラナーヤカ政権下、公用語法の影響が深刻化していた頃だ。行政や司法で使用される言語がシンハラ語に限られたため、公務員に占めるタミル人の割合が、一九四九年には四一パーセントだったところ、この年には七パーセントに縮小していた。ただ、北部州と東部州のタミル人が行う抵抗運動は、まだ非暴力・不服従のサティヤグラハ運動が中心だった。七〇年代に入って新憲法が分断と差別を徹底させた。抵抗運動は武力闘争に発展し、やがて内戦状態になってそれが長く続いたが、その間のどこかの時点で石碑は撤去されたのだろうと私は想像した。たぶんセパラが言うように、シンハラ人の文化ではないとして。

セパラとタミル人

セパラには、私が石碑を通してタミル人の心情を推し量ろうとしていることが不思議に思えた様子だった。大国を相手にした戦争で玉砕や特攻を行った歴史が日本にはあるからか、と勘繰って問うた。私はそれもあるかも知れないと思ったが、少数で劣勢を余儀なくされたタミル人がどうしてあのような破滅的な戦法に向かったのか、何が二百数十人もを自爆に駆り立てたかを知りたいと思ったから、と答えた。

逆にセパラがタミル人に対してどのような思いを持っているかを私は尋ねた。この話題を取り上げるなら一九八三年の「暗黒の七月」に触れないわけにいかないだろうから、微妙な問題とは思った。あのとき、セパラが収監されていたウェリカダ刑務所で騒動が起き、収監されていたタミル人が虐殺された。セパラが騒動を先導していたとする新聞記事があった。思い切って私は、記事についても尋ねてみた。

「両手に生首を下げているのを目撃した、なんていう記事まであってね」

そう言ってセパラは苦笑した。首が切られていた死体の報告はなく、彼は調査委員会や裁判所に出頭を命じられることもなかった。記事はすべて事件後数年してから書かれた、中傷目的のものだと彼は補足した。

南部州で生まれ育ったセパラは、身のまわりにタミル人との利害の衝突など感じることはほとんどなかったという。怒りや恨みどころか、パスポートを取るために一肌脱いでくれたタミル人技師に恩義を感じているくらいだった。そのあとセパラは一〇年以上ヨーロッパに暮らし、ハイジャック事件のあとすぐに逮捕され収監されたから、タミル人との衝突を経験する間などなかった。しかしながら、彼はハイジャック犯として刑務所のなかでも有名人であり、英雄扱いされていたという。暴動を起こした看守や囚人が放っておくはずがなかった。酒が振る舞われ、煽り立てられた。もうよく憶えていないとセパラは言った。

ことは刑務所の内側だけではなかった。コロンボのボレッラ墓地から全土に広がったあの忌まわしい騒動は、巧妙に計画され扇動され、数十万人が加担し、数十万人が被害にあった。責任の所在があいまいなまま時代は進行し、内戦状態に突入した。

私はそれ以上、追及することはしなかった。どこの国にも虐殺の歴史や負の歴史がある。事実は事実として、フタをしたり正当化したり書き替えようとしたりしないことが大事だと思った。

ヌワラ・ウェワの湖畔で

マドゥはしばらく席を外していたが、月がきれいだからと、セパラと私を散歩に誘いに食堂へ戻って来た。私たちはマドゥのあとについて、ホテルの食堂から裏庭を通り抜け、土手を上って湖岸の散歩道に出た。ヌワラ・ウェワ湖の上、雲のない東の空には、あと少しで満月になりそうな月を望むことができた。夜風が心地よかった。散歩しながらセパラは、この貯水湖が建造されたのは帝政ローマ時代の水道と同じくらい古い、この国の文明はそんな昔から栄えていたのだと解説した。私たちが歩く湖岸の土手の散歩道は、一周5キロほどあるらしい。遠く対岸には、まぶしく照明が光っていた。セパラはそれが、聖地マヒンタレーの岩山だと教えてくれた。

この国に仏教聖地は多いが、ここアヌラーダプラと中部のキャンディは、シンハラ人が最高位の聖地と仰ぐ場所だ。そこをLTTEは攻撃したのだと、セパラが回想した。

一九八五年五月の満月の日、テロリストの一団はバスをハイジャックして、アヌラーダプラの中央バス・ターミナルに乗りつけて銃を乱射し、次にスリー・マハー菩提樹のまわりでポーヤ・デイ（満月のお祭り）を祝う人々を狙い撃ちし、さらに警察署を襲撃。一四八人が犠牲になった。LTTEは、多くのタミル人市民が政府軍の犠牲にされたことへの報復だとした。政府軍は襲撃を受けるたびにタミル人の民間人に仕返しをしていたから、というのだ。翌日、政府軍はそのまた報復として、ジャフナ半島でフェリーに乗船していたタミル人市民四八人を殺害した。一般のシンハラ人市民にとって、このアヌラーダプラの虐殺事件は衝撃的だった。「暗黒の七月」から二年ばかりの間に、恨みが恨みを呼び起こし、増幅し合い、復讐が復讐を塗り替えてゆく最悪の連鎖が出来上がっていた。治安維持に困窮したジャヤワルダナ大統領はこの直後、インドでラジヴ・ガンディー首相と協議し、タミル人との和平交渉の可能性を探ろうとしたのだった。

セパラが出所した一九八九年は、プレマダーサ大統領の時代だった。ジャヤワルダナ大統領の置き土産であるインド平和維持軍は翌年に撤収。LTTEとの停戦と和平交渉は間もなく終わってしまい、再び戦争状態に突入した。九三年、プレマダーサ大統領がLTTEに暗殺された。翌九四年の総選挙にはセパラも加勢した。チャンドリカ・クマラトゥンガ政権は和平交渉を図ったが、LTTEは交渉を有利に進めようとして自爆テロ攻撃を多用した。和平交渉は決裂し、戦争が再開された。セパラは政権に失望し、政治に関わらなくなった。

LTTEの自爆テロ攻撃は激しさを増した。それはコロンボにも及び、九六年一月末には中央銀行が襲われて多くの犠牲者が出た。九八年一月、LTTEはついにキャンディの聖地・仏歯寺を襲撃した。早朝、ブラック・タイガー部隊の三名が数百キロの爆弾を積んだトラックで仏歯寺に突撃し、付近の建物や人々に甚大な被害を与えた。仏歯寺を標的にしたことは、シンハラ人仏教徒の決定的な怒りを買った。

LTTEはさらに空挺部隊も擁し、地上のブラック・タイガー部隊と協同して二〇〇七年一〇月、アヌラーダプラにある政府の空軍基地を襲撃。航空機やヘリコプターなど一八機を破壊した。

セパラは湖の対岸の右手に見える赤い光の点滅を指さした。その飛行場だと言った。

そんな激しい攻撃をLTTEは実行する一方で、ある時期ジャフナではイーラム、すなわち自分たちの独立国の夢を実現しつつもあった。[*36] 男女同権を進め、ジェンダーやカーストによる差別を犯罪とする民事法と刑事法を制定し、警察と司法のシステムを構築した。郵便局、銀行、テレビ・ラジオ局なども設営した。女性開発センターを開設し、婦女子に対して人道支援、職業訓練、心理的カウンセリング、児童保育といった社会福祉を実施していた。こういった社会サービスは地域社会の草の根的支援と忠誠を獲得した。ただ、LTTEは並行して脅迫と暴力も使い、兵士を募るにあたり志願を強要することもあったそうだから、地域社会を巧みに利用していたと言えなくもない。

セパラはプラバカランについて、軍事指導者としては卓越していたと思うが、十分な教育を受けておらず、本人もそれがわかっていて教養のある幹部をまわりに揃えたが足りなかったのだ、という自説を訥々と述べた。

発祥がテロリスト集団というところに限界があったのだろうか。外国軍の侵攻・駐留を相手にする抵抗運動なら別かも知れないが、中央政府軍を相手に単発のテロ攻撃をいくら重ねたところで、根本的な勝利にはならないだろう。どこかで妥協点を見出して、自治組織として実質的にイーラムを実現することはできなかったのだろうか。何十万人もの犠牲者を出した挙げ句に壊滅させられたというのは、返す返すも残念でならない。そう私が言うと、セパラも頷いた。彼にはチャンドリカ・クマラトンガ政権時に何かできなかったのかという悔恨の思いが残っているように、私には感じられた。

湖面に映る月を愛でながらのんびり歩いていた私たちは、散歩道が林に入ったところで、ホテルの方角へ戻ることにした。

勝利の仏塔サンダヒル・セヤ

翌朝、東の空は明るみ始めていたが、まだ暗い時間に、私たちはホテルを出発した。イスルムニヤ精舎という、巨大な岩の上とそのまわりに建てられた、紀元前三世紀には僧房だったという寺院に向かった。周囲は明るくなってきたが、寺院の入り口には警備員と犬がいるだけだった。

私たちは裸足になって冷たい岩の上を歩いた。岩の頂上からはアヌラーダプラの町を見渡すことができる。東西と南に大きな貯水湖を三つ望み、そのまわりを森の緑と朝靄が囲んでいた。

岩から降り、寺院の敷地をあとにして、私たちは道なりに北へ向かって歩いた。前方には昨夕訪れた白くて巨大な仏塔が見える。まだ自動車も三輪タクシーも走っていなかった。

しばらくすると左手に広い敷地が現れた。私の手持ちのガイド・ブックには何も載っていない。制服姿の軍人が三〇人ほどたむろし、このあと朝礼か何かが行われるのを待っているようだった。敷地沿いに歩いてゆくと、建設中らしい巨大な仏塔のそばへ着いた。「サンダヒル・セヤ」という名前のストゥーパ（仏塔）だと説明書きが立てられていた。勝利の仏塔という意味らしい。完成すると高さ八五メートル、外周二四四メートルになるという。外観はすでにほぼその規模に達しているように見えた。

セパラは門番の兵士と二言三言会話すると、了解を得たらしく、敷地内に入った。靴は脱がなくていいと言われ、私もすぐあとに続いた。セパラは仏塔の手前に設えられた祭壇の前で仏陀像に合掌してから、鉄骨の階段を登り始めた。見上げると階段はジグザグに何度も往復していて長い。セパラはついて来るようマドゥと私に声をかけた。

鉄製の手すりをつかみながら階段を登った。露で手すりが濡れていて、手のひらに赤い錆びがついた。炎天下だったらとても登れないところ、まだ陽射しがきつくないのを幸い、私たちはゆっくり時間をかけて階段を登った。天辺は平面で思ったよりも広く、建設資材がところどころに置かれた状態だった。地上からの高さはイスルムニヤ精舎の岩の頂上を上回るため、先ほどよりさらに周囲を遠望することができた。まぶしい太陽が暑熱を発し始めていた。朝靄が晴れて森の緑が濃密になり、近くの白い仏塔が際立って見えた。

現れた兵士と会話して、セパラが私に説明してくれた。この仏塔は国防省の管轄であり、そのため周囲に軍が駐屯しているのだった。

勝利と名付けた仏教モニュメントを建設するとは、敗者に対する思いやりに欠けやしないか。そんな疑問をセパラにぶつけたところ、テロとの戦いに勝利したことを記念してだ、敵も味方も関係なく犠牲者すべてを弔うためだと言った。

私は既視感にとらわれていた。これに類する疑問をどこで感じたか、しばらくして思い出した――。

二〇一〇年六月、内戦が終結して一周年を祝う式典が行われた。コロンボの海岸沿いのゴール・フェイス・グリーンが会場になり、軍事パレードには戦車やジェット戦闘機も投入された。祝賀スピーチを行ったのは、絶頂期のマヒンダ・ラジャパクサ大統領である。内戦終結を達成した勢いに乗って、彼は前倒しの大統領選挙を実施してこの年から二期目に入り、四月の総選挙でも彼が率いる連立与党が圧勝していた。

内戦が終わった五月一八日は、「ヴィクトリー・デイ（勝利の日）」と呼ばれた。政府軍がテロ集団に勝利した日だから、そう命名されたのだ。政府軍の功労と勝利を讃える祝典だった。

マヒンダ・ラジャパクサ大統領の三選を阻止して二〇一五年に就任したマイトリパーラ・シリセナ大統領は、この日の名前を「リメンブランス・デイ（戦没者追悼の日）」に改めた。[*37] タミルやシンハラといった民族の分け隔てなく、また、戦士だけでなく市民も含めて、国家の統一を守るため犠牲になったすべての人を追悼するというのが改名に込めた意味である、と彼はスピーチした。戦勝よりも民族の融和を重視する姿勢はおおむね歓迎された。国家の統一を破壊しようとした反逆分子は追悼の対象にしないという意思が、スピーチから読み取れた。

コロンボで式典が行われる一方で、北部・東部のタミル人が多く住む地域では、終戦記念日の前後、厳重な警戒態勢が敷かれ、タミル人は追悼の式典や集会が禁じられた。五月一八日はプラバカランの命日でもあり、一一月二七日は先述のヒーローズ・デイなのだが、ＬＴＴＥメンバーの殉死者を公に弔うことは許されていない。追悼の対象を一般市民の犠牲者に限定し、ＬＴＴＥメンバーを含めないから、と言っても許可されないそうだ。戦争に負けた側は戦死者を弔う式典をしてはいけないのだろうか。

サンダヒル・セヤ仏塔の屋上を歩きながら、私は何かしっくりこない思いのまま周辺の景色を眺めて回った。下の道路では車の往来が多くなっていた。活気ある騒音がアヌラーダプラの市街地の方から聞こえていた。

マドゥが私を呼ぶ声がした。

「そろそろホテルに帰って朝食にしましょう。暑くなってきたわ」

二〇メートルばかり離れたところにマドゥがいた。降り口は登り口とは別の位置にあるのだ。セパラはもう鉄骨階段を降り始めているようだった。

スピーカーから読経の声が聞こえてきた。広場の外れでは兵士たちが集合して並んでいる。何か儀式が始まるらしかった。

コッタワのセパラ宅にて

アヌラーダプラからコロンボに戻る

サンダヒル・セヤ仏塔から降りた私たちは、三輪タクシーを拾ってホテルに戻った。日中はホテルで休み、夕方涼しくなってから再び出かけ、沐浴場の遺跡や古い仏像や仏塔を見て歩いた。ホテルに帰って夕食を取っている最中に、アヌラーダプラ市長がセパラに会いに来た。昼間セパラ夫妻が表敬のため市庁舎を訪れたが不在で会えなかったらしく、それで夜になって市長の方から会いに来たのだった。彼らの会話は夜遅くまで続きそうだったので、私は先に失礼させてもらった。

翌朝、私たちは暗いうちにアヌラーダプラのホテルを出発して、もうひとつの古都キャンディを訪れ、仏歯寺に参詣した。ポーヤ・デイ（満月の日）だったため参拝客が多く、私たちは早めに切り上げてコッタワのセパラの家に向かって出発し、夕方、来着した。その晩の夜行便に乗る予定の私は、彼らの家で何時間か過ごさせてもらうことにしていた。ここは空港へ行くには便利な場所なのだ。

別れの前に

今、私はセパラの自宅で彼と向かい合っている。夜の八時を過ぎていた。

夫妻は次の日曜日から三カ月間もヨーロッパで過ごす予定である。私とアヌラーダプラへ行く予定を確認してから、娘夫婦はちょうどその一週間後の週末に出発する日程でコロンボ―パリ間の往復チケットを送ってきたのだそうだ。随分と親思いの娘だと思ったが、孫の世話をしたいマドゥと息子の面倒を見てほしい娘の思惑が一致したからのようだ。マドゥは毎日テレビ電話アプリを使って娘と孫と会話するくらいに入れ込んでいる。

セパラは私が持参したブランデーを楽しんでくれている。庭でひと仕事し、先ほど夕食を済ませたところだ。彼の就寝時刻は九時だから、あと一時間しかない。私のタクシーも九時少し前に来るよう予約してある。マドゥは奥の部屋で誰かと電話しているらしく、壁越しに声が聞こえていた。

「しかし、ジャヤワルダナの時代に何もかも変わってしまい――」

私が昼間ジャヤワルダナの評伝を読んだ感想を話したのを思い出したらしく、セパラはそのとき披瀝した自説を蒸し返した。ジャヤワルダナ大統領の時代にこの国が経済的に発展したのは事実だが、一方で多くのものが失われてしまったと彼は嘆く。古き良き時代のスリランカを懐かしむのだ。

「年を取ると、前のように旅行するのが億劫になってしまって」

いまさらどこかよその国へ行きたいわけでもないらしい。だから、三カ月間もヨーロッパに、しかもまだ寒い時期に滞在することに、気乗りしないようだ。孫といつでも一緒にいたいと願うマドゥと彼は違うのだ。

「若いときは一年の半分近くを旅して暮らしていたからって、いまさら……」

娘のサリーは父に対して、昔のようにヨーロッパ中を旅行して回ったらいいじゃないかと提案しているそうだ。

コッタワのセパラ宅にて語り合うセパラと筆者

「この国にいるのが一番いい」

世界中を回ったが、スリランカにいるのが一番いいという結論に達したそうだ。

「でも、フリィに会えますね」と私は言ってみた。フリィの話題に触れるのはずっと避けてきたのだったが、あと一時間もしないうちに失礼するのだから、もういいだろうと思ったのだ。セパラは黙ってうなずくだけだった。

「サン・チェザーリオでしたっけ？」

沈黙が続いたところで、私は用意していた変化球を投げてみた。古い新聞記事から拾った地名だった。ハイジャック犯はアリタリア航空機内で客室乗務員に対し、機長に渡すように言って紙を託した。そこには犯人の要求が列挙されており、筆頭にイタリアのモデナ県の住所が書かれていたのだ。セパラはサン・チェザーリオの正式名称を口にした。

「いつまでたっても変わらない、美しい町だった」と言った。

ヨーロッパ旅行を再開してから、行ったことがあるらしい。

「ボローニャからも近い」と彼は続けた。フリィが暮らすボローニャ市からも近いという意味に違いなかった。

それ以上彼は話さなかった。だから彼が今回ヨーロッパに行った際に立ち寄ってみるつもりかどうかはわからなかった。サン・チェザーリオに行けば、あるいは行かないまでもボローニャでフリィに会えば、そこに暮らしていた当時のことを思い出すことだろう。美しい町の記憶。一緒に暮らしていた頃の家族の記憶。

あの町で一緒に暮らせていたら……という悔恨の思いに苛まれるのかも知れない。アンナに望みを断ち切られたという苦渋の思いがあるのだろうと私は想像した。しかしそのアンナが亡くなったのだ。彼の心境に少しずつ変化が生じてやしないだろうか。

私はいつの日かイタリアに旅行して、その町を訪れてみようと考えていた。町角に立ってアンナをしのび、せめて黙とうでも捧げよう、という考えだ。すでに亡くなって久しいようだから、急ぐ旅ではないとも考えていた。

そんなつもりでいることを、私はセパラに言おうかとも考えたが、言わないことにした。いつかそんな会話ができるかも知れないが、今ではないような気がした。

奥からマドゥが現れた。タクシーの運転手から電話があり、あと五分以内に着くのだそうだ。

「次回は八月ね」

マドゥが念を押すように私に言った。サリーの一家とウィラマが、揃って七月末から五週間も帰ってくるのだ。

私は大きくうなずいて、皆さんにお会いできるのが今からとても楽しみだと述べた。

お互いに「いい旅行を」と言い交わしながら、私たちは玄関口に出た。門の先の暗い坂道に、タクシーらしい自動車のヘッドライトが見えてきた。

エピローグ

二〇二〇年一月、私がスリランカから帰国した数日後にセパラ夫妻はパリを訪れ、サリーの一家に合流したのだが、時期をほぼ同じくして新型コロナウイルスの流行により世界中が混乱し出した。外出規制や入国制限と言った動きを見て、夫妻はフランス国内に居続けることは得策でないと判断し、二月になって早々に帰国した。再入国には問題なかったが、政府の指示に従い、ふたりは自宅で一四日間謹慎して過ごしたそうだ。

ヨーロッパで暮らす彼らの子どもたちは皆、サリーの一家もウィラマもフリィも、無事にしているとの連絡を受けている。ただ、サリーの一家とウィラマが八月に帰省する予定は延期された。来年四月に変更したとの連絡だったが、ウイルス騒ぎがいつ収束するかわからず対策もはっきりしないなら、さらに延期されるかも知れない。

セパラ夫妻の家に子どもたちの家族が集う日が早く到来することを願ってやまない。家族再会を祝うために、私もコロンボに駆けつけるつもりだ。

スリランカ政府は三月一九日からすべての商用便の受け入れを停止した。いつ解除されるか一向にわからない状態だから、私は次にいつスリランカに旅行できるかわからないでいる。新型コロナウイルスが猛威を振るった北イタリアに旅行することもまた、いつになるかわからない。がんの手術後五年が無事に経過して不安が薄れた私にとって、旅行ができないのは残念な状況である。

五月一九日はLTTEとの内戦の終結が宣言された記念日である。あれから一一年目にあたるこの日、「ウォー・ヒーローズ・デイ」の式典が行われた。[*38] 会場は首都スリ・ジャヤワルダナプラ・コッテの国会議事堂を湖越しに望む、記念碑の建つ広場である。映像を見ると、新型コロナウイルスに配慮して、参加者は大統領を除いて皆マスクをしていた。

この記念日は先述した通り、マヒンダ・ラジャパクサ大統領のもとで「ヴィクトリー・デイ」（戦勝記念日）と命名されたが、二〇一五年にシリセナ大統領のもとで「リメンブランス・デイ」（追悼の日）と改称され、民間人を含めて民族の区別なしに犠牲者すべてを追悼するとされた。今またゴタバヤ・ラジャパクサ大統領のもとで、戦争の英雄を記念する日に戻されたようである。犠牲になった陸海空軍と警察の約二万九〇〇〇人が追悼の対象とされた。大統領のスピーチは、国家の安全と統一を妨げようとした分離主義のテロリストとの戦争に対する勝利を讃えたが、民族や組織などについて触れることはなかった。宗教的な偏向はなく、仏教、キリスト教、イスラム教、ヒンドゥー教の聖職者が居並び、儀式を執り行った。

新政権がこの日をどう扱うかはまさに内政問題である。犠牲になった軍人・警察官の慰霊式が行われるのは、諸外国の例を出すまでもなく、もっともなことだ。私はただ、タミル人たちがどうしているかを気にした。非業の死を遂げた民族の英雄たちに哀悼を捧げる自由を彼らにも認めてあげてほしいものだと思った。

第二次大戦後の日本ではどうだったかを私は調べてみた。

終戦の翌月、空襲の犠牲者を悼む法要が東京で開かれた。[*39] ほかにも、東京以外でも、類似の行事があったことだろう。一一月には靖国神社で戦没者のための臨時大招魂祭が行われ、天皇、総理大臣以下全閣僚、その他政府首脳、遺族が参拝し、ＧＨＱ（連合国軍最高司令部）からも高官が参列した。*40 だが、こうした行事に対し政府の支援はなされなくなり、日章旗の掲揚が禁じられ、また、軍国主義的・超国家主義的な言論や出版は検閲され規制された。従い、英霊として戦没者を讃えるような儀式ははばかれたようだ。その一方、占領下の民主化政策によって、信教の自由は尊重された。靖国神社は国の管理から外れて一宗教法人になったが、春秋の例大祭を続けるほか、七月のお盆に合わせて「みたままつり」という慰霊の行事を四七年から始めた。五一年九月、ジャヤワルダナが名演説を行ったサンフランシスコ講和会議で平和条約が署名され、翌年四月二八日に発効し、日本は晴れて主権を回復した。その四日後の五月二日、全国戦没者追悼式が新宿御苑で行われた。政府主催の国家行事として、初めての慰霊式である。これは毎年続けられ、五九年三月には千鳥ヶ淵戦没者墓苑が政府により創建された。

思うに戦争の犠牲は、勝者と敗者で多い少ないの違いはあっても、悲惨であることに変わりなく、悲嘆の思いが時とともに少しずつ癒えるのを待つしかないこともまた変わりない。ただ勝者の側は戦勝のゆえに、戦没者の犠牲は無駄ではなかったと肯定的にとらえて追悼することもできようが、敗者の側はそう簡単にはいかない。日本人の場合、厭戦気分、恨みや憎しみ、痛憤や後悔、虚脱感、さらには懺悔や贖罪といった思いにも苛まれたようだ。とはいえ、いつまでも落ち込んではいられない。終戦を受け入れて感情を抑え、戦争被害からの復興と平和な社会の建設という未来にエネルギーを向けた。その過程で、戦没者の犠牲は無駄ではなく、平和の礎として意味あるものだったと、かろうじて整理し得た。戦没者慰霊の行事では、生き残った者が主役となる。毎年、死者をしのんで、生きてゆく思いを新たにする。そうやって戦後を生き抜いた人たちは、年老いるにつれ、こんな経験が二度と繰り返されてはならないと念じ、戦争の記憶と思いを次の世代に伝えていかねばならないと考えて、行事を続ける。未来のためでもあるのだ。

スリランカ・タミル人の場合、いつになったら公然と追悼式ができるのだろう。四半世紀の長きに及んだ陰惨な戦争が終わって、まだ一〇年少々である。今でも恨みや憎しみを抱いている人は少なくなかろうし、実際に過激派分子がまだ国の内外で跳梁しているそうだ。だから、式典が過激派の再興に繋がりかねないと為政者は懸念する。だが、殉死した英雄たちの慰霊は、生き残った者にとり、このあと生きていくため、未来に向けて歴史を切り開いていくため、大事な行事なのではないかと思えてならない。

次回スリランカを訪問する機会に、私は北部州のジャフナ半島とその周辺の戦地を巡ってみたいと考えている。もしもセパラに言うと、よそ者の旅行者がどうしてまた、と不思議に思うだろう。この国の歴史に興味を持った者として、現場をたずねて理解を深めたいから、というのが本心だが、そう言ってわかってもらえるかどうか。とにかく行ってみないとわからないものがまだありそうな気がするのだ。セパラは同道すると言いそうな気もするが、言わないかも知れない。その場合でも、タミル人の友人・知人も多いと彼は言っていたから、紹介してくれるよう頼むつもりだ。問題は、いつになったら以前のように海外旅行ができるようになるかである。

ヌワラ・ウェワの湖畔にて。セパラと筆者

あとがき

二〇一五年春に食道と下咽頭にがんが見つかってからというもの、私は心理的に立ち直る間もなく入院治療に追われ、気力も体力もすっかり消耗しました。退院後も飲食が思うに任せず、食後のダンピング症候群にも苦しみ、もう元の体には戻らないのだと思い知らされます。こうして私は、この先の（残りの）人生で何をやりたいか、どう生きるかを真剣に考えるようになりました。何かを書きたいという欲求が高まったのは、文学が好きで学生時代には創作もたしなんでいたからだと思います。

そんななか、プロローグに書きましたように、セパラを意識し始めます。彼の情報を集めるうちに、彼が暮らすスリランカにも興味をひかれ、地理や歴史にとどまらず、ジャヤワルダナやチェルヴァナーヤカムといった偉人から、プラバカランのような梟雄や奸雄、ＪＶＰやＬＴＴＥなど過激派組織にも関心が向かいます。スリランカはイギリス連邦の民主主義国なだけに、英語で調べものができ、言論の自由も保たれているようです。日本語の関連図書や論文は通覧しただけでなく、新型コロナ渦が始まる前、和光大学を退官される直前の澁谷利雄先生の研究フォーラムに参加し、先生方と直接話す機会も得ました。民博の杉本良男先生には、京都で昼食を頂きながらお話を伺うことができました。先生方のご厚意に感謝しています。

調べものに熱中してスリランカにも再々参りました理由は、自分の体験記にセパラの半生やスリランカの歴史などを交えてノンフィクション作品にしたい、と考えたからです。いつの間にかこの願望が、この先の人生でやりたいことの最上位に浮上しました。思えば四十数年前、大学は法科に進み、勢いで法曹を目指したものの根気が続かず、方向転換して商社に勤めたが馴染めないでいたところ、あの事件に遭遇して腹がすわり、身の処し方が定まった。そんな風に事件を振り返ると、今度は事件をベースに作品を書く作業が、病後の精神的な支えになるばかりか、この先どう生きるかを定める営みに思えてきました。そんな私をセパラ夫妻はあたたかく受け入れてくれ、取材にも協力的でした。

話が前後しますが、私は一九八二年の事件のあと、ご縁ができたタイに駐在してクーデタ未遂事件を実見し、その後は五年間の駐在含め長くフィリピンに関わってアキノ革命後の混乱を経験し、世紀が変わってサウジアラビアに駐在してからは中東の不安定な情勢に接し、さらにはアフリカで新興国の発展と停滞にも触れました。くわしくは申し上げられませんが、こんな経歴ですから、かつてのハイジャック犯と再会しに行くことに、さほど抵抗はありませんでした。第五章のテロ事件については、もっと見聞を書けるのですが、主題から離れないよう控えました。

昨年一月にスリランカを訪れたあと、新型コロナウィルスが世界中で大流行して旅行も何も難しくなったのを機に、私は会社勤めをやめて原稿を書き上げることに専念しました。商業出版を志すにあたり、甲陽学院高校で同窓だった（株）創元社の矢部敬一社長をたずねて個人的に助言を頂き、参考にしました。

（株）彩流社はスリランカに関する澁谷利雄先生の著書を発行されている出版社ですが、編集部次長兼製作ご担当の出口綾子さんが私の原稿に関心を持って下さり、刊行に至るまでご支援賜りましたことは感謝に堪えません。厚くお礼申し上げます。

スリランカでは昨年に続いて「ウォー・ヒーローズ・デイ」の式典が、今年も五月一九日に行われましたが、タミル人たちによる戦没者の慰霊はあいかわらず規制されているようです。ラジャパクサ兄弟（大統領と首相）の与党は昨年八月の第一六回国会議員選挙で過半数の議席を確保し、一〇月には大統領の権限を強化する憲法改正を成立させました。ただでさえ複雑な国内問題を抱えているところに新型コロナ禍が加わり、観光収入が激減し国格付けが下げられ、さぞかし国政の運営はたいへんだろうと想像します。それでも何とか、分断ではなく多様性を受け入れた融和した社会が実現されることを願ってやみません。コロナ禍が早く収束して、再びスリランカを訪れることができる日が来るのを待ち望んでおります。

二〇二一年七月末

和田朋之

＊注

プロローグ

(1) Egypt Air Flight MS-181 on March 29, 2016

第一章　ハイジャック事件

(2) ブレンダン・I・コーナー　高月園子訳『ハイジャック犯は空の彼方に何を夢見たのか』亜紀書房、二〇一五年。

(3) 佐々淳行『ザ・ハイジャック　日本赤軍とのわが「七年戦争」』文藝春秋、二〇一〇年。
高沢晧司『宿命　―「よど号」亡命者たちの秘密工作』新潮社、二〇〇〇年。

(4) 一九八二年の邦字紙4紙（朝日新聞、日本経済新聞、毎日新聞、読売新聞）とスリランカの4紙（Daily News, Sun, The Island, Daily Mirror）の記事に加えて、左記の特集記事と書籍を参照。

・*He hijacked to meet his love,* The Sunday Times Plus (Sri Lanka), 1997.5.04.

・Mervyn de Silva, *Sri Lanka: Transient Glory,* India Today, 2013.10.15.

・Chathushinka Wijeyesinghe, *The simple guy who hijacked a 747 Sepala Ekanayaka,* Daily Mirror (Sri Lanka), 2014.1.07.

・Sachi Sri Kantha, *The Sepala Ekanayake Story, Hijacker, Drug Courier and a Folk (Fake) Hero,*Ilankai Tamil Sangam, 2012.7.21.

・Radhi de Silva, *Sepala Ekanayake,*Junior Bar Law Journal, 2014.

・Javed Mansoor, *Separa Ekanayake Case: Retrospective Legislation dealt with hijacking, The hijacker's tale 25 years down the line,* Nation (Sri Lanka), 2007.7.15.

・Edither G. Perera, *Incarceration of Sepala Ekanayaka, the only Sri Lankan who attempted to hijack a plane,* The Island Online, 2008.5.17. 同著者、Sepala Ekanayake episode: A clarification, 同右、2008.5.21.

・Manel Abeysekera, *Madame-Sir: Career and Dilemmas of The First Woman Diplomat in the Sri Lanka Foreign Services,*

Stamford Lake, 2010

(5) 前掲(4) Manel Abeysekera, *Madame-Sir.*

(6) 杉本良男編『暮らしがわかるアジア読本 スリランカ』河出書房新社、一九九八年。
杉本良男編『スリランカを知るための58章』明石書店、二〇一三年。

(7) スリランカ政府 Department of Census & Statics のデータを参照。

(8) 澁谷利雄『スリランカ現代誌 揺れる紛争、融和する暮らしと文化』彩流社、二〇一〇年を参照。

第二章 ハイジャック犯セパラ

(9) 川島耕司『スリランカと民族 シンハラ・ナショナリズムの形成とマイノリティ集団』明石書店、二〇〇六年。
川島耕司『スリランカ政治とカースト N・Q・ダヤスとその時代 一九五六〜一九六五』芦書房、二〇一九年。
J.A. デュボア、H.K. ビーチャム編『カーストの民 ヒンドゥーの習俗と儀礼』平凡社東洋文庫、一九八八年。
金基淑編著『カーストから現代インドを知るための30章』明石書店、二〇一二年。
M.W. Amarasiri de Silva, *Name Changes, Caste and Personal Identity Complex among the Sinhalese in Sri Lanka*, University of Pittsburgh, 2009.

(10) *History of JVP (People's Liberation Front – Sri Lanka) 1965 – 1994*, Niyamuwa Publecations, 2014.

(11) 前掲(4) Chathushinka Wijeyesinghe, *The simple guy who hijacked a 747 Sepala Ekanayaka.*

第三章 スリランカのたどった道

(12) K.M. deSilva & Howard Wriggins, *J.R.Jayawardana of Sri Lanka* (I)&(II), University of Hawaii, 1988

(13) 五百旗頭真『日米戦争と戦後日本』講談社、二〇〇五年。
五百旗頭真編『戦後日本外交史』有斐閣、二〇一四年。

野口芳宣『敗戦後の日本を慈悲と勇気で支えた人 スリランカのジャヤワルダナ大統領』銀の鈴社、二〇一七年。

(14) 中村元・訳『ブッダの真理のことば・感興のことば』岩波文庫、一九七八年。

(15) 鈴木大拙　佐々木閑・訳『大乗仏教概論』岩波書店、二〇〇四年。

「鈴木大拙全集」第十七巻、岩波書店、一九八〇年。

D.T.Suzuki's English Diaries, 松ヶ岡文庫研究年報第二二号、公益財団法人松ヶ岡文庫、二〇〇八年。

常磐義伸『大乗仏教経典「楞迦経」四巻本　ランカーに入る　―すべてのブッダの教えの核心―』禅文化研究所、二〇一八年。

秋月龍珉『鈴木大拙』講談社、二〇〇四年。

(16) 杉本良男『スリランカで運命論者になる　仏教とカーストが生きる島』臨川書店、二〇一五年。

前掲(9)の川島耕司『スリランカと民族』及び『スリランカ政治とカースト』

川島耕司『現代スリランカにおける仏教ナショナリズムとキリスト教』国士舘大学政治研究創刊号、二〇一〇年。

杉本良男『四海同胞から民族主義へ、アナガーリカ・ダルマパーラの流転の生涯』国立民族博物館学術情報リポジトリ、二〇一二年。

川島耕司『植民地化スリランカにおけるミッションと反キリスト教運動』国立民族博物館学術情報リポジトリ、二〇〇二年。

川島耕司『文明化への眼差し：アナガーリカ・ダルマパーラとキリスト教』国立民族博物館学術情報リポジトリ、二〇〇六年。

(17) 川島耕司『１９５０年代スリランカにおける非ゴイガマ政治家とカースト』国士舘大学政治研究第六号、二〇一五年。

(18) Chellamuthu Kuppusamy, *Prabhakaran: The Story of His Struggle for Eelam*, Oxygen Books, 2009.

(19) 川島耕司『スリランカ・タミル人社会におけるカーストと民族』国士舘大学政経論叢第二〇巻、二〇〇八年。

(20) インド人女性ジャーナリストのインタビューに応えて。Anita Pratap, *Island of Blood: Frontline Reports from Sri Lanka, Afghanistan, and other South Asian Flashpoints*, India Penguin Books, 2003.

(21) Eduward Gunawardena, *The Drama behind the arrest of Sepala Ekanayake,* The Island Online, 2008.5.31.
(22) TamilNation, T. Sabaratnam & UTHR, *Welikada Prison Massacre 1983,* Ilankai Tamil Sangam, 2011.
Rajan Hoole, *Prison Massacre And the Alitalia Hijacker Sepala Ekanayake,* Colombo Telegraph, 2013.9.21.
(23) Harkirat Singh, *Intervention in Sri Lanka: the IPKF experience retold,* Vijitha Yapa Publications, 2006.
(24) S.J. Tambiah, *Sri Lanka – Ethnic Fratricide and the Dismantling of Democracy,* The University of Chicago Press, 1986.
(25) Thambu Kanagasabai の論説 Ilankai Tamil Sangam, 2019.
U.S. Department of State, Bureau of Democracy, Human Rights and Labour, *Country Reports & Human Rights Practice: Sri Lanka.*

第四章　再会

(26) WHO Health as a Bridge for Peace - Humanitarian Cease-fires Project

第五章　再訪

(27) Robert A. Pape, *Dying to Win – The strategic logic of suicide terrorism,* Random House, 2005.
Robert A. Pape & James K. Feldman, *Cutting the Fuse,* The University of Chicago Press, 2010.
Robert Pape, *The Strategic Logic of Suicide Terrorism,* American Political Science Review 97 no.3 (2003).
Paul Gill, *A Multi-Dimensional Approach to Suicide Bombing,* Journal of Conflict and Violence 1, no.2 (2007).
Michael Roberts, *Suicide Mission as Witnessing: Expansions, Contrasts,* Studies in Conflict & Terrorism, Volume 30 Issue:10,October, 2007.
(28) Rober Pape, *Pape: Attacks show ISIS is still a global threat,* Shelbystar.com 2019.4.30.
(29) Steve Beynon, *Biden says US must maitain small force in Middle East, has no major plans for Defence cuts,* Arab News, 2020.9.10.

(30) R. Ramasubramanian, *Suicide Terrorism in Sri Lanka,* IPCS Reserch Papers, Institute of Peace and Conflict Studies, New Delhi, 2004.

(31) 前掲(27) Robert A. Pape, Dying to Win.

(32) Wikipedia"2019 Sri Lanka Easter bombings" など、及び、https://www.arabnews.com/node/1488266/zahran-hashim#bio Robert Postings, *ISIS brands global attacks as 'Vengeance for Sham',* The Defese Post, 2019.4.14.
Robert Pape, *Sri Lanka attack shows Islamic State - driven from Syria and Iraq - still a global threat,* Chicago Tribune, 2019.4.24.
前掲(28)。

(33) Sunday Times, 1998.3.01

(34) Daily News, 1982.7.05

(35) Daily Mirror, 2014.1.07

(36) 前掲(27) Robert A. Pape & James K. Feldman, Cutting the Fuse.

(37) Colombo Telegraph, 2015.5.20 など。

エピローグ

(38) https://www.army.lk/news/memories-valiant-war-heroes-venerated-flowers-national-war-heroes%E2%80%99-day など。

(39) 「都下戦災殉難者慰霊法要」が一九四五年九月二十三日に本所横網町震災記念堂で、真言宗智積院大僧正により、戦災援護会都支部と都の主催で行われた。朝日新聞、一九四五年九月二十四日

(40) 中村直文・NHK取材班『靖国 知られざる占領下の攻防』日本放送出版協会、二〇〇七年。

＊本文ならびに注釈に記載した以外の参考資料

・公益財団法人中村元東方研究所・編『中村元博士著作論文目録』ハーベスト出版、二〇一二年。
・玄奘著・水谷真成訳『大唐西域記』中国古典文学大系第二十二巻、平凡社、一九七四年。
・法顕著・楊衒之著・長沢和俊訳注『法顕伝・宋雲行紀』平凡社、一九七四年。
・月村辰雄・久保田勝一・訳『マルコポーロ東方見聞録』岩波書店、二〇一二年。
・平松友嗣訳『島王統史』南傳大蔵経第六十巻 大蔵出版、二〇〇四年。
・立花俊道訳『大王統史』同右
・東元多郎訳・立花俊道訳『小王統史』南傳大蔵経第六十一巻、大蔵出版、二〇〇四年。
・マーティン・ウィクラマシンハ 野口忠司・訳『変わりゆく村』『変革の時代』『時の終焉』公益財団法人大同生命国際文化基金、二〇一〇、二〇一一、二〇一二年。
・高桑史子『スリランカ海村の民族誌 開発・内戦・津波と人々の生活』明石書店、二〇〇八年。
・内藤俊雄『イスル・ソヤ スリランカの海外出稼ぎ事情』同文館出版、一九九〇年。
・杉本良男編『もっと知りたいスリランカ』弘文堂、一九八七年。
・朝日新聞アタ取材班『テロリストの軌跡 モハメド・アタを追う』草思社、二〇〇二年。
・ローレンス・ライト著・平賀秀明訳『倒壊する巨塔 アルカーイダと「9・11」への道』白水社、二〇〇九年。
・ジョン・ダワー著 三浦陽一訳『敗北を抱きしめて 第二次大戦後の日本人』岩波書店、二〇〇一年。
・S.J. Tambiah, *Buddhism Betrayed? Religion, Politics, and Violence in Sri Lanka,* The University of Chicago Press, 1992.
・ウェブ・サイト「松田哲の国際関係論研究室」の『スリランカの部屋』

関連年表

BC4 世紀頃、アヌラーダプラにシンハラ人の都が置かれる。タミル系インド人の侵入、攻防が始まる。**BC3 世紀**頃、仏教伝来。 **11 世紀**〜、ポロンナルワに都が置かれる。**15 世紀**頃、中央高地にキャンディ王国、沿岸低地にコーッテ王国、北部にジャフナ王国が分立していた。 **1505 年**、ポルトガルによる植民地支配が始まる。**1658 年**、オランダによる植民地支配が始まる。**1796 年**、イギリスによる植民地支配が始まる。
1815 年、中央高地のキャンディ王国が滅ぼされ、全土が英国植民地支配下に入る。 **1820 年代**、イギリス人の大規模プランテーション経営と、インドからタミル人労働者の移民が始まる。**1880 年代**、アナガリーカ・ダルマパーラの仏教復興活動盛んに。 **1883 年 3 月**、復活祭の日にカトリック教徒と仏教徒が衝突。
1915 年、ムスリムに対するシンハラ人の暴動が発生。 **1919 年**、民族主義的な政治団体（CNC：セイロン国民会議）が結成され、独立や自治権を求めて運動を開始する。 **1931 年**、新（ドノモア）憲法下、国家評議会議員選出の普通選挙が実施された（ドン・S・セナーナーヤカや SWRD バンダラナーヤカが選出される）。インド人移民に対する排斥運動が盛んになる。 **1936 年**、SWRD バンダラナーヤカがシンハラ民族主義政党を結成する。 **1943 年**、JR ジャヤワルダナが国家評議会議員に選出される。 **1944 年**、G. G. ポンナンバラムがタミル人政党である全セイロン・タミル会議を結成。 **1946 年**、ドン・S・セナーナーヤカが JR ジャヤワルダナらと UNP（統一国民党）を結成。SWRD バンダラナーヤカも加わる。 **1947 年**、イギリスと独立協定が調印される。第 1 回国会議員総選挙が実施され、UNP が第一党に。ドン・S・セナーナーヤカが初代首相、SWRD バンダラナーヤカが国会議長兼厚生・地方政府大臣、ジャヤワルダナが財務大臣、ダッドレイ・セナーナーヤカが農業・土地大臣にそれぞれ就任する。 **1948 年 2 月 4 日**、英連邦内の自治領セイロンとして独立。**12 月**、チェルヴァナーヤカムが全セイロン・タミル会議を離党して連邦党を結成。 **1949 年 2 月**、インド・タミル人の市民権を否定する立法。**11 月**、選挙権も否定される。
1951 年 9 月、SWRD バンダラナーヤカが UNP を離党して SLFP（自由党）を結成。サンフランシスコ講和会議開催。 **1952 年 3 月**、ドン・S・セナーナーヤカが死去。息子のダッドレイ・セナーナーヤカが首相に就任。**5 月**、第 2 回総選挙では UNP が過半の議席を確保。

1977年2月、タミル人リーダーG・G・ポンナンバラムが死去。**4月**、同チェルヴァナーヤカムが死去。**7月**、第8回総選挙でUNPが圧勝し、ジャヤワルダナが首相に就任。TULFが野党第一党に。**8月**、大学入試標準化制度の廃止。同月、ジャフナでタミル人が政府軍と衝突、暴動発生。**10月**、大統領制の採用など、憲法改正が国会で承認される。**11月**、JVPのローハナ・ウィジェウィーラ他に恩赦。 **1978年2月**、大統領内閣制に移行。ジャヤワルダナが初代大統領に、ラナシンハ・プレマダーサが首相に就任。**5月**、タミル過激派禁止法が制定され、LTTEや類似組織は非合法とされた。**9月**、新憲法が公布され、国名がスリランカ民主社会主義共和国に。公用語はシンハラ語のままだが、タミル語にも国民語という扱いが認められた。 **1979年7月**、ジャフナの暴力活動激化に対し非常事態宣言発令。テロリズム防止（臨時措置）法（PTA)が制定された。**9月**、ジャヤワルダナ大統領が国賓として親善来日。
1980年9月、県開発評議会法が成立。**10月**、大統領特別委員会が首相在任中の権力濫用を理由にシリマウォ・バンダラナーヤカの公民権を剥奪した（86年1月に回復)。 **1981年5月**、ジャフナでUNP支部長が射殺される。**6月**、ジャフナを政府軍が制圧、図書館に放火。同月 県開発評議会選挙始まるが、ジャフナでは延期。**7月**、全土に暴動発生。8月 非常事態宣言発令される。 **1982年4月**、スリ・ジャヤワルダナプラ・コッテに国会議事堂が落成（遷都は翌年8月)。**5月**、政府軍が北部のゲリラ基地を急襲。同月、プラバカランがインドで逮捕される。**6月**、アリタリア航空機ハイジャック事件発生。**8月**、憲法が修正され、大統領は就任後4年を過ぎれば信任を問う選挙が可能とされた。**10月**、前倒し大統領選挙でジャヤワルダが再任。**12月**、国民投票で全国会議員の任期延長が可決された。 **1983年7月**、ジャフナ近郊で政府軍兵士13人がLTTEの襲撃で殺害される。タミル人に対するシンハラ人の襲撃「暗黒の7月」事件が勃発。全土に外出禁止令。左翼政党が非合法化される。**8月**、領土の分離分割を禁じる憲法修正（157A条)。タミル人国家独立を目指す政党・活動は非合法化された。 **1984年1月・5月**、全政党会議で民族問題を協議。**7月**、ジャフナでゼネスト。このあと政府軍とタミル人武装勢力の攻撃が頻発する。**10月**、インディラ・ガンディー首相（インド）が暗殺され、ラジヴ・ガンディーが後継首相に。**12月**、大統領は全政党会議で地方分権を提案するが反対多く断念。シリル・マシュー工業大臣が解任される。 **1985年**、主に北部・東部州で政府軍とタミル人武装勢力との抗争が激化し内戦状態に。**7月・8月**、インドの仲介によりブータンのティンプーで和平交渉が行われたが決裂。

1953年10月、ダッドレイ・セナーナーヤカ首相が辞任し、ジョン・コテラワラが第3代首相に就任。 **1955年9月**、SLFPが党大会でシンハラ・オンリー政策を表明。 **1956年2月**、UNPもシンハラ・オンリー政策を採用決定。**4月**、第3回総選挙ではSLFP率いる政党グループが圧勝、UNPが大敗。SWRDバンダラナーヤカが首相に就任。**6月**、公用語法案が国会に上程される。連邦党のサティヤグラーハ(非暴力不服従運動)に対し、シンハラ人暴徒が襲撃。各地で衝突が発生。**7月**、公用語法が成立。**8月**、連邦党がトリンコマリーで党大会を開き、改善要求を発表。 **1957年7月**、バンダラナーヤカ・チェルヴァナーヤカム(BC)協定成立。**11月**、ジャヤワルダナが抗議の行進を実施。 **1958年3月**、タミル人の反Sri運動とシンハラ人の親Sri運動の衝突が激化。**4月**、BC協定破棄。**5月**、タミル人とシンハラ人の暴動が全土で発生し衝突。非常事態宣言発令。 **1959年9月**、SWRDバンダラナーヤカが射殺される。
1960年3月、第4回総選挙ではUNPが僅差で第一党。ダッドレイ・セナーナーヤカが首相に就くが、翌月、不信任決議が成立。**7月**、第5回総選挙でSLFPが第一党につき、シリマウォ・バンダラナーヤカが首相に就任。公用語法を施行。社会主義的な国有化政策を推進。**1961年4月**、ジャフナで政府軍がタミル人を抑圧。夜間外出禁止令が全土に発令される。 **1964年12月**、SLFPからUNPへ多くの議員が移籍。政権に対する不信任案が可決される。 **1965年3月**、第6回総選挙でUNPが第一党になり、タミル人政党と連立。ダッドレイ・セナーナーヤカが首相に就任。**5月**、JVP(人民解放戦線)が結成された。
1970年5月、第7回総選挙では左翼政党と組んだSLFPが圧勝。シリマウォ・バンダラナーヤカが首相に就任。大学入試制度の標準化制度によりタミル人が不利に扱われる。 **1971年3月**、JVPのローハナ・ウィジェウィーラが逮捕される。同時に非常事態宣言が発令される。**4月**、JVPの暴動発生。この年、バングラデシュ独立戦争起きる。 **1972年5月**、タミル人政党結集しタミル統一戦線(TUF)結成。同月、新憲法が公布され、国名がスリランカ共和国に。シンハラ語の公用語化、仏教の優遇が明記された。同月、LTTEの前身をプラバカランが結成。**6月**、タミル統一戦線が憲法修正案を提出。**10月**、チェルヴァナーヤカムが抗議のため国会議員を辞職。 **1973年4月**、ダッドレイ・セナーナーヤカが死去。ジャヤワルダナがUNP党首に就任。**9月**、タミル統一戦線は連邦制から分離独立へと方針を見直す。 **1976年5月**、LTTEの前身組織がLTTEに改名。同月 タミル統一戦線(TULFに改名)が独立国(タミル・イーラム)の建設を目的に掲げるが、インド・タミル人の政党(セイロン労働者会議)は分離独立方針に反対し、TULFから遊離。**8月**、第5回非同盟国首脳会議がコロンボで開催される。

1993年5月、プレマダーサ大統領が暗殺される。ウィジェートゥンガ首相が大統領を継ぎ、ラニル・ウィクラマシンハが首相に。同月、チャンドリカ・クマラトゥンガが州議会選挙に勝利して西部州首相に就任。 **1994年8月**、第10回総選挙はSLFPが左派政党と組んで勝利。チャンドリカ・クマラトゥンガが首相に就任。**10月**、LTTEと和平交渉を開始。**11月**、大統領選挙にてクマラトゥンガが大統領に、シリマウォ・バンダラナーヤカが首相に就任。LTTEとの暫定的停戦へと進む。 **1995年1月**、和平交渉開始。**4月**、和平交渉は停滞し、停戦が終了。イーラム・ウォーIIIへ。LTTEの攻撃、政府軍の掃討作戦が続く。**12月**、ジャフナ半島にて政府軍とLTTEの戦闘が激化。多くのタミル人住民が避難して難民に。 **1996年**、LTTEと政府軍との戦闘続く。**11月**、ジャヤワルダナ元大統領死去。 **1997年**、政権は内戦解決のため州議会に大幅に権限移譲する法案の審議を国会に求めるが、反対多く進展しない。LTTEのテロ攻撃や政府軍との衝突が激しく続く。**8月**、国連の人権委員会がLTTEをテロ組織に認定。**10月**、米国政府もLTTEをテロ組織に認定。 **1998年**、LTTEと政府軍の戦闘は激化。LTTEの海戦隊シー・タイガーによる自爆テロ攻撃が頻発する。政府は内戦状況について報道管制を開始。 **1999年**、LTTEと政府軍の激しい戦闘続く。コロンボやキャンディでもテロ攻撃発生。**12月**、大統領選直前の集会で自爆テロが発生、クマラトゥンガ大統領は右眼を失明、再選は果たす。
2000年、LTTEと政府軍の激しい戦闘続く。ノルウェー政府が和平交渉の仲介を図るが、仏教徒集団やJVPが反対デモ。**8月**、クマラトゥンガ大統領は内戦終結のための憲法修正案を国会に諮るが、UNPからもタミル人政党からも支持を得られず。**10月**、第11回総選挙ではクマラトゥンガ率いるPA（人民連合）が辛勝。**12月**、LTTEの停戦提案を政府側は拒否。 **2001年**、政府軍のLTTEに対する攻撃が続く。**4月**、LTTEは停戦提案をやめ、双方の攻撃が激化。**9月**、UNPは憲法修正案に反対し内閣不信任案を提議。**10月**、大統領は国会を解散。**12月**、第12回総選挙ではUNPの政党連合が勝利し、UNP党首のラニル・ウィクラマシンハが首相に就任。LTTEとの和平交渉を目指す。 **2002年2月**、政府とLTTEはノルウェーの仲介で停戦協定に合意し、北欧中心の停戦監視団が常駐始める。ただし大統領は反発。SLFP、JVP、シンハラ仏教僧らも反対。**5月**、東京でスリランカ支援国会議。**9月**からタイやノルウェーでも和平交渉が行われる。 **2003年**、和平交渉が続けられるが、JVPや仏教僧の反対も根強い。**4月**、交渉が中断。**5月**、ウィクラマシンハ首相は和平交渉の推進を図るが、LTTEは暫定的な行政権限を要求。これに反対である大統領は首相と協議を重ねる。

1986年、内戦は激化する。5月には政府軍が空爆を実施。大統領とTULFは和平交渉を続けるが合意に達しない。タミル人過激派間の争いも激化し、LTTEが優位に。**11月**、SAARC会議の場にタミル過激派も呼ばれて和平を協議するが、合意に至らず。 **1987年1月**、LTTEがジャフナ半島で行政実務を担う。対抗して政府は経済制裁と大規模な軍事行動を開始。双方の攻撃が激化。**5月**、空爆・砲撃によりジャフナ市街が壊滅。**6月**、インド空軍が出動し、救援物資を投下。同月、JVPがコロンボ近郊の軍事施設を襲撃。**7月**、LTTE初の自爆テロが発生。同月、ニューデリーでラジヴ・ガンディー首相がLTTEと直接交渉するが、合意に達しないまま、インド・スリランカ和平協定が調印され、停戦・武装解除とインド平和維持軍の駐留が始まる。**8月**、JVPが国会に爆弾を投げ込む。その後もUNPに対するJVPのテロ活動が続く。**9月**、LTTEはタミル過激派間の抗争を続ける一方、インド平和維持軍とも衝突。**10月**、LTTEの17人が逮捕され、多くが服毒自殺。以降、インド平和維持軍とLTTEの衝突が本格化。**11月**、憲法修正によりタミル語も公用語とされた。州議会法も制定された。 **1988年**、北部・東部ではLTTEとインド平和維持軍が激しく戦闘する一方、南部ではJVPの襲撃が激しい。**4月**に4州、**6月**に3州で州議会選挙が行われ、北部州と東部州のみ残る。LTTEは北部・東部の2州併合を要求。大統領も暫定的ながら**9月**に了解。**11月**、北東部州で議会選挙が行われた。**12月**、シンハラ語とタミル語が全土の行政・司法で使用されるべく憲法修正がなされた。同月、ジャヤワルダナ大統領が退任。UNPのラナシンハ・プレマダーサが次期大統領に選出される。 **1989年**、LTTEとJVPそれぞれの襲撃は激しい。**2月**、第9回総選挙。UNPが勝利。同月、昭和天皇大喪の礼にジャヤワルダナ前大統領が参列。**4月**、プレマダーサ大統領はLTTEとJVPそれぞれに和平交渉を提案。LTTEはこれを受けて**5月**から交渉開始。**6月**、政府とLTTEは停戦に合意。しかしインド平和維持軍とLTTEの戦闘は激化。**11月**、LTTEはインド寄りのタミル人武装組織を排撃。同月、JVPのローハナ・ウィジェウィーラと書記長が逮捕・殺害される。**12月**、インド平和維持軍の撤退が表明される。
1990年、LTTEはインド平和維持軍とその支持するタミル人武装組織に対し攻撃を続ける。 **3月**、インド平和維持軍が完全撤退。**4月**、政府とLTTEの会談開始。**6月**、LTTEと政府軍の停戦が終わり、戦争再開（イーラム・ウォーII）。 **1991年1月**、停戦と和平協議が試みられたが失敗。このあと戦闘激化。**5月**、ラジヴ・ガンディー元首相が暗殺される。**8月**、インド政府は自国内のLTTE拠点を攻撃。 **1992年**、LTTEと政府軍の戦闘続き、LTTEはシンハラ人のみならずムスリムに対しても攻撃。

2011年3月、国連のダルスマン報告書は、内戦終結直前に国際人権法・国際人道法違反がスリランカ政府とLTTEの双方にあったと指摘し、**4月**、公表。国連、欧州議会、国際的な人権団体などとスリランカ政府との間で協議が続けられる。
2014年5月、ジャフナ半島全土で戦没者の慰霊式典が禁止され、北部州議会のタミル人議員も追悼行事を禁じられる。**11月**、マヒンダ・ラジャパクサ大統領は任期を2年残しながら三期目を目指して大統領選挙の実施を発表。SLFP党幹事長だったマイトリパーラ・シリセナが出馬表明して野党勢力の支援を得る。**12月**、大洪水が発生。
2015年1月、シリセナが大統領に当選。首相にはUNP党首ラニル・ウィクラマシンハが就任。**5月**、内戦終結記念日を戦没者追悼の日として式典を実施。**6月**、改革が思うように進まず、大統領は国会を解散。**8月**、第15回総選挙でUNPの政党連合が辛勝し、ウィクラマシンハが首相を続投。**10月**、ジャフナ大学の学生ふたりが警察に射殺される事件発生。
2018年2月・3月、ムスリムとシンハラ人の衝突発生。**5月**、全土で大洪水発生。同月 前政権の汚職を追及する特別高裁が設けられる。**10月**、大統領がマヒンダ・ラジャパクサ前大統領の首相任命を突如発表。現首相ウィクラマシンハは違憲だとして拒否し、政権は混乱に陥る。**11月**、大統領は国会を解散して総選挙を発表。**12月**、最高裁は首相交代および国会解散は違憲と裁定。大統領はウィクラマシンハ首相の続投を確認したが、混乱は尾を引く。
2019年、シリセナ大統領の任期満了に伴う選挙の年。**4月**、イースターに同時多発テロ事件発生。直後にゴタバヤ・ラジャパクサが大統領選に立候補を表明。**5月**、ムスリムに対する暴動が中西部で発生。**6月**、ムスリムの閣僚や国務大臣・次官がそろって辞任。**10月**、サジット・プレマダーサがUNPの大統領選挙候補に正式に決定。**11月**、大統領選挙ではゴタバヤ・ラジャパクサが当選し、首相には実兄マヒンダ・ラジャパクサ元大統領が就任した。
2020年2月、内戦中の戦争犯罪の調査を求める国連人権理事会決議に対し、政府は協力をとりやめると発表。同月、UNPは分裂し、サジット・プレマダーサは新党SJBを結成。**3月**、新型コロナウィルスの感染が本格化。国会が解散されたが総選挙予定は延期に。**5月**、内戦終結記念日をウォー・ヒーローズ・デイとして政府軍・警察の犠牲者に対する追悼式が行われた。**8月**、第16回総選挙。大統領・首相の率いる政党連合が勝利。SJBは野党第一党に躍進。UNPは大敗しラニル・ウィクラマシンハは党首を辞任。**10月**、大統領に司法長官・警察長官の任命権などを与え、権限強化する憲法改正が成立。

2004 年 2 月、大統領権限で国会が解散される。**3 月**、東部州の LTTE からカルナ派が分裂。カルナは LTTE のラジヴ・ガンディー暗殺が愚策だったと批判。**4 月**、第 13 回総選挙では SLFP と JVP の政党連合が勝利し、マヒンダ・ラジャパクサが首相に就任。LTTE が要求する暫定的行政権限を巡り交渉は難航、膠着状態が続く。LTTE はカルナ派を攻撃。**12 月**、スマトラ島沖大地震の津波による被害甚大。

2005 年、政府は津波被害の救援を最優先するが、LTTE の支配地域に対する支援に連合与党の JVP が反対。LTTE は支援の公平な分配を強く要求。**8 月**、外相が暗殺され、非常事態が宣言され継続する。和平交渉が再開できず、停戦協定も危機に瀕する。**11 月**、大統領選挙では SLFP 候補のマヒンダ・ラジャパクサが僅差で当選。新大統領は和平交渉再開の意思を表明するが、LTTE は性急に合意を要求してテロ攻撃を再開。

2006 年、LTTE が民間人へのテロ攻撃を激化。**2 月**、スイス政府の仲介によりジュネーブで LTTE とスリランカ政府が交渉。だがその後もテロ攻撃・反撃が続き、交渉は継続しない。**5 月**、EU が LTTE をテロ組織に認定して資産を凍結。**6 月**、ノルウェー政府の仲介による和平交渉が失敗。LTTE は EU 派遣の停戦監視団員を拒否。このあとも交渉可能性を探る一方で、衝突は激化。**10 月**、ジュネーブで和平交渉が行われたが成果なし。**12 月**、LTTE の和平交渉責任者が死去。同月、政府はまず東部州を LTTE から奪回すると宣言。

2007 年、和平交渉の呼びかけはなされるものの、過去の停戦協定は実質的に死文化し、戦闘が継続する。**6 月**、政府軍は中国から 3 次元レーダーなど最新兵器を購入。**7 月**、政府軍は東部州を制圧し北部へ攻勢を進める。**11 月**、LTTE の No.2 が爆殺され、プラバカランも負傷。LTTE を和平交渉につかせるためにとの名目で政府軍は空爆を継続する。

2008 年 1 月、政府は 2002 年 2 月以来の停戦協定を破棄。停戦監視団も撤収する。このあと政府軍が優勢に攻め込むが、LTTE もテロ攻撃や反撃をやめない。20 万人以上の難民が発生。

2009 年 1 月、LTTE は根拠地キリノッチを失い、ジャングルに追い詰められる。**2 月**、国際人権団体と国連が人道的危機を訴え、民間人保護を政府と LTTE 双方に求める。**5 月**、プラバカランの死亡が確認されて内戦終結。**6 月**、戦勝祝賀軍事パレードがコロンボで行われた。

2010 年 1 月、大統領選挙を経てマヒンダ・ラジャパクサが二期目に入る。**4 月**、第 14 回総選挙では大統領率いる政党連合(UPFA)が 3 分の 2 を占めて圧勝。**6 月**、戦勝記念日の祝賀パレードがコロンボで行われた。**9 月**、憲法修正により大統領の任期制限が廃止される。

●著者プロフィール
和田朋之（わだ・ともゆき）
1957年、京都市生まれ。1981年、東京大学法学部を卒業、住友商事（株）に入社。アジア、中東、アフリカ等のインフラ・プロジェクトに従事し、2017年に定年退職。1982年6月、初めての海外出張の帰り、インドのニューデリーを出発したアリタリア航空1790便（ボーイング747型）がハイジャックされた。

ハイジャック犯《はん》をたずねて――スリランカの英雄《えいゆう》たち

2021年9月18日　初版第一刷

著　者　和田朋之 ©2021
発行者　河野和憲
発行所　株式会社 彩流社
〒101-0051　東京都千代田区神田神保町3-10　大行ビル6階
電話　03-3234-5931
FAX　03-3234-5932
http://www.sairyusha.co.jp/

編　集　出口綾子
装　丁　福田真一［DEN GRAPHICS］
印刷　明和印刷株式会社
製本　株式会社村上製本所

Printed in Japan　ISBN978-4-7791-2762-5　C0036
定価はカバーに表示してあります。乱丁・落丁本はお取り替えいたします。

《彩流社の好評既刊本》

スリランカ現代誌 ——揺れる紛争、融和する暮らしと文化

澁谷利雄 著　978-4-7791-1526-4（10. 04）

民族紛争で揺れるスリランカだが、祭りや信仰に目を向ければ、融和主義や多様な民族関係が培われ、自然とともに生きる人びとの生活がある。内戦の26年をスリランカのフィールド研究に費やした著者が描くアカデミック・エッセイ。　電子書籍発売中

モンスーンの風に吹かれて——スリランカ紀行

柳沢正 著　978-4-7791-1473-1（09. 09）

元々パーリ語で“いい自然”と言い、アラブ人が“心の平和”と呼び、ポルトガル人達がセイラーンと称し、英国植民地時代にセイロンとなる。独立後、“光輝く島”というスリランカとなった小乗仏教発祥の国での大胆体当たり、深入りの旅。　四六判並製1900円＋税

家族を駆け抜けて

978-4-88202-507-8（98. 03）

マイケル・オンダーチェ 著、藤本陽子 訳

オンダーチェの故郷スリランカに取材して書き上げた自伝的作品。忘れがたい人々、意表をつくエピソードの数々が熱帯の風景とともに鮮やかに蘇る。亡き父の面影を追い求める彼が発見したものは…。ポストコロニアル文学の傑作。　四六判上製2000円＋税

ゾウと巡る季節 ——ミャンマーの森に息づく巨獣と人びとの営み

大西信吾 写真・文　978-4-7791-1501-1 （10. 03）

東南アジアの最奥部・ミャンマーの山深くに、ゾウが木材を運搬し人と共に働き生きる、大変貴重な姿が今も残存する。現地と最も深く関わり通い続けた日本人による写真集。喜び、悲しみ、怒る…愛情豊かな知られざるゾウの姿。　AB横判上製3800円＋税

戦争の現場で考えた空爆、占領、難民 ——カンボジア、ベトナムからイラクまで

熊岡路矢 著　978-4-7791-2021-3 （14. 07）

1980年、戦争で破壊されたインドシナからの難民への救援活動のためにタイに入り、以降、人道支援NGOの立場からパレスチナ、イラク、アフガニスタンなど紛争地の現場に関わりつづけた著者が、印象的な人びとや出来事を生き生きと描く。　四六判並製1900円＋税

アサー家と激動のインド近現代史

森茂子 著　978-4-7791-1547-9（10. 07）

インドはどのような苦悩を乗り越えて経済発展をとげたのか？いまだ深刻な格差の状況は？世界銀行、アジア開発銀行でのキャリアをもち、インド人と結婚した女性が急変するインドの代表的都市（ムンバイ、プーネ）の発展の軌跡と人々の営み、信念、希望、失意、困難の歴史をミクロの視点で生き生きと描く。　四六判上製1900円＋税